不安的处境

[津巴布韦] 齐西·丹加伦芭 著

戴从容 译

NERVOUS CONDITIONS

九州出版社

土著的问题是神经紧张
——引自法农的《全世界受苦的人》序言

一

我哥哥死了，我并不难过。我也不想为我的冷酷无情道歉，你可能认为我冷酷无情，同样不想为我的缺少情感而辩解。因为其实根本不是这样。这些天我百感交集，比我年轻时哥哥去世的那些日子里我所感受到的还多得多。之所以会如此，不只是因为年龄的增长。因此我不会道歉，我将开始回忆那些导向我哥哥死亡的真相，按照我记得的样子，回忆那些促使我写下这段话的事情。因为虽然哥哥的去世与我故事里的事情密不可分，我的故事讲的却根本不是死亡，而是我的逃离和露西娅的逃离；是我母亲的陷落和梅古鲁[1]的陷落；是尼娅莎的反抗——尼娅莎，我伯父的女儿，拥有远见卓识但孤立无援，她的反抗最终可能并不成功。

哥哥去世时我十三岁。事情发生在一九六八年。那时正是学期末，我们都在等他乘坐下午的公交车回家，汽车会在三点经过村子。哥哥在传教所的学校上学，伯父是校长，学校离村子二十英里[2]左右，在西边，乌姆塔利市[3]的方向。有时，如果伯父没有学期末的各种报告和行政事务要忙，就能在下午三点离开办公室，牺牲当天剩下来的时间送纳莫回家。纳莫更愿意这样。他不喜欢坐公交

---

1 Maiguru "梅古鲁"，伯母，用来尊称年纪大的女性。
2 1 英里约为 1.6 千米。
3 津巴布韦东部城市穆塔雷（Mutare）的旧称，距首都哈拉雷约 210 千米。

车，因为，他说，公交车太慢了。此外，女人们闻起来有不健康的生殖气味，孩子们常常肚子不舒服，呕到地板上，男人们则散发出浓重的生产劳动的香气。他不喜欢跟各种各样新鲜程度让人怀疑的农产品乘同一辆车，还有受惊的鸡，有时还有味道刺鼻的山羊。"我们应该有专车，"他抱怨说，"就像他们给住在维多利亚堡和索尔兹伯里市[1]的学生的。"他完全忘记了那些是城镇，是有自治权的市中心，而我们家则位于乌姆塔利外围的公用土地，忘记了既然我伯父的传教所被认为在乌姆塔利，就没有必要租用公共汽车来接送他和其他住在我家这里的学生。

即便如此，租用公共汽车也不会让哥哥觉得期末过得足够舒服。公交总站——那里也是集市，有灰扑扑的小吃店，里面昏暗肮脏，我们称之为马格罗沙[2]，女人们在姆萨萨树下卖着煮鸡蛋、蔬菜、应季的水果，以及有时加咖喱有时不加的水煮鸡，还有其他任何村民或旅客可能想买的东西——离我们的老宅至少有两英里。不管是否租用公共汽车，哥哥都还得步行两英里回家。这段步行是哥哥回家之路上另一个他希望不必忍受的部分。

我未曾在每个学期结束和每个新学期开始都不得不反复走这段路，因此无法理解为什么哥哥这么不喜欢走路，尤其是已经困在空气不流通的汽车里那么久了：乘车到传教所要花快一个小时。在如此漫长的旅途后，从公交总站走回家除了可以伸伸脚舒缓一下，如

---

[1] 索尔兹伯里为津巴布韦首都哈拉雷（Harare）的旧称。维多利亚堡在哈拉雷以南292千米，为马斯温戈省首府。
[2] magrosa"马格罗沙"，在津巴布韦指一种又小又脏的商店。

果并不急着去什么地方，这段路也不是长得无聊。道路挨着田边弯弯曲曲地向前延伸，田间总有人可以让你花上一天里的十来分钟——关心一下他们的身体，还有他们家人的身体，玉米长得好的时候，就欣赏一下稠密宽大的玉米叶，估计一下每亩可以产出多少袋玉米，或者猜测这些庄稼是不是摘穗摘得太早或太晚。而且尽管田地和车站之间的一段路暴露在大太阳下，因此从当年九月到次年四月，除了下雨的时候，都会又刺眼又酷热，沙子的闪光刮擦着你的眼睛，但田边总有些树荫，一丛丛的树特意留下来立在那里，好在我们于垦出的一块块土地之间吃饭或者休息的时候，为我们遮阴。

从农田开始，路旁灌木和树木的遮蔽越来越密。刺槐、马樱丹、姆萨萨树和可乐豆木，聚集在道路一边。如果你有时间，你可以离开大路，跑进树木更加繁茂的地方寻找马坦芭果和马藤杜露果。甜的和酸的。非常好吃。从灌木丛生的这部分开始，道路向一处平缓的山涧延展，一个河谷，沿着河床全都布满光滑、平顶的大卵石，为我们各式各样的儿时游戏提供让人兴奋的天然设备。枯水季，河水从这些卵石最低处的上方和周围稀稀拉拉地流过，但是大雨滂沱的时候，一些地方也深得没过小孩的头，能够淹没我的乳头。我们早就知道水流湍急时要避开这些地方，但在多数季节里，河水都潺潺流淌，使得大部分河道都可以洗浴。我们是小孩，百无禁忌。我们可以在所有喜欢的地方玩。但是女人有她们自己的洗浴地点，男人也有他们的。女人洗浴的地方，河水很浅，鲜有超过我的膝盖的，那里石头也比别处更低、更平坦，布满大部分河床。女人们喜欢她们的洗浴处,因为它被贴心搭建得适合洗衣服。可我们却担心自己长得太大,不得不跟女人们在那里洗澡,再不能到更深、更凉、更有趣的深水处游泳了。

河水、树木、果子和田野。这就是一开始的样子。这就是我最早记忆里的样子,但它并非始终不变。在我还很小的时候,为了能管理我们这个地方,政府在离我们洗浴之处不到一英里的地方修建了地区行政楼。这样所有居民,即我们村庄的大约十二户人家,一旦要到行政楼办事,就必须跨过尼亚马里拉河,这是我们那条河的名字。没过多久,我们之中有商业头脑的人就注意到,行政楼那里总是比村子的其他地方聚集着更多的人(除了星期天的教堂,以及其他日子里人们喝啤酒的地方),他们建起小卖部,出售我们需要的生活用品——面包、茶、糖、果酱、盐、食用油、火柴、蜡烛、石蜡和肥皂——就在行政楼的边上。我记不起这一发展的确切顺序了,记不起这个地方变成公交总站是在小卖部出现之前还是之后,反正很快公交车便也在那里停靠。闲人们,村子里不那么勤劳的年轻人开始在小卖部附近闲逛,钱够的时候相互请客,这种情况不多,芬达、可口可乐,还有那种散发着香草香精味道的香水,很便宜,三便士一瓶。其中一家小卖部的雄心勃勃的店主抓住这个商机,在店里放置了一台留声机,这样青年们可以享受音乐和跳舞。他们放新式伦巴舞曲,这种曲子就像后来的流行音乐那样,纷纷对那个时代的状况指指点点:"如果你再要钱,我就把你踢上天""爸爸，我没工作，给我钱付卢拉[1]！""亲爱的，你为什么娶第二个老婆？"人们会跟着这些社会现实的节拍扭着屁股、跺着脚。大家团结一致。当局被惊动了。看到我们社区如此兴旺，他们修建了啤酒屋来奖励我们的努力，啤酒屋像行政楼一样被漆成深蓝色，那里的"本地啤酒"和"清啤酒"从周一到周日都卖得很便宜。于是我们洗浴的地方变成了主干道，好让人们出于各式各样的原因去逛马格罗沙。为合乎礼仪，洗澡被转移到了河的更上游。尽管如此，在我的胸变得太大以前，当我有足够勇气的时候，我会在河谷的上方听一听，如果我确定觉得没有人会过来，就冲下河去，滑落我的罩裙，这通常是我身上唯一的衣服，在以前的深水区幸福地敢游多久就游多久。

  这就是我哥哥憎恶的那条路！真的，我完全能继续无穷无尽地描绘那条路具有的可能性，因此我无法理解他为什么那么讨厌它。可他就是满心厌憎，大多数时候他设法用一个又一个借口在学期结束后继续待在传教所，从而避开这条路，直到伯父，我父亲的哥哥，他们家的长子，决定到我家做客。伯父经常拜访我们。

  正是我伯父认为纳莫应该去传教所的学校读书。伯父说，如果给纳莫机会，纳莫会在学术上出类拔萃，至少足以找到一份体面的工作。伯父说，纳莫做体面工作赚钱，就能帮家族中我们这一支摆脱所过的脏乱不堪的生活。既然我伯父的姿态如大海般辽阔，而我父亲喜欢夸张，所以不需要多少劝说，他就能明白这个安排的意

---

[1] roora "卢拉"，在津巴布韦指彩礼，但不一定是钱，也可以是实物，或者劳动。

义。他只最温和地礼貌性犹豫了一下,提醒我伯父,纳莫的离开会让我们其他人负担更多的家务劳动,之后他就同意让哥哥去上学了。这是哥哥小学三年级时候的事,那是一九六五年,那年我伯父从英国回来。那时,到一九六五年底,哥哥已经因为在小学头两年独占鳌头、之后一直名列前五名而鹤立鸡群了。我伯父正是因为激动于这一发展趋势,才希望推他一把。在哥哥上学的前几年,即他性格的形成期,父亲经常鼓励纳莫说:"如果我有你的脑子,我现在就会是位老师了,甚至可能当医生。是的!甚至可能当医生。你觉得我们还会过现在这样的日子吗?不!住在砖头房子里,有自来水,热的和冷的,还有电灯,就像穆科玛[1]家一样。要是我有这样的脑子就好了。"纳莫笃信孝敬,总是赞同父亲说的,认为那样真的就能更好,并且向父亲保证,他的天赐智力不会被滥用。我则不同,我想找出真相。父亲是不是说巴巴穆库鲁[2]在学习上更聪明?有一天无意中听到一次这类对话,我问父亲。

"不全是这样。"我父亲答道。"我不认为穆科玛聪明。不是的。他未必聪明。但他总在读书。啊!穆科玛总在读书。无论面对什么他都努力上进,他就是这样的人。嗯,嗯,啊,穆科玛总在读书。"他总结道,张着嘴巴做出鬼脸,额头上都是皱纹,表明对我伯父的坚忍不拔满心敬畏和赞许。然后,意识到他给自己挖了个坑,而且掉了进去,他不得不给自己圆场:"不过穆科玛很幸运。他得到了

---

[1] Mukoma "穆科玛",用来称呼与说话者同性别的哥哥或姐姐。
[2] Babamukuru "巴巴穆库鲁",伯父,字面义为"大人物",用于表示尊敬的称呼。

机会。他很小的时候就去了传教所。传教士们对他关爱有加,你知道的,所以书籍,哈,啊,啊,书籍自然就有了。"

不管巴巴穆库鲁是聪明还是勤奋,或只是幸运,纳莫一般总能说动他的伯父开车送他回家。纳莫是怎么做到的?这对我来说一直是个谜,因为巴巴穆库鲁从来不是那种容易被说动的人。然而,纳莫总能做到。但这一次,我正讲述的一九六八年十一月那个特殊的期末,那时纳莫刚刚读完小学六年级,因此放学得早,巴巴穆库鲁正在市里开会。纳莫不得不坐公交车。事实上,我觉得巴巴穆库鲁认为纳莫改变一下,坐坐公交,对他有好处。我觉得伯父开始担心哥哥正在发生的变化。当然,我们家中所有年龄大到能担心的人,换言之除了我父亲之外我们所有人,都开始担心纳莫的变化了。

去传教所后不久,哥哥在较短的假期就不再回家了。尽管他确实不定期地跟伯父来拜访,但每年他只在学年结束和开始种玉米的时候回家一次。在四月到八月的这段假期,纳莫不肯回家,说需要毫不间断地读书,以便通过每年年底的考试。这个理由很有力,可以让他避开那些不舒服的农活,即把玉米摘下来捋到一起,把玉米棒上的叶子掰掉。在玉米丰收的季节,我们每天干完活身上总是痒得要命,便会直接从田里冲到河里,把惹人瘙痒的东西洗掉。难怪纳莫不喜欢丰收季节。我们没有一个人觉得这是个愉快的活儿。这不过是那些不得不做的事情之一。九月和十月则不同,此时大地已经静待新的庄稼。一开始人们通常用锄头挖地,这个活儿很累,但并不难受,因此也不那么让人不快。然后,就在巴巴穆库鲁一九六〇年去英国之前,他给我父亲买了一具牛犁,于是到我能够到地里帮忙的年纪时，在我父亲，或者任何造访的足够强壮的男性亲属，抽出时间操作牛犁的那些年里，农活就只剩下了种玉米。而在他们抽不出时间的时候，我就还是像往常一样挖土种地。播种后，等到庄稼发了芽，在庄稼长得又高又壮前的整个雨季，我们就用手和锄头除除草。有时不仅种玉米，还有木黄谷[1]和乳味稼[2]。农事年的年初非常忙。伯父坚持认为纳莫应该回家帮忙做农活，理由是接下来没有考试，没有必要待在传教所。这样纳莫就被迫每年回他那污秽的老宅一次，在这里，他在搪瓷盆或者流动的河里用冷水洗澡，而不是在浴缸中，用水龙头里涌出的热水和冷水；在这里，他常常用手指吃赛得粥[3]，几乎没有肉，从来不用刀叉；在这里，头顶没有电灯，只有蜡烛和自制的石蜡灯笼摇曳的黄光，来帮助他在我们其他人已经上床睡觉的时候，逃避到自己的书本中。

自他去了传教所后，所有这些贫穷都开始让他不悦，或者至少让他难堪，这种情况之前从未有过。在他去传教所前，我们已能达成一致，认为尽管我们的肮脏很不好，但不管怎样都是我们的；因此，去除污秽的重任也是我们的。但他后来在传教所看到的什么东西改变了他的想法，他觉得我们老宅不再有权要求他做什么，因此就算他假期回了家，也跟没回家一样：他不大好相处了。所有他去传教所前通常乐于承担的工作，在田里帮忙，或者照顾家畜，或者砍柴，都变成了恶毒的笑话。他去传教所的第一年年末，雨季来得

---

1 mhunga "木黄谷"，一种珍珠小米。
2 rukweza "乳味稼"，一种龙爪稷。
3 sadza "赛得粥"，一种津巴布韦的玉米粥。

早，他指出绝大多数的活儿都已经做好了，我们处理得很好；而当雨季来得晚了，就像他去那里的第二年年末时那样，他提醒了我们，我们前一年没有他也干完了农活。仅有的几次他花精力帮助家里的情形，是巴巴穆库鲁捎信说他要来做客的时候。在那些天，纳莫会跟我们一起在清晨起床，卖力地干活，泥灰在他手上的皮肤里扎了根，汗水流下他赤裸的后背，让他闻上去和看起来都彻彻底底是一个标准的劳动者。他的策略完美无缺。他从不主动回老宅，不管手头的农活多么乏味和沉重，直到巴巴穆库鲁去过家里，发现那儿空无一人，于是开车来到田里。

有时巴巴穆库鲁来做客的时候穿的是短裤。这时候如果我们全在地里，他就会拿起锄头，跟我们一起干一会儿，然后跟我父亲和纳莫一起开车回老宅，好听听我父亲的进度报告，有关我们在播种、种植或者收割上如何落在后面；邻居家的牛如何糟蹋我们家的地；巴巴穆库鲁如何应该提供带刺的铁丝网，不但挡住牛，也挡住狒狒。如果巴巴穆库鲁穿的不是短裤，他们就会立刻回老宅。我母亲会抿紧嘴唇，把背上的小兰巴奈系得更牢，一言不发，继续干活。她抓住玉米秆剥掉玉米时的手臂猛烈摆动，让内蔡和我把最轻声的抗议嘟囔都咽了回去。我们想象着母亲猛烈甩动的胳膊正在挥出鞭子，呼啸着向下打在我们的腿上，这个想法让我们卖力苦干。当母亲进入无声的愠怒中时，内蔡开动了我觉得是过量的马力。如果我不介意因为被妹妹超过而感到丢脸，她剥下的玉米数量能以令人难堪的程度超越我。太阳开始落山的时候，我们会沿着伯父的车辙，一边走一边把牛群赶进牛栏，因为家里除了纳莫，没有其他年轻男性来负责这份苦差。我们尽可能地快步走，这样就不会来不及做晚饭了。就我个人来说，我不喜欢看到巴巴穆库鲁穿短裤，因为他穿传教服时高贵庄严，我喜欢这样想象他。

巴巴穆库鲁来家里做客时，我们就杀只公鸡。更确切地说，如果有多余的公鸡，我们就杀公鸡，否则只杀母鸡。我们也在纳莫回家的时候杀鸡，不管他是跟巴巴穆库鲁一起回来，还是独自回来。内蔡和我会把鸡逼到角落，在多次气急败坏地扑空和揪下羽毛之后，最终抓住了它，在追它的时候，小兰巴奈快乐的尖叫声鼓励了我们，而她常常以大哭收尾，因为鸡会从我们这里飞走，扑到她的脸上。

在这个我们盼着纳莫回家的特殊的十一月午后，母亲决定去给她的蔬菜浇些水——油菜、烤莴[1]、番茄、德蕊蕊[2]和洋葱——她把这些菜种在一块属于我外祖母的地里，离老宅很近，不过依然要走上一刻钟。我们一起从田里走回家，母亲和我，还有牛，一直走到菜园，我们在那里分开，她去浇水，我往老宅走，我手里拿着牛鞭，但不用挥，因为牛群跟我一样急于回家。随着太阳落到山后面，我们的影子早已被拉成朝东的细长条。早就过了六点了。已经这么晚了，我相信到家后会看到纳莫已经回来了，但是当我从牛栏向前走，却只看到兰巴奈和内蔡在厨房边的沙地里玩。他们在玩诺多[3]，正确地说是内蔡在玩，轮到兰巴奈的时候，她只是把石子扔向

---

[1] covo"烤莴"，津巴布韦出产的一种蓝绿色叶子的植物，搭配玉米糊一起食用。
[2] derere"德蕊蕊"，一种秋葵。
[3] nhodo"诺多"，一种抛接石子的游戏。

空中,然后在内蔡接过去玩的时候大声抗议。兰巴奈太小了,没法把一颗石子扔到空中,并捡起其他几颗石子,然后在第一颗石子落下来的时候接住它。内蔡对此一清二楚,但还是喜欢在诺多上打败兰巴奈。

兰巴奈一看到我就跑了过来,发出呜里呜噜的声音激烈地抱怨内蔡不公,因此只有她脸上的表情告诉了我她在说什么。

"嘘,现在,"我安慰她,把她抱起来,放到我的大腿上,"我来跟你玩诺多。我们好好比一场。纳莫派你去拿他的行李了吗?"我问内蔡。

"没,坦布姐姐,"她回答说,"纳莫穆科玛还没到。"

"他还没到?"我并不担心,因为三点的车常常四点甚至五点才开。我也如释重负。我不必杀鸡了。"那可能是明天,巴巴穆库鲁能捎他回来。"

以我对纳莫的了解,我知道他不会这么晚了还步行回家,因为他还得提着自己的行李。并不是说行李会很多,因为他会把行李箱留在巴巴穆库鲁家。他通常带的不过是一只小包,装着他的书,加上一两条旧卡其短裤,那是他仅有的不怕在家里穿坏的衣服。有时他也拎一只塑料袋,装些零零碎碎的东西,比如糖和茶,还有肥皂、牙刷和牙膏。糖和茶多半是伯母给我母亲的礼物,尽管纳莫会留给自己。他读书而我们做家务的时候,他会喝放糖的红茶。这常会把母亲逗乐。每次她看到他这样做的时候,都会骂他,让他去放牛,但是等她讲起这事,她会笑起来。"那孩子和他的书!读那么多书,他总有一天会成为一位好老师的!"

总而言之，纳莫的行李永远不会笨重到提不动的程度。尽管如此，他不会全都自己拎着。相反，他会留一些在公交总站的商店里，几本书、一只塑料袋，总有什么留在那里，因为他跟每个人都很好，这样他能一到家就派内蔡去把东西取回来。当他觉得该仁慈的时候，他会帮忙照看仍在跟跄学步的兰巴奈，内蔡则去跑腿。当他本性毕露的时候，他会假笑着说照顾孩子不是男人的活儿，内蔡虽然比她的年龄成熟，但还是小孩，却会把婴儿绑在背上好去取行李。有一两次，因为东西太多，她一个人搬不了，我跟她一起去了。我知道哥哥并不需要帮助，他只不过想向我们和他自己显示拥有的权力，那种让我们替他做事的权威，所以我讨厌去取他的行李。鉴于我跟他差不多大，我生气的时候能从火里抄起木头扔到他脸上，所以他不大欺负我，但是内蔡代替我做了我逃掉的所有事。纳莫喜欢因微不足道的理由就用棍子打她。为了让大家相安无事，在内蔡需要帮助的时候，我会陪她一路走到商店，俩人嘟囔并恼怒着哥哥的懒惰。你可能奇怪我为什么不替妹妹站出来，告诉哥哥自己去拿行李。他第一次让内蔡跑腿的时候我是这么做的。他同意自己去，然后，等我回了厨房，他便把内蔡带到别人听不到的地方，用一根细细的桃树枝往她腿上狠抽了一顿。可怜的内蔡！她告诉我她一路跑到了商店。然后她责问我为什么不一开始就让她去！最初我以为是挨打让她问出这么愚蠢的问题，但后来我意识到，如果行李不是很多，她真的不介意替纳莫去拿。她是一个听话的孩子，会成为听话而不幸的妻子的那种。至于纳莫，他完全会说服自己，如果这件事对内蔡来说太难，内蔡就不会去拿行李。所以我不介意在需要的时候帮帮她。

这还不是哥哥让人不舒服的唯一地方。我们的那个纳莫有上百种不合理的观点。即便过了这么多年，我依然觉得我们家在他不在的时候倒更正常。那时我肯定是这么想的。我记得那个十一月的下午我感到如释重负。既然我不必再杀鸡和烧鸡，就只需要做赛得粥和蔬菜了。这完全是小菜一碟，让我可以回菜园去帮我母亲。一想到母亲如此辛苦、如此孤独，我总会难过，不过最后我决定做晚饭，这样她回来的时候就能歇歇了。因为我知道如果浇完菜园还有事情要做，她会不辞辛劳地继续做下去。

"坦布姐，出了什么事？"内蔡问道，打破了我的沉思。把兰巴奈换到左腿上时，我发现我的右膝僵住了。

"出事，坦姐？"兰巴奈问。

这是内蔡的特点，问一个我无法回答的问题。我不可能冷酷地告诉妹妹们，我在想我有多讨厌我们的哥哥，这让我有负罪感。既然他是我们的哥哥，我们应该喜欢他，这让不喜欢他变得尤其难。我却依然做到了，这意味着我肯定真的非常讨厌他！

"等纳莫穆科玛到家就没事了。"我说，努力说服着自己。

"为什么？"内蔡糊涂了，"他会做什么？"

"做什么？"兰巴奈学舌道，这让我可以笑她，借此避开了回答。把她放下后，我走到达拉[1]那里，把搪瓷盆装好水，拿上做饭需要的碟碟罐罐。达拉有些塌陷，白蚁已经在一根腿柱上势不可挡

---

[1] dara"达拉"，修纳语，指平台。

地啃出它们的通道,因此它以一个傲慢的角度斜立着,总是让东西从它上面滚下去。好像这还不够似的,几条把十字板绑到一起的树皮带已经烂了,木板松开,中间留出很大的缝隙,所以东西如果没有从达拉上滚落,也会从木板中间掉下去。

必须修理了,我必须修理了,我像之前无数次那样想着,向自己保证我会抽出时间。我弯下腰,从达拉下面提起十加仑[1]的大桶,那是我们用来存水的,热切希望里面的水够今晚用。

内蔡望着我。"水桶是满的,"她笑了,"我们用铁罐。我们只需要去河边三次。"

"去河边。"兰巴奈赞同道。

"你是个好劳力。"我告诉妹妹,被她的关心打动了。她美丽的小脸由内而外地亮了起来。我们朝对方笑着,兰巴奈咯咯笑着。

烤芮身脆叶大,不需要过多清洗。罐子都很干净,这更加证明了内蔡的细心周到。我喜欢把更杂乱的事务都处理好后再做饭。我一边哼着小曲,一边把烤芮切碎放到罐子里,高兴地看到小鸡们过来啄食那些散落的碎叶,把地方清理干净,又不用担心被捉住做成晚餐!我非常讨厌杀鸡的整个过程:找内蔡来帮忙阻止小鸡逃跑;在最终捉住它前,扑向它的翅膀却抓空时越发烦躁的心情;直到最后无可奈何地安静下来前,它挣扎着发出的刺耳咯咯声。我同样无法忍受把滚烫的热水倒在没了头的鸡身上好拔掉羽毛时,那几乎让人窒息的血腥味儿。我天真地想,下一次,纳莫会自己抓它。如果

---

[1] 1加仑约为4.5升。

他想吃鸡，他就来捉鸡杀鸡，我来拔毛烹煮。这个分工看起来很公平。

我想得太天真了。内蔡因为行李被揍的事应该让我清楚，纳莫对公正不感兴趣。或许他对其他人可以，但肯定不会这样对他的姐妹，对他的妹妹们也是如此。在我已经看得够多，明白罪责并不那么泾渭分明的时候，在他死后已经无法为自己辩护的时候，还把这一切都归咎于他，或许对他有失公允。或许我让事情显得好像纳莫就是打算让人讨厌，而且他看起来也擅长如此，但实际情况不是这样，他实际上不过是按照被期望的方式去做，也许做得过分了。在我家里，女人的需要和情感不具有优先权，甚至不具有正当性。这是为什么纳莫去世的那年我上小学三年级，而不是按照年龄去上小学五年级。在那些年月，每次我想到这件事就觉得不公平，我忍不住经常这样想，因为孩子们总在谈论自己的年龄。想着这件事，感受其中的不公平，我就是这样变得不喜欢哥哥的，而且不仅是哥哥，还有我父亲、我母亲——事实上所有人。

二

纳莫七岁那年开始上学。政府宣布，在这个年龄，非洲孩子的认知能力已经发育到足以理解抽象的数字和字母的程度了：1+1=2；k-i-t-s-i=kitsi[1]。纳莫是他班级里最小的学生之一。可能其他父母相信我们确实是一群智力低下的人，觉得最好等他们孩子的能力成熟一些，再让他们面对严酷的正式教育。而且，当然，还有学费的问题。不管是什么原因，我们中的许多人一直到八岁甚至九岁才上学，但是巴巴穆库鲁为我们家族开了早入学的先例，他在南非取得了学士学位，因此对教育所知颇深。巴巴穆库鲁告诉我父亲："他们应该早点儿上学，那时他们的头脑还具有可塑性。"因此不出所料，纳莫七岁那年就上了学，既然我比他小一岁，我跟着在第二年上了学。

在我开始上学那一年，雨水充足，而由于某些我根本不记得自己理解了的原因，我们的庄稼收成并不好。尽管我们收获了足够多的玉米，可以让我们免于饥馑，却没剩下什么可以卖了。这意味着家里没了钱。没钱意味着没有学费。没有学费意味着不能上学。也没有任何找到钱的希望，因为巴巴穆库鲁已经离开传教所，到英国去继续进修教育学了。

---

1 修纳语，小猫。

巴巴穆库鲁去英国的时候我才五岁。因此，对于他离开时的情形，我只记得每个人都非常兴奋，都觉得这件事了不起。从那时起，为了弄明白当时到底发生了什么，从而让我能够理解接下来发生的事情，我请很多人——梅古鲁和巴巴穆库鲁、我父亲、我母亲、尼娅莎和基多——告诉我他们所记得的。并不奇怪，我发现围绕着这次离别有讨论，有冲突，有紧张，这是我作为一个小孩不可能明白的。

巴巴穆库鲁并不想离开传教所。他不想再次远离家乡，因为他已经离开过他母亲一次了，是去南非，回来还没多久，还没看到她安顿下来安享晚年。除此之外，他现在有了自己的家。虽然给他提供去英国学习的奖学金的传教士们也给了梅古鲁一份奖学金（他们心急火燎地要让这对睿智且自律的年轻夫妇受到训练，成为对他们的国民有用的人），问题是还有孩子们。围绕着巴巴穆库鲁的出国展开的讨论和冲突与其说集中于他离开的问题，不如说集中于孩子们该怎么办。巴巴穆库鲁很感激被给予这个机会，此外，拒绝将会是一种自杀。传教士们会被他的忘恩负义惹怒。他会在他们那里失宠，他们会把另外一位有前途的非洲青年置于他们的羽翼之下，取代他。由于在国内无法获得必需的资历，除了让自己背井离乡五年来保住职位，他没有其他选择，这样，在适当的时候，就能让他有能力使自己和家人免受大自然和慈善的传教士们的摆布。我祖母认为孩子们待在家里会更舒服，他们熟悉这里的生活方式，在家庭环境中会很自在。但是巴巴穆库鲁还记着老宅的生活多么艰辛，不希望他的孩子们经历他小时候经历的贫困和艰苦。另外，他宁愿孩子们跟他在一起，这样他能监督诸如他们的学习和成长这些重要的事情。因此基多和尼娅莎被带到了英国。当然，我父亲觉得没有他哥哥来供给他的五年太漫长了，其间他将不得不自力更生，他安慰自己说，等巴巴穆库鲁带着更高的学历归来，所能提供的会比以前多得多。我母亲则满怀希望，她觉得我父亲终于能有责任心了。

我记得曾跟纳莫讨论巴巴穆库鲁的求学这一壮举。纳莫对可能得到的教育程度念念不忘。他跟我说，巴巴穆库鲁去获得的那种教育一定是非常重要的，所以他才要为此不远万里。"英国，"他以一种有分量的权威姿态告诉我，"离得非常远。比南非还远得多。"他是怎么知道的？

那些日子里纳莫知道了很多东西。他死的时候，知道的比过去更多。比如，他知道等他长大了，会像巴巴穆库鲁一样拿到很多学位，像巴巴穆库鲁一样成为校长；他知道将由他负责确保他的妹妹们得到教育，或者如果我们上不了学，他要照顾我们，就像巴巴穆库鲁已经和正在为自己的弟弟妹妹们做的那样；他知道他必须到田里帮忙、照看牛群、亲切待人；最重要的是，他必须在学校努力学习，在班级里始终名列前茅。为了最后这一点，他在 A 类课程和 B 类课程上学得非常努力。他对他 B 类课程的成绩尤其开心，因为他以两分的优势超过了后面的男生。他表现得如此出色，后来却被告知，因为没钱交学费，不能再上学了。他哭了。

幸运的是，那一年我母亲态度坚决。她开始煮鸡蛋，拿到公交总站卖给来往的旅客。（这意味着我们不能吃鸡蛋了。）她也卖蔬菜——油菜、洋葱和番茄——扩大了她的菜园，这样会有更多的蔬菜卖。生意不错，在公休假日则非常好，那时甚至索尔兹伯里、维多利亚港、芒特达尔文[1]和万基[2]的游客都会远道而来，不由得多买一些东西带回家。这样，她东拼西凑地弄到了足够的钱，可以让我哥哥留在学校。我明白卖蔬菜不能赚大钱。我理解没有足够的钱交我的学费。是的，我确实理解为什么我不能回学校，但我喜欢上学，我学得很好。因此我的处境让我非常难过。

　　父亲觉得我不该介意。"有什么好担心的？哈，哈，哈，没事儿的，"他让我放心，他通常会做的就是将话头转向最容易进行的话题，"你能把书煮了给你的丈夫当饭吃吗？跟你妈妈待在家里。去学烧饭和打扫卫生。种菜。"

　　他的目的是用合理的安慰话让我平静下来，但我看不出合理在哪儿。父亲说话经常这样，但是以前从没有过现在这样的具体事情让我质疑他的理论。而这一次，我有证据。梅古鲁上过学，她煮书给巴巴穆库鲁当晚饭吗？我不快地发现，父亲的话并不合理。

　　我向母亲发牢骚。"爸爸说我不需要上学。"我一脸轻蔑地对她说。"他说我必须学做个好老婆。看看梅古鲁，"我接着说，没有意识到这有多伤人，"她是个比你更好的老婆。"

　　母亲已经到了不会被我这种小孩子的胡言乱语干扰的年纪。她试着告诉我很多事情，好多少开解我一些，解释说父亲是对的，因为即便是梅古鲁，也知道怎么烧饭、打扫、种菜。"女人的事儿是个重担，"她说，"难道不是吗？不是我们生的孩子吗？即便如此，

---

[1] 津巴布韦东北部城市，距首都哈拉雷约160千米。
[2] 津巴布韦西部城市万盖（Hwange）的旧称。

你还是不能随便决定今天我想做这个，明天我想做那个，后天我想上学！需要做出牺牲的时候，你就是那个必须做出牺牲的人。这些事情并不容易，你必须早点开始学，从很小的时候就开始。越早越好，这样后面就容易了。容易！说得好像容易过一样。如今处境变得更糟了，一则因为黑人穷，二则因为女人的重担。唉！我的孩子，能够帮助你的，是学会用力挑起你的重担。"

这件事我想了好几天，这期间我开始担心自己并不像在A类课程上的表现让我相信的那样聪明，因为，就像我无法跟上父亲的逻辑一样，我也无法跟上母亲话中的逻辑。母亲说身为黑人是个负担，因为它会让你贫穷，但是巴巴穆库鲁并不穷。母亲说身为女人是个负担，因为你必须生孩子，并照料他们和丈夫，可我并不觉得真的如此。梅古鲁就被巴巴穆库鲁照顾得很好，住在传教所的大房子里，我没见过这栋房子，但是我听到过传言，说它宽敞雅致。梅古鲁去各处都坐车，看上去保养得很好，精神饱满，总是干干净净。她是一种与我母亲完全不同的女人。我断定像梅古鲁这样更好，她不穷，没有被身为女人这个重担压垮。

"我要继续上学。"我对父母宣布。

父亲以为我希望他用什么办法弄到钱，或许是通过工作，因此对我很凶。"你马上就要开始胡说八道了！我看得出来。你知道你的巴巴穆库鲁要有一段时间不在家！"

"我来赚学费，"我让他放心，向他阐述我的计划，就像我在自己的脑海里设计的一样，"如果你给我一些种子，我可以清理出我自己的地，种我自己的玉米。不多。只要够学费就行。"

父亲被我大大逗乐了。他用一种让人不快的成人方式笑了又笑,使我大为光火。"只要够学费就行!你听到了吗?"他对我母亲咯咯地笑着,"这么一棵小树,却已经计划成熟了!你能不能告诉你女儿,欣加宜妈妈,告诉她没有钱。没有钱。就是这样。"

母亲当然更懂我。"她要钱了吗?"她问,"听听你孩子的话。她是要种子。这个我们能给。让她试试。让她自己明白有些事情是做不到的。"

父亲同意了。为了让我别闹,一点儿种子不算很大的付出。第二天,也就是一九六二年十二月的一天,我开始了我的计划。第二年一月哥哥进入一年级。我在家里干活,在祖田里,按照我自己的计划。那些日子里,我为了我的玉米种植向祖母嘟囔着崇敬的、虔诚的祷告。我的祖母曾经是一个势不可挡的耕田机、播种机和大丰收收割机,直至,真正地直至,生命的最后一刻。在我还太小,在祖田里除了碍事之外什么都做不了的岁月里,我常常与我的祖母一起,在那块她称为她的菜园的地里卓有成效地干上几个小时。我们并排锄着田垄,每条田垄由一排玉米分隔,我固执地认为自己能跟上她,她锄三条田垄的草,我锄一条,这样我就能跟上她了。她对我的劳动意愿赞不绝口,认为这是我值得拥有的习性。

她也教我历史,那些课本里找不到的历史。先在地里干一会儿,然后休息,然后故事开始,然后暂停。"接下来怎么样了,姆布娅,怎么样了?""孩子,要听更多的故事,就要干更多的活儿。"缓慢地,有条不紊地,从早晨到晚上,地就打理好了,我祖母自己的历史片段也从头至尾串了起来。

"你家并不一直在这个地方,而是直到我嫁给你祖父之后才搬过来。我们曾在奇平盖¹快乐地生活,那里土地肥沃,你的曾祖父那时有很多钱,有好几群肥牛、大片的田地,还有四个老婆,她们辛勤劳动,收获大量的庄稼。所有这些他都能用以从商人那里换布料、珠串、斧头和枪,甚至一把枪。那个时候商人并不来定居,他们经过,然后离开。你曾祖父的儿子多到可以装满一牛圈,都是高大、强壮、干活卖力的男人。而我,那时我很美。"她的眼睛朝我闪着光,因此我不好意思靠太近察看她,找出那个她描述的女人。她为什么告诉我这个?她现在不漂亮了,但我爱她,所以当她看到我寻找那个消失美人的眼神,我很惭愧。"我不是一直这么老的,长着皱纹,头发花白,没了牙。我曾经像你一样小,一样可爱,一样胖乎乎的,等我长成一个女人,我是一个美人,长发能沿着脑袋中央编成一条垂垂的辫子。我有沉甸甸的、有力的屁股。"她通常在这里结束第一章。我如坐针毡。公主与王子。怎么样了?怎么样了?

精通欺骗和黑魔法的巫师们从南方来,强迫人们离开这片土地。骑驴、步行、骑马、坐牛车,人们寻找着居住的地方。但是巫师们欲壑难填、贪得无厌,留给人们的土地越来越少。最后人们来到老宅这片沙质的灰色土壤,这里石头遍地、贫瘠荒芜,巫师们用不上。他们在这里建起了家园。然而第三个儿子,我祖父,受到巫师们关于富裕和奢华的低语的诱惑,被老宅的艰苦生活驱赶,让自

---

1 津巴布韦一市镇地名。

己和家人去了那些巫师的一个农场。唉！结果却发现他们被诱骗做了奴隶。但是有一天我祖父终于逃到南方闪闪发光的金矿上，据说在那里好男人会迅速发财。白人巫师不需要女人和孩子。他把我祖母和她的孩子们赶出他的农场。他们一贫如洗，走回了老宅，在那里，我的曾祖父，虽然没有回到以前的生活水平，却设法使全家人待在一起。后来我的曾祖父去世了，家庭分崩离析，而且事实证明我祖父不是一个好男人，因为他在矿里被杀死了，留下我的祖母抚育六个孩子。然后她听说了那些外表与巫师相似但不属于巫师的生物，这些生物是神圣的，他们在离老宅不太远的地方建起了传教所。她带着我伯父，巴巴穆库鲁，他那时九岁，还扎着缠腰布，走到传教所，那里神圣的巫师们把他收了进去。他们让他白天在农场干活，晚上学习他们的魔法。我的祖母既睿智又有远见，恳求他们让他做好到他们的世界里生活的准备。

在我听来这真是一个浪漫的故事，一个关于奖励与惩罚、原因与结果的童话。它也有寓意，一个诱人的寓意，让你更加渴望，但这种渴望还没有超出可控的范围。

伯父不害怕干重活，很小的时候在农场和老宅里就习惯了。即便被安排在农场干整整一天，他在学校里也表现得格外优秀，这让传教士们大吃一惊。他非常勤奋，他孜孜不倦，他恭敬有礼。他们觉得他是个好孩子，可以栽培，就像土地一样，能结出硕果来供养培育它的人。等他在传教所完成了小学学习，他们安排他进入中学。这只有当针对我伯父这样的人的中学建起来才可能，而这意味着他必须在这中间等上几年。在这段时间里，以及在他上中学的那些年，他们让他在传教所做些零活，这样他就能支付学费并帮助家里。然后政府给他提供了一笔去南非的奖学金。伯父终于飞黄腾达、受人尊重，薪水也不错，足以稍减家人生存上的艰辛。这表明，如果你足够努力并遵守规则，在任何环境中都能过上有一定尊严的生活。是的，这是一个浪漫的故事，我祖母是这样讲的，它并没有简化苦难，但是传递了非常明确的信息：忍耐并服从，因为别无他法。她对自己的长子非常自豪，他就是这么做的。

她走得非常平静，那天我不在，她在劳作之余，稍事休息，便离开了人世，在那之后，我母亲接管了那块地，把它变成了她的菜园。那是很大的一块地，母亲不是全都要用，因此大约半亩在休耕中。就是这一块我选作了我的地。

那年我长得比通常的八岁孩子更加成熟、强壮和结实。大多数时候我都在黎明前醒来，我清扫院子的时候，黑暗的帷幕才刚刚被拉开。天大亮前，我就已经动身去河边了，然后穿过树林沿着小路回来，经过其他老宅，那里的女人们才刚醒，我的水鼓平放在我用叶子和绿树枝做的头垫上，水鼓灌得差不多满，因为如果全满，对我来说就太重了，在没人帮忙的情况下无法举到头顶。等公鸡打鸣、母鸡把睡意抖出羽毛的时候，我已经生好火、扫好厨房，煮好了供梳洗和泡茶的水。等到太阳升起，我已经在我的地里了，最初几天除草和清理；然后每隔三十英寸[1]挖个坑，只需用锄头简单一挥，就像我们在学校的园艺课学的；然后把种子撒到坑里，一次两

1　1英寸=2.54厘米。

三粒，脚拂一两下盖住；然后等待种子发芽，护理，接着等野草长出，再次护理。到了大约十点，我是根据太阳的高度和热度判断出来的，我会去我们家的地里跟母亲一起干活，有时是父亲，下午放学后则是哥哥。

我觉得母亲很佩服我的执着，也因此对我感到歉疚。她在我会被迫面对失望之前，就开始帮我做好心理准备。为了让我有所准备，她开始打击我。"你以为你与众不同，比我们其他人好很多？认命吧，享受你能得到的。其他什么都做不了。"我需要支持，我需要鼓励；如果有必要，给我警告，但得是建设性的。当她打击我太多次后，我判定她太听我父亲的话，太顺从了。我不再留心她，转而从纳莫那里寻求支持，但是他帮不了我，因为他在上学。

"你干吗折腾？"他问，他的眼睛里闪着充满敌意的光，"你不知道我才是必须上学的那个人吗？"

"你说你会照顾我。那就在我的地里帮我。"

"你看到我有多忙，你怎么能提这样的要求？"

确实如此。牛一直待在栏里，直到他下午放学回家，在去地里跟我们一起干活前，把它们放出来吃草、喝水；有牛在产奶的时候，他得在上学之前和放学之后挤奶；他得看书；而且在农忙时，父亲坚持要他整天来帮我们，因此有时他一次就会缺课长达一个星期；要干这里那里所有的正事和杂活，他非常忙。我张嘴想说我来负责挤奶和放牛，但是自我保护强过了同情心。我闭上嘴，没有说。尽管如此，我必须对哥哥的困境做些什么。

"如果他这么忙，他怎么专心读书？"我问父亲。

"如果他想,怎么不能?"

母亲是对的。有些事做不了。

我告诉纳莫我的遭遇时,他笑了。"那又怎样!我不在乎他说什么,"他耸耸肩,我以前从来没有听到过这样大不敬的话,非常震惊,"我在上学,是不是?我不担心他怎么说我。所以你有什么问题呢?它甚至影响不了你。"

"但你无法学习。"

"谁说的?我该知道的。我去上学。你哪儿都去不了。"

"但我想上学。"

"想是没用的。"

"为什么没用?"

他犹豫了一下,然后耸耸肩。"哪里都这样。因为你是女孩。"这是借口,"爸爸就是这么说的,记得吗?"我不再听了。我对哥哥的关心不经意间就死去了。

到了二月,我的玉米变得绿油油的,比我还高,并且依然在长。我昂首阔步地巡视着自己的庄稼,仿佛拥有的是上百公顷的农场。那些日子里我也不会过度疲劳,因为田里不再需要很多关注了。这种感觉真好。会是个好收成。剩下就等着收获了——实际上还须打理一次或两次,但只用等着收获时节去收割我结实的小庄稼了。结实的小庄稼。说到收获,我还不能得意得太早,以免遭到打击。我不可能从庄稼上赚很多钱,不过我必须把这个想法抛到一边。

几个星期后,玉米棒成熟到可以吃的时候,它们开始消失了。

"你想怎么样呢?"纳莫说,"你真的以为你能供自己上学吗?"

在我的玉米开始被偷后的那个星期天,我决定去教堂。星期天对我们来说几乎从来不是休息的日子,更很少是做礼拜的日子。通常我母亲不敢公然犯罪,去地里干活,却会在星期天到她的菜园里忙活。或者即便活儿没有多到可以让她待在家里而不受良心的谴责,她也太累,没有力气梳洗干净,走两英里半去教堂。在我去上学的那一年,我发现自己去教堂越来越勤了,因为不去主日学校的孩子星期一会被藤条打,或者被安排到老师们的菜园干活。自从离开学校后,没了被打的可能性驱动我,我几乎不去教堂。但是这个特殊的星期天,在我的玉米开始失踪后的这个星期天,我渴望着我们在主日学校玩的游戏。我不可抑制地需要大笑、轻松的心情,以及友谊。我走到河边,仔细地梳洗干净,换上我最好的衣服,这件衣服除了腋窝外没有一个洞,那里有洞也只是因为我长得太大,而衣服小了。我在腿上、胳膊上和脸上抹了不少凡士林,也抹到头发里。然后我对这种浪费感到难过,因为这只意味着我很快会沾上很多灰尘。等我到了鲁蒂维小学,我原先的学校,做礼拜仪式的地方,游戏已经开始了。女孩们已经在马路上玩帕达[1],她们用一根树枝在尘土中画出跳房子的方格,男孩们则在野草稀疏的足球场上,热火朝天地踢着一种用塑料和报纸做的足球。女孩们很高兴看到我,很高兴我又和她们在一起了。一如往昔。立刻轮到了我。

---

[1] Pada"帕达",一种跳房子游戏。

"我们想你。"我开始扔帕达的时候,尼娅丽说,她是我最好的朋友。"尤其是纳莫给我们玉米的时候,"她叹了口气说,"下课后烤玉米真好玩。如果你在这里该多好。"

血在我的皮肤下刺痛。我摇摇晃晃地单脚跳进8号方格。

"你输了,"吉瓦说,"你没踢到帕达。"

"纳莫给你们玉米?"我在8号方格里一只脚站着问。

"很多次。"尼娅丽肯定地说。

她们告诉我,我像猎狗跑去追公鹿一样离开帕达游戏。我记得自己前一秒玩的是帕达,下一秒就和纳莫在足球场的泥土中翻滚,一群兴奋的同龄人怂恿着我们。她们说我直奔向哥哥,一下子就把他撞倒在地。我这边占据了出其不意的优势。我坐在他的身上,把他的头撞向地面,尖叫着、咒骂着,唾沫四溅。纳莫拱起身,我从他身上掉下来。他把我压到地上,没有打我,只把我按在那儿,眼底闪着恶毒的光。"你有什么毛病?"他拉长调子说,"你疯了吗?"一群人笑了起来。

"费啥口舌?"一个踢球的人叫道,"揍就是。她们只听这个。"

我嘶叫着,吐着唾沫,大声尖叫,骂得更厉害,踢着腿,挣脱了,后退到人群里,人们向两边让出一条路。我再次扑过去,这次是要杀了他,却发现自己被一个大人的胳膊举起,在半空中挣扎。

马蒂姆巴先生对每个人都很生气。"我替你们害臊,"他用比我的尖叫更高的声音喊道,"你们所有人。纳莫,如果你跟你妹妹打架,谁来照看她?还有你,坦布扎伊,也该表现得好点儿。还有你们,你们这些人站在那儿鼓掌,好像在看足球赛。你们怎么回事?"

"她先打的。"纳莫没精打采地说，很是警惕。

"是的，"所有人异口同声，"她冲过来。我们看到的。她完全没有原因地就冲了过来。"

我声嘶力竭地喊出我的理由。

"她说什么？"尼娅丽问，看起来一本正经，"她是想要玉米吗？"

"再让我看到任何像这样的事，"马蒂姆巴先生继续道，"我就抽你们，你们每个人。把每个人的腿都打到棍子断了为止。赶紧走，所有人。主日课结束了。"

一股暖流从我的大腿滴下。我可能尿了，但它是红色的，黏附在大腿的外侧，而不是出现在大腿内侧的无色液体。我感受不到伤口的疼痛。无力的愤怒化为泪水，几乎要让我崩溃。我眨着眼把它们压回去，告诉马蒂姆巴先生纳莫偷了我的玉米。

"是些什么玉米？"马蒂姆巴先生问，可能有些困惑，但很耐心。我把整件事告诉了他——我如何打算下一年回来上学，我如何打算卖我的玉米赚钱。马蒂姆巴先生认真听着。因为叙述不是很有条理，所以很长，在我说到某些地方时，马蒂姆巴先生不得不接连提问，我们开始绕着足球场走。马蒂姆巴先生费力地听着，把他的整个身子都朝我倾斜过来；我向他讲着，仿佛他只是另外一个伙伴，而不是一个大人、一个老师。我觉得自己又聚为一个人了。

"在它们还绿的时候卖掉更好，"等我讲完，马蒂姆巴先生建议道，"这样能卖到更多的钱。"

"可是每个人都有嫩玉米吃，"我反驳说，"噢——！你是说我该去汽车总站？"

"可以这样,"马蒂姆巴先生回答说,"但我想,你应该卖给白人。玉米棒又肥又重的时候,他们甚至每根出六便士来买。"

我不相信他。没有人那么有钱,即便是巴巴穆库鲁。

"如果你把嫩玉米拿到市里卖,"马蒂姆巴先生继续说,"你或许能赚到够几个学期的学费。这之后,我们就拭目以待了。"

"但我没法去市里,"我指出这一点,耸耸肩,"我会把我的玉米拿到马格罗沙去。"

"或许你不必这样,"马蒂姆巴先生说,以一种密谋的样子笑着,"星期二我会开校车去市里为学校办点儿事。如果你星期二的十一点来我家,我就带你去那里,我们看看能做些什么。不过一定要得到你父亲的同意。"

我父亲说马蒂姆巴先生的做法很不负责,是在插手与他无关的事情。"他以为他是你爸爸吗?"他质问道,"他觉得就因为他比我多喝了点儿墨水,就能接管我的孩子了。还有你,你觉得他比我好。他想有人在他的菜园里干活,这是他想要的。我不许你去。"

"但我必须卖掉我的玉米。"我坚持道。

"你是不是一直打算去市里卖,哈?是不是?"父亲挖苦地问,一副受伤的样子。"欣加宜妈妈,"他吩咐我母亲,"告诉你的孩子,她不可以跟那个男人去市里。"

"我干吗要跟她说这些?"母亲问。"这姑娘应该有个机会独自做些什么,独自经历失败。你觉得我没有跟她说过她的努力会毫无结果吗?你了解你的女儿。她很任性,固执己见。她不会听我的。我懒得跟她说那些她不在意的事儿。"她发着牢骚。"她必须自己去看看。如果你不让她去,她会一直觉得你不让她自力更生,"她继续说,重新找到方向,"她永远不会忘记这件事,永远不会原谅你。"

"一直"和"永远不"这类词对我父亲来说意义非凡,他思考问题绝对化,他的思维如果跳跃起来,最终就会朝相反的方向跳一大步。"那就让她去吧。"他说。

就这样,星期二我遵守了与马蒂姆巴先生的约定。我爬进校车坐到他边上。玉米篮子放在我的腿上,用棕色的纸整洁地盖住。其他孩子,他们已经上完课,在车外看着我,写在他们脸上的羡慕是那么明显,我觉得就算自己一根玉米也没卖掉,也已经取得了重大胜利。

"再见。"车驶离时我挥挥手,"明年我就不能去市里了,因为我会跟你们一起坐在课桌后面!"马蒂姆巴先生朝我和气地笑着,比多数大人都和气。我也笑了,因为他的笑具有感染力,因为这次旅行让我兴奋,我对他很满意,对我自己很满意。

我以前从来没坐过汽车。我被新的感受淹没了:柔软的塑料座椅让我出汗,把我的裙子粘在屁股上;路上的颠簸比尼娅丽爸爸的牛车滚过时更厉害。我问马蒂姆巴先生:

"为什么汽车走的路会这么颠?牛车走的路就不这么糟。"

"路的坑洼是一样的,"他解释说,"但汽车比牛车行驶得快,于是我们坐汽车的时候就更觉得颠簸。"

路面的坑洼是一样的!真的吗?

我们来到河边时我很担心。"车怎么游过去?"

"轮子会在河床上滚动,"马蒂姆巴先生和蔼地解释,"就跟河水不太深的时候你走着过河一样。"所有这些新的理念让我着迷。

中间伸展着白色条带的柏油路也令我惊奇。

"整条马路都空的时候,我们为什么要待在其中一边?"我问马蒂姆巴先生。一辆送奶车朝着我们呼啸而来,沿相反方向经过我们。"我懂了,我懂了,"不等他回答,"去市里的车用这条道。从市里来的车用那一边。这样他们就不会相撞了!"马蒂姆巴先生表扬了我。他说我很聪明。我觉得自己的确聪明,但我没有这样说。

"乌姆塔利在这些山的另一边,"我们接近伊尼扬加公路和乌姆塔利路的交叉路口时,马蒂姆巴先生说,"这周围的山是罗得西亚[1]最高的几座山。所有高山都可以在这里找到,在我国东部。等你回了学校,这些都是你要学的东西。"

道路开始向上爬上山脊。卡车蹒跚而行,变了声音,走得更慢了。

"白人一定很壮实,才能修出这么宽、这么高高向上的路。"我说道。

马蒂姆巴先生不这么认为。"是我们修的,"他告诉我,"这是件苦差事。我们干了很多苦活儿。现在我们接近圣诞山隘最高处了。"说着,他换了个话题:"等我们到了山的另一侧,你朝下看,可以看到一些值得一看的东西。"

我向下看,看到一个非常小的城市在我们下方整齐地铺开,一

---

[1] 津巴布韦的旧称。

排排的小房子向西北方伸展开去，越来越小。

"那就是乌姆塔利，"马蒂姆巴先生说，"罗得西亚的第三大城市。比乌姆塔利大的只有首都索尔兹伯里和布拉瓦约[1]。你还会学到很多其他东西。什么时候我晚上带你来这儿。那时它会非常美，因为市里的灯光像数百颗星星，铺撒在你的脚下而不是头顶。"

星星在脚下而不是头顶！我真想马上看到。我祈祷发生奇迹，让太阳落山。

我们哐当哐当地驶下山隘。路上有更多的车了，形状、大小和颜色各不相同，有的在我们前面，有的在后面，有的在我们旁边。一些像我们一样要去市里，其他的是开回来驶上山隘。然后道路分岔了，伸展向各个方向，汽车也在各个方向来来去去。我开始非常害怕它们中的一辆会开到错误的方向来，跟我们撞在一起，但是马蒂姆巴先生相当放松。有这么多让人晕头转向的路可走，他却能让车去他想去的地方，他是多么聪明啊。

"我们要去的地方有很多大商店，白人把车停在那里，"我们在路上慢慢移动的时候他告诉我，"我会跟你待一小会儿，告诉你怎么做，然后我要离开一段时间去办我自己的事。"如果想到要一个人待着，我会害怕的。

我们开到一条被柱子上的灯奇怪地管控着的宽阔街道。上端的灯亮的时候，所有的车都停下来。当下端的灯亮起，我们都继续移动！我很好奇这些灯是怎么知道如何把自己打开和关上的。

1　津巴布韦西南部城市。

"它们是由机器控制的，"马蒂姆巴先生说，不像之前回答我的问题时那么细致，"你会在一年级学到，等你读到《本和贝蒂在城市和乡村》的时候。"

对我来说显而易见的是，除了卖掉玉米、回学校读书，我别无选择。

马蒂姆巴先生把卡车停在红绿灯后面的街角处。我们下了车，走到一家大部分用玻璃围成的大商店那里。

"尽量背靠那堵墙，这样就不会挡住别人的路，"马蒂姆巴先生教我。"现在，"他接着说，"尽可能地让你的玉米看起来诱人。把棕色的纸拿开。"

我按照他说的做了，并且拿出六根玉米，围着篮子排开，支在篮筐上。

"打扰了，夫人，"马蒂姆巴先生用英语，以一种我听到他使用过的最柔和、最圆滑的声音，对一位白人老妇说，老妇与她丈夫手挽手走着，"打扰了，夫人，我们卖青玉米，非常嫩，非常新鲜，非常甜。"

我灿烂地笑着，举出两根玉米，此时我的胃紧张得紧紧卷成团。我不喜欢他们看上去的样子，他们的皮肤像折纸一样挂在骨头上，手上的棕斑看上去有毒，一种发霉的、尘灰的、甜丝丝的气味像雾霾一样贴在老妇的周身。我确保不去皱起鼻子，因为正是这些人有我需要的回学校上学的钱，我笑得更加灿烂了，露出我的所有牙齿，说："好玉米，好吃的玉米。好的，好吃。"我重复说着，因为我没有更多的英语形容词来形容我的产品了。

老妇摇着头看着我，发出"啧，啧，啧，啧！"的声音。

"快走，多丽丝，"男人说，着急地抓住她的胳膊肘，"我们根本不需要玉米。"

"吃惊，真让人吃惊，"多丽丝抗议道，"如果我就这么走开，什么都不说，乔治，我会对自己感到吃惊的！嗨，年轻人，就是你！"她提高声音对马蒂姆巴先生说："她是不是你的女儿？"不等回答，她把他臭骂了一顿："童工。奴役！就是这么回事。而且我肯定你并不需要这个可怜的小东西干活。你衣冠楚楚，但看看这个小东西，一身破烂，流着眼泪。"

多丽丝的丈夫朝马蒂姆巴先生抱歉地弯下嘴角，尴尬而生气。

"快走，多丽丝，这不关我们的事。"

这看上去也是大街上其他白人的想法。他们在走近我们前就穿到路的另一边。有些人确实从旁边走过，但我觉得他们不说英语；事实上，除了一个健壮的青年，根本没人开口。

"怎么了，夫人？这个黑家伙不要脸？"

一群黑人聚集过来。"这些老家伙是怎么了？"一个戴着太阳镜的年轻人问，一顶花呢帽不服管束地遮住他的一只眼睛。他用另一只警惕的眼睛盯着那个健壮的青年。我不得不告诉他我也不知道，因为我不会说英语。但我向他保证，等我回了学校，我就学英语。

多丽丝不肯保持沉默。"这个孩子应该去学校，学她的十诫，避免做坏事，"她谴责说，"不要告诉我根本没有学校，年轻人，因为我知道政府在教育方面为本地人做了很多事。"

"他们就是黑玉米棒子,"年轻人插话道,"他们什么都不想学。太热衷于体力活儿了。"

"现在,你解释一下。"多丽丝命令马蒂姆巴先生。

马蒂姆巴先生确实为自己做了辩护。他说得万分悲伤、万分哀恳。多丽丝像变色龙一样脸色暗了下来。钱换了手,纸币从多丽丝的手里转到马蒂姆巴先生的手里。那个健壮的青年很不满。"这能买不止两箱顺巴[1]。浪费在一个黑玉米棒子身上!"多丽丝任凭丈夫先走。我举起篮子,重复着吆喝,让她挑选最大的玉米。她拍拍我的头,称我是勇敢的黑孩子。

一些人欢呼起来,说她比她的大多数同类更有人情味。其他人嘟囔着白人有能力慷慨,事实上也应该慷慨。

"好东西不是施舍来的,"戴帽子的男人警告说,"钱花完了她怎么办,再找一个老白人讨要?"他朝人行道唾了口吐沫。我不明白他为什么这么生气,但是马蒂姆巴先生阴谋得逞似的笑着,于是我知道一切正常。

"没必要待着了,"他说,"把玉米包起来,我们走。"我按他说的做了,尽管我很发愁我们一根玉米都没卖掉。在卡车上,马蒂姆巴先生解释了发生的事情,多丽丝如何指责他让我干活儿,而不送我去读书,他如何告诉她我是一个孤儿,被我父亲的哥哥收养,作为这一家的第十三个孩子,因为没有学费,没有被送去读书。他说我非常聪明、非常刻苦,正在他的帮助下卖玉米来筹集学费。他告

---

[1] shumba "顺巴",在修纳语中的意思是狮子,此处指狮王(Lion)啤酒。

诉我多丽丝因为他努力帮助我表扬了他，捐赠了十英镑用于我的学费。他把钱给我看，崭新、干净的纸币。十英镑。我们在家甚至从来没有谈到过这么多钱。现在我手里拿着它！钱，钱，成功不论手段。

"这是一大笔钱，"马蒂姆巴先生同意，"你要拿它做什么？"

"我要拿回家存起来，然后用它付我的学费，明年的、后年的、大后年的。"

马蒂姆巴先生很是怀疑。"存钱很难，尤其是缺钱的时候。我们必须做些安排。我建议你把钱给校长。他会给你一个收据，我会替你保管这个收据，然后从明年的第一个学期开始，他会从这笔钱里扣除你的学费，直到用完。"

事情就是这样。我告诉父母自己有多少钱在校长那里保管时，他们不相信我。哥哥也不相信，他觉得我在瞎编。"谎言不会让你上学的。"他嘲笑说。

父亲更加积极地表示反对，尽管，当然，我不明白他为什么反对。他去见了校长，校长证实了我说的话。

"那么你拿了我的钱，"父亲对校长说，"那笔钱属于我。坦布扎伊是我的女儿，是不是？所以这不是我的钱吗？"这对校长来说是一个难题，他是个诚实的人。最终他给我父亲看了收据。

"我没有偷你的钱，"他说，"看，你女儿的名字在收据上。这是她的钱，不是我的。学校只是替她保管。"

争论变得非常激烈，于是马蒂姆巴先生被叫了进来，来作证，也来被控诉。

"他是真正的小偷，"父亲说，"是他影响了我女儿，让她把钱付给你。"

"你忘记了，"马蒂姆巴先生提醒他，"我才是那个白女人给钱的人，钱是给我的，好让你女儿能付学费。如果你看不到这一点，那就让沙帕胡库来解决。"

父亲被吓住了，但心有不甘。"我们争执的不过是十英镑，"马蒂姆巴先生继续说，"除了能买几壶马塞塞[1]润润喉咙，它对你还有什么用？但是总有一天，等坦布扎伊学业有成，她一个月赚的就比十镑还多。"

"你什么时候听说过一个女人会一直待在父亲家？"父亲愤愤不平地说，"她会遇到一个年轻男人，然后我就一切都没了。"

不过收据留在了校长的办公室。那年我们收了很多嫩玉米，可以尽情煮玉米、烤玉米、吃玉米。

第二年我回到了学校，尽管我不得不重修 A 类课程。那年我拿了第一，大家说这是因为我第二遍学，这可能有道理。第二年在 B 类课程上我再次得了全班第一。那次，大家说这是因为我年纪更大。我哥哥尤其煞费苦心地向我指出这一点，因为那一年，他正上小学三年级，他只拿到第四名。尽管他不动声色，我知道他很难过，因此我提醒他第四名是一个非常好的名次。

我学 B 类课程的时候，巴巴穆库鲁和家人从英国回来了，就

---

1 Masese "马塞塞"，一种高粱啤酒。

是那年我哥哥在三年级考试中名列第四。父亲在巴巴穆库鲁面前总是逢迎讨好。即便如此，他为我伯父的回国所做的表演按任何人的标准来看都是非常壮观的。找到了钱，我猜想是通过乞讨，因为我父亲不得不经常如此，从而养成了一种能力。那个时候他对此非常擅长。"小伙子们，小伙子们，"他肯定会说，双手抱头摇晃着，甚至可能用他的掌心拍着前额，"你们在家里可曾看到过像这里一样发生的事情？我自己永远不会想到这是可能的。没想到穆科玛真会打好行李离开传教所，远渡重洋，在那里一待五年，取得了学位回来，取得了学位，回来时面前却一无所有，甚至没有一只羊！啧——呀！我没想到会是这样！真是太丢人了，太丢人了。"

"看看，看看你们的家。周围的人都羡慕我们。是谁在这个地方盖起了第一个砖房？是谁拥有这么明亮的波纹铁屋顶，从老远的大马路就能看到它闪闪发光？穆科玛！让我告诉你，是穆科玛为我们做的。因为穆科玛我们才让人羡慕。我们却甚至无法为他宰只羊。看，我的兄弟们，贫穷让我们多么丢人。它阻碍我们欢迎自己的骨肉。啧——哼——哼！"他肯定会用鼻子叹声气，"我们无法去接站，穆科玛会来到一个空荡荡的飞机场——我甚至没钱买车票去索尔兹伯里。"然后会有一个停顿。"我的兄弟们，你们不能帮帮我吗？我已经不想羊的事了，但是五先令，就五先令乘车？穆科玛回来会把钱给你们。"我父亲是那种人们只有在已经借钱给他后，才决定不再借钱的人。我能想象这一席话的效果，人们在旧床垫里摸摸索索，在泥砖墙里借着月光偷偷摸摸打开小洞，黄昏时分挖出埋得不深的咖啡罐。不管是从哪里来的，钱最终到手了。巴巴穆库鲁将在机场受到欢迎了。

哥哥将陪父亲去，他在我面前装模作样地问愚不可及的问题，夸大他预计这件事对我的影响：飞机轰鸣声会不会大得让人耳聋？是不是其实像狮子吼叫，或者听起来更像大蜂虻的飞舞？飞机接近地面的时候怎么拍动翅膀？自然，我不会回答。

他们将乘坐从乌姆塔利到索尔兹伯里的夜车，非常不舒服地坐在火车的五等车厢里。由于他们在索尔兹伯里无处可住，这条路线尽管最切实可行，但让行程多出整整一天。难点在于在火车发车前及时到达火车站，那是在晚上八点到九点之间。这应该不复杂，可是去市里的汽车经过村子的时间并不规律，依据的时间表并不可靠。因此行程必须以天为单位而不是以小时为单位来安排。由于这些原因，父亲和纳莫决定一大早坐汽车去乌姆塔利，这班车预计每天早晨六点半停靠我们的客车总站，不过常常并不如此。等它真的到了，它会随机地比预定时间晚一小时或早一小时，即便那时，它也可能满员了：你能一眼看到，因为即便从，比如，二十码[1]远的地方看，车里就是黑压压一片了。因此行程必须仔细规划。对于该在家过夜，从而需要一大早就出发，还是睡在我姑姑家，因为她住得比我们更靠近汽车总站，有过长长的零零散散的讨论。父亲和纳莫当然倾向于后一种安排，但是母亲理由奇怪地指出，尽管他们待在我姑姑家时，姑姑可以让他们吃得很好，但是不能指望她会像母亲一样为他们的旅途提供充足的食物。如果他们在我姑姑家过夜，

1　1码约等于0.9米。

却饿死在火车上,母亲说,他们可别怪她。这一点被接受了。父亲和纳莫决定出发前一晚宿在我姑姑家,同时让我把母亲早晨准备的食物送给他们。他们一致认为我应该把食物送到汽车站而不是姑姑家,以免我走得太慢,在他们离开后才到达。

母亲打错了算盘。她希望通过表面上劝他们不要在外面多待一晚,确保他们住在外面,这样她就可以摆脱他们更长一些时间了。这一点她做到了,但是也给自己揽上了这个不切实际且艰苦费力的工作,即找到食物。他们想要玉米面包,因为店里买的白面包在胃里停留的时间不长,而前夜的赛得粥又待得太久,还想要红薯和鸡肉。母亲被惹火了。"可这些男人也不想想,"她抱怨说,"他们很清楚我们没种玉米,玉米粉从何而来?还有红薯,我昨天才种完,因为只有我一个人种!至于他们要的鸡肉,如果他们真的要,等巴巴穆库鲁来了,他们给他吃什么?"

这个危机用老办法解决了。我去姑姑家取玉米粉,一开始试着向邻居们讨要,但一无所获,尽管我向他们解释为何需要玉米粉时,他们代之以花生。红薯来不及成熟,但是在出发的前一天,村委会打来电话,说巴巴穆库鲁已经送来了买羊的钱。这样的结果是,父亲和纳莫要到了鸡,而且能吃到了。

父亲和纳莫规划的行程非常复杂。复杂,故而刺激。我想参与其中。我也想搞定交通时刻表;我也想半夜在火车上吃新鲜的玉米面包、灰白的烤花生和盐水煮的鸡肉;最重要的是,我想像所有人一样耳朵被灌满飞机的隆隆声和嗡嗡声(是隆隆声还是嗡嗡声?)。我想去的渴望肯定显露了出来,可能在我听他们制订计划、取消计划、重新制订计划的时候,从脸上流露了出来,因为父亲把我叫到一边,劝我克制那不正常的意愿:对我而言正常的是待在家里,为返乡之事做准备。

父亲对什么是正常的看法从很早以前就开始激怒我,那是我不得不休学的时候。我常阴沉着脸一声不吭,来努力避而不听父亲的解释,而这在父亲看来也是不正常的:"嘴巴闭着,心却傲着。"他会威胁说要揍我,但因为懒,所以在我跑开的时候他从未费心去抓我。

我很庆幸父亲的不可理喻非常明显,否则我会给弄糊涂的。在这种情况下,形势一目了然:根本没有办法讨得父亲的欢心,也毫无理由如此。释然之后,我开始让自己开心,而这更加激怒了他。他不喜欢看到我太过专注于智力上的追求。他好几次发现我在等赛得粥变稠时,读着马格罗沙用来包面包的那张报纸,于是他变得气急败坏。他觉得我在效仿哥哥,觉得我读到的东西会让我的脑子塞满不切实际的想法,让我在女性生活的真正责任上一无是处。对他来说那段日子不好过,因为马蒂姆巴先生向他解释,就金钱来说,对我的教育是一种投资,但是那时对牛群来说,我的随俗也是一种投资。在沮丧中,他诉诸绝对的做法,不顾巴巴穆库鲁即将回国,威胁要再次让我离开学校。这种威胁毫无头脑:他怎么可能做到?既然无能为力,他就随我去了。我们在平和的冷漠中共存。

三

巴巴穆库鲁在一列机动车队的迎接下回了家,在离家四英里的大路上就被三双喜洋洋的眼睛看到了。那是内蔡、我和小舒皮凯,她母亲是过来欢迎巴巴穆库鲁返乡的亲戚之一,我们看着车队行进,那速度慢得让人心焦,它们一会儿消失在一丛树木后面,又好像在过了几个小时后重新出现,实则行进了不超过几百码。守候持续了二十多分钟。我们从老宅后面山上的一块岩石处观望,直到小轿车最后一次消失进入终点跑道。然后我们疯狂了。我们滑下岩石,一路上,胳膊肘和膝盖磨破了皮,毫不在意地攀过划伤我们大腿的灌木,冲出来到路上,继续跑。"巴——巴——穆——库——鲁!巴——巴——穆——库——鲁!"我们欢呼、奔跑、雀跃,与此同时,向所有人挥着我们骨瘦如柴的胳膊,我们雀跃时裙子翻飞,屁股翘起。舒皮凯,落后了好几码,开始大哭,仍然一路跌跌撞撞地跑着,哭声中夹着欢呼声,因为我们把她留在了后面,因为她很兴奋。她的哭喊太烦人了。我本不想理她,但是做不到。我猛冲回来,一把抓起她,把她背在背上,继续这场疯狂的欢迎。

我的姑姑格拉迪丝,我父亲的同母姐姐,比他大但比巴巴穆库鲁小,第一个抵达,她的丈夫在一辆摇摇欲坠但很时髦的老式奥斯汀汽车的车窗后面。他们一路大声按着喇叭。我们挥着手,高叫着，跳着舞。然后巴巴穆库鲁来了，他的车更大、更骄人，各处的金属都闪闪发光，车身漆成墨绿色。我按捺不住了。我本可以爬到车盖上，但是因为手里抱着舒皮凯，只能满足于唱支歌："欢迎，欢迎，热烈欢迎，欢迎，欢迎，巴巴穆库鲁！"内蔡应和着旋律。我们的声带在嗓门宽广的弧线中颤动，制造出难以置信的喧闹。唱着歌、跳着舞，我们引导巴巴穆库鲁向老宅走去，几乎没有注意到托马斯巴巴穆尼尼[1]，他走在最后面，完全没有注意到佩兴丝梅尼尼[2]，她跟他走在一起。

队列慢慢地朝大院行进，院子里如今满是兴高采烈的亲戚。父亲从巴巴穆库鲁的轿车里跳出来，挥舞着一根拐杖，就像挥舞着胜利的长矛，他从坑坑洼洼的路上弹起，跃向空中，单膝着地，然后起身，再次跃起，摆出勇士给出致命一击的姿势。"天啊！"他喊道，"你们看到他了吗，我们归来的王子？你们看到他了吗？好好看看他。他归来了。我们的父亲和恩人圆满归来，已经如饥似渴地吞下了英文字母！你觉得学位难以消化是吗？要是这样，看看我哥哥。他把它们消化了！如果你想看一位受过教育的人，看看我哥哥，我们所有人的老大哥！"长矛指向高处，指向低处，刺向右边，刺向左边，扫荡千军。

轿车开到杧果树下停了下来。格拉迪丝泰特[3]困难地下了车，错误地抢了先，费力地喘着气，她的身体太庞大了，让人完全不清

---

[1] Babamunini "巴巴穆尼尼"，叔叔，表尊称。
[2] Mainini "梅尼尼"，姨妈的尊称，妈妈的妹妹。
[3] Tete "泰特"，姑姑的尊称。

楚当初她是怎么做到把自己塞进汽车的。不过她的块头并不轻浮。它的笨重体格，甚至是她试图把自己从车里挪下来这件事，让所有场合都显得重大而严肃。我们没有咯咯笑，没有去想它。泰特终于站了起来，挺直身子，两脚分开，把自己稳稳地立在尘土之中。她紧握的拳头放在屁股上，手肘具有攻击性地向外支着，对抗着任何对我父亲颂词的反驳。"你们听到了吗，"她命令道，"杰里迈亚说的话？如果你们没听到，就好好听着。他说的是真理！今天我们的王子真的回来了！满腹经纶，一肚子会让我们所有人受益的学问！噗噜噜噜！"她尖叫着，拖着优雅的小碎步一跳一跳地来拥抱我母亲。"噗噜噜噜！"她们尖叫着，"他回来了。我们的王子回来了！"

巴巴穆库鲁从车里迈出来，在打开的车门后面停了一下，摘掉帽子，朝我们所有人和蔼地、愉快地笑着。确实，我的巴巴穆库鲁回来了。我只看到他片刻。下一秒他就淹没在身体的海洋之中，那是叔叔伯伯们、姑姑姨妈们、堂表兄弟们、奶奶外婆们、爷爷外公们、堂表姐妹们、同胞兄弟姐妹们和不同胞的兄弟姐妹们。全家族聚在这里欢迎他们返乡的英雄。人们摇着他的手，揉着他的头，抱着他的腿。我也在其中，想去摸摸巴巴穆库鲁，去说话，去告诉他我很高兴他回来了。巴巴穆库鲁把他不小的身躯尽可能地扩展，伸出他的胳膊，弯低身子，这样能拥抱我们所有人，也让我们所有人可以拥抱他。他很高兴。他在笑。"是的，是的，"他不断地说，"太好了，太好了。"我们向房子移动，跳着舞、尖叫着，踩下的脚踢起细细的沙尘暴。

巴巴穆库鲁迈进屋内，一队祖父辈、叔伯辈和兄弟辈的人跟着他。各位姑姑,凭着她们父系家族的身份得以加入其中,而且未因害羞而却步,与男人们混在一起。在她们后面,属于较低阶层的母系亲属跳着舞。梅古鲁最后一个独自进来,除了她的两个孩子,她难以察觉地安静微笑着。她穿着棕色平底鞋,打褶的涤纶连衣裙非常像巴巴穆库鲁在离开前的圣诞节买给我母亲的,她看上去不像曾去过英国。相反,我的堂姐尼娅莎,美丽聪明的尼娅莎,显然去过。她穿的那件迷你连衣裙几乎无法遮住大腿,不可能有其他解释了。不过她很难为情,不断地用手包住后面的臀部,防止连衣裙缩上去,并且用垂下的警惕的眼睛观察着每个人,看我们怎么想她。看到我在打量她,她浅浅地笑了笑,耸耸肩。"我不该穿这件。"她的眼睛似乎在说。不幸的是,她穿了。我无法宽恕她的失仪。我不会表示赞同。我把脸转了过去。

我记得那一天我对尼娅莎以及基多感到不满,尽管我不知道自己为什么不喜欢基多,如果他穿着整洁的短裤和鞋袜,并无伤大雅。我觉得这种不满与他这个人没有任何关系,而因为他是尼娅莎的弟弟这一事实。至于我哥哥,我彻彻底底讨厌他。纳莫与我父亲有一点很像,就是能对任何必要的事情滔滔不绝,如果也有必要,能同时对许多事情大放厥词。因此当他突然不再跳进巴巴穆库鲁占据的中央区域,来宣示对我们那干净整洁的堂姐弟的所有权时,我毫不奇怪。他对他们有一肚子的话要说,但我肯定他用的英语磕磕巴巴。这可能就是为什么他把他们拉入对话的努力不大成功。女孩虽然没有真的忽视他,却没有答话,时不时地对聚集的人群投去审视的目光,并把我哥哥也纳入她的监察范围。基多试着微笑,但是这个笑太浅，无法驱走他眼中的恐惧。除了偶尔点点头，他还不能做任何更有意义的交流。每次基多朝他笑，纳莫就故意朝我笑，以此深深激怒我。

是的，我那个时候非常易怒，在伯父回国的场合，那对我来说本应是神圣的，就像对其他所有人一样。但它在我这里变了味，因为我忍不住会想，如果我被允许，如果我能够到机场欢迎巴巴穆库鲁，我就也在那里，跟纳莫和我的堂姐堂弟一起，喜不自禁，重新建立起因堂姐堂弟的离开而被切断了的联系。没有去机场，不能恢复与堂姐堂弟的感情，这些事情都在我的脑海里无形地搅在一起，让我开始理解母亲曾经说过的负担。以前我以孩童的自信相信，只要你选择了挑起它们，负担就只是负担，而现在我开始明白，围绕着巴巴穆库鲁回国发生的让人失望的事情，是那些普遍规则带来的严重后果，同样的规则几乎让我的学业突然但可预见地中断。这很可怕。我不希望我的生活被这类不合理的模式预先设定。我决定自己确实必须下定决心不要让它发生。我朝着纳莫和堂姐弟撇了撇嘴，粗鲁地径直冲进人群，离开房间，走向厨房。在那里，我狠狠地把一根木头扔进灶膛，结果弄得那只在平常日子里盛赛得粥，而今天盛满了肉的三脚罐，把一半肉汁泼进了火苗里。

一片肉也掉了出来。我从柴灰里捡起它吃了，然后感到恶心，因为我还在想着纳莫和堂姐堂弟，对纳莫生气是因为他把我排除出他们的圈子，尽管事实上我对他们谁都不认可。我想了想这个情况。在堂姐堂弟去英国前我认可他们吗？十有八九是的，我爱他们。他们来老宅的时候，我们长久地玩让人兴奋的游戏。为什么我不再喜欢他们了？我无法确定。我喜欢谁吗？巴巴穆库鲁怎么样？这个变化是我的原因还是他们的原因？就是这些又复杂又危险的想法让我心神不宁，不是那种你可以安心考虑的，而是那种如果你不约束就会自动浮现的有害想法。如果继续这样下去，我很快会恨不得去暴揍纳莫一顿，因为他的哂笑把事情弄得一触即发。但是我不能放纵自己以这种方式沉溺于挫折。纳莫和我很早以前就不再打架了，就是从我重回学校的时候开始，更多的是因为我们的发展方向大相径庭，不再有充分的共同之处来打架，而不是因为相互尊重或关爱。此外我无奈地明白，暴揍纳莫于事无补，因为让我不满的不只是哥哥的恼人行为。认识到对这些事想得过深有多不明智，为了避免让自己最终陷入死胡同，导致不得不面对无法解决的问题，我用家务让自己忙碌起来。

当家务不是必须之事时，它让人愉悦。今天，由于巴巴穆库鲁归家，家里有了这么多年轻的姑姑阿姨、堂表姐妹，做不做饭我可以选择。结果我还是全力以赴地炖菜，让肉在它自己的油脂里慢慢地煎，直到变成让人垂涎的棕色，加入足量的西红柿丁和洋葱丁，做出浓稠的肉汁。闻上去真香。我对自己的成就心满意足，不过这只花了不到半个小时。为了打发掉更多的时间，我把巴巴穆库鲁买的山羊的内脏和小肠做成香肠。这些做完后，我又烧了蔬菜。

女人们进来准备晚餐时对我非常满意。"你真是个小能手，"她们说，"现在只剩下准备赛得粥了。"她们的夸奖让我觉得好多了，让我觉得很好。我的自信回来了。我相信，尼娅莎没有能力做出如此精美的肉汤，至少绝对不会用平炉做。这个想法让我觉得自己高她一等，满身活力，乡味浓郁，就像家烤的玉米面包，而不是你在店里买的稀松的面包，所以我也帮忙做了赛得粥。我们在外面用大桶煮粥，用跟我胳膊一样粗的棍子搅拌。我们等着赛得粥变稠的时候，我跟阿姨、姐妹们聊天，变稠时倒入更多的玉米粉，我不再觉得被排挤了，因为我不再需要他们，我的高傲感也消失了。那个时候，被排除在外带给我深深的恐惧，因为它意味着多余。被排斥这事低声耳语着我的存在不是必需的，它把我变成不过是某个不可阻挡的自然进程中不幸的副产品。要不然它就是嘲笑这个进程出了错，制造了我，而不是另外一个纳莫、另外一个基多、另外一个将成为巴巴穆库鲁的人。那些日子里我常常觉得自己多余，但在那儿，在烧饭的同甘共苦中，占据着这同一个自然进程为我打造的角落，我感到宽慰。发现自己可靠而有用，我感到宽慰。

我们煮了两大桶五加仑的赛得粥，精细、均匀，用的是精心制作、仔细筛扬的穆特维瓦[1]，但没有米饭，这个问题很严重。在像这样的场合，应该有米饭。但是因为巴巴穆库鲁没有提供这笔钱，一粒米都没有。梅古鲁预见到了，随身带来几包，但是几包米不够一大群人吃，于是母亲在房后梅古鲁的多佛炉上煮她带来的大米，确保能把米饭留给合适的人。做好后，梅古鲁走过来帮我们盛菜——成堆的冒着热气的赛得粥倒进一套盘子里，在肉汁中翻滚的大块肉放进另一套，蔬菜放进第三套。我们把这些拿到屋里，母亲早已在桌子上摆好米饭。

1　mutwiwa"穆特维瓦"，一种发酵的玉米粉。

我有一个特殊的任务。我得端着水盆，让大家在盆里洗手。我不喜欢做这件事，因为你必须对每位到场亲戚的身份了如指掌，否则很容易出错，尤其在人数众多的时候。今天这项任务难上加难，因为尽管巴巴穆库鲁是贵宾，到场的男性亲属中有身份比他更高的。我深思熟虑后做了一个或许偏心的决定，首先在巴巴穆库鲁前面跪了下来，这是个错误，因为他让我先给他的叔叔以赛亚洗，他是我们还健在的祖父辈中最年长的。按照资历由高到低，我在男性亲戚前面跪下去再站起来，跪下去再站起来，最后来到我的祖母们和姑婶们前面，给她们端上洗手盆和毛巾。情况在祖父们和巴巴穆库鲁洗完后变得一团糟，因为这之后的等级关系就不清楚了。这个叔叔是那个叔叔的岳父，他娶了这个叔叔的妹妹，但也是他的表弟，因为他们的母亲是姐妹，尽管不是同胞姐妹。遇到这种情况，每一方都坚持说另一方地位更高，因此应该先洗。这非常复杂，让人弄不清楚。我出了更多的错，引得众人大笑，问我为什么不知道大家的亲属关系。我在一个推让的叔叔面前跪了好几分钟，因为太累了而把一些水从盆里洒到他的脚上（不断地道歉）好敦促他洗手，不再继续争论。尼娅莎用一抹笑意和眼睛的抽动来表示她的休戚与共，我觉得这是种侮辱，所以并不理她。终于，最年轻的姑姑洗好手了，我起身离开，父亲立刻问我为什么漏掉给基多端水，于是我到他面前屈膝跪下。自然，纳莫趁机也洗了手。于是我不得不让尼娅莎也洗。尽管感到恼火和委屈，因为我觉得他们三人都应该跟我们一起在厨房吃饭，但我还是给尼娅莎端上水。巴巴穆库鲁做了饭前祷告。晚饭在不息的掌声，以及对上帝恩赐和我们辛劳的感激声中开始了。

在厨房里，我们给自己和孩子们盛上锅里剩下的食物。我的姨妈马维斯，也就是舒皮凯的妈妈，对巴巴穆库鲁回来非常高兴，接连不断地向屋里端肉，导致锅里留下来的不够我们这些不在那里吃饭的人吃。结果我们中年纪最小的只有肉汁和蔬菜来配赛得粥。不过肉汁鲜美，而且有很多。我们这些难得尝到肉味的，已经觉得无可挑剔了。

等到屋里的人都吃完，我们走进去收拾盘子，长辈们已经高兴得完全难以自持。他们如此忘形，彼此之间甚至不需要一杯马塞塞来助兴，场面可真是壮观。父亲非常爱喝马塞塞，我的大多数男性亲属都如此，还有我的祖母们和伯母们，不过巴巴穆库鲁是严格的禁欲派，在戒酒方面毫不让步，以至于他在强风中离五码远的地方都能闻出你呼吸中的酒气。因此在这次聚会中，啤酒是被禁止的，大家不得不用马喝乌[1]凑合，制作这种饮品时要把玉米浆存放得尽可能久，不能真让它发酵。自然有人嘀嘀咕咕地表示不满，特别是那些年轻的叔叔，他们与巴巴穆库鲁的关系不是那么近，因此并不十分认可他的权威。除了找不到比马喝乌更刺激的任何饮料，其他娱乐在聚会中应有尽有。格拉迪丝泰特起身挥舞着手臂，衣服飒飒作响，随着"天赐恩宠"的节奏醉醺醺地左摇右摆，在每张长桌的末端兴高采烈地做着深鞠躬："我——我（鞠躬）有——呃（鞠躬）翅——翅——呃——膀（鞠躬），我——呃（鞠躬）要——

---

[1] mahewu"马喝乌"，一种发酵玉米粥。

要（鞠躬）呃——飞（鞠躬）！"与此同时，姑婶们、叔伯们、堂表兄妹们只要力所能及，就吵吵闹闹地上前提供能为巴巴穆库鲁返乡所做的一切事情。

院子里，单身的叔伯们、堂表兄妹们、姑婶们开始围成圈敲鼓吹葫芦[1]，载歌载舞，同时，圆圈中央的一些人则自由起舞。这差不多像一场婚宴，音乐和动作在夜色中脉动，让你的皮肤如被蚂蚁爬咬，让你的腋窝刺痛，让你的身体迫不及待地要起来，参与到节拍之中。我的童年是跳舞最好的时期。那时我常常放下自己学者般的严肃扭来转去，几乎和着节奏拍着手，以此来娱乐众人。等我长大一些，音乐开始更清晰地向我呼唤，我的动作变得更有力、更有节奏感、更丰富多变；但人们不再觉得它有趣了，因而到最后我认识到，我享受节奏的方式带来了不好的影响。我的舞蹈浓缩为僵硬的、踌躇的姿势。我没有完全停止跳舞，但是聚会自此就没那么有趣了，它让我感到非常不自在。

"我们在跳舞。"我邀请尼娅莎，她花了好长时间才明白。

"他们已经不大懂修纳话了，"她母亲解释说，"这么长时间他们除了英语不说别的，结果大多数修纳话都忘了。"

梅古鲁的话让我困惑，既困惑又不快。我没有想到只因为离开了一段时间，我的堂姐弟们就变了，而且变化这么大。再说，修纳语是我们的语言。人们忘记它，这是什么意思？我站在那里，努力消化这些想法，我记得堂姐堂弟离开前，我自由流畅地与他们交

---

[1] hosho，津巴布韦的一种用名为 maranka 的葫芦做成的乐器。

谈，一起吃野果、做泥罐、在尼亚马里拉河里游泳。现在他们变成了陌生人。我不再不快，而是感到难过。

"向他们提问，梅古鲁。"我怂恿她。"即便他们不理解，他们也不会拒绝回答，不是吗？这类事情，"我继续含糊但热切地说，"这样会更快地帮他们找回修纳话。"唱歌的人变得欢欣鼓舞，鼓声越来越生气勃勃。我能看到尼娅莎在听，她和着鼓点在交叠的腿上敲着手指。她用英语对她母亲急切地说着什么，口音非常奇怪，我一个字都听不懂，她让基多也加入了讨论，用的是一种非常明确的语气。我能肯定我的堂姐弟想加入这一狂欢，但是梅古鲁不同意。我可以从她平淡且被动的声音中分辨出来，还有我零星听到的"脏"和"睡觉"之类奇怪的词。真奇怪，梅古鲁不愿意让她的孩子们去跳舞。如果他们跟我们在一起不能感到自在，他们完全没有理由返乡。我觉得尼娅莎对梅古鲁说着类似的话，因为最后她的恼怒如此明显，我的姑婶们停止了她们热闹的交谈，想弄明白发生了什么。

"好了，怎么回事，梅古鲁？"格拉迪丝泰特问，"你不让你的孩子们跟其他人一起玩，是吗？"

"我怎么会，泰特？"梅古鲁平静地回答道，"我只是说他们该休息了。你知道，飞行非常累人。不过如果你说他们该跳舞，就让他们跳吧。泰特跟你们说去跳舞。"她用她那没有起伏的声音告诉孩子们。

基多礼貌地回绝了（"没事，妈妈，反正我也有点儿累了。"）。尼娅莎嘲讽地咂了咂嘴，转身离开了。她做事的方式非常极端。前一秒她还在接受发生的一切，下一秒即便你对她说话，她都会对你不理不睬。我走出去，尽可能不让这个插曲破坏了晚上剩下的时光，尽管很难。我一直盼望着堂姐堂弟回来，这样一切就会像过去他们在的日子里那样有趣、友好、温暖。我的失望如此之深，甚至当纳莫被我们扯开的嗓门和跃动的鼓声吸引，出来加入我们时，我也没有感到满足。我觉得他太难伺候，竟然想吃鸡肉，还有鸡蛋。

巴巴穆库鲁那次回来只跟我们待了一晚，因为他马上要肩负起作为校长的旧职，以及作为教会在马尼卡兰教区教学总监的这类新职。没有多少时间讨论巴巴穆库鲁离开期间曾需要讨论却不得不搁置的所有事情，因此巴巴穆库鲁与他的弟弟们和妹妹一起谈到深夜，直至黎明时分。巴巴穆库鲁关心家族的发展情况，指出作为个人，他已经通过取得硕士学位，为提升家族地位尽了所能；说他希望他的孩子们依然能做到这些，乃至更多；说他很高兴有能力在这个方面给他的孩子们一个很好的起点。家族中他这一支已经能在所处的任何群体中昂首挺胸了，但是，他明确指出，其他所有分支却无法相提并论。他是根据他在英国时从杰里迈亚和其他人那里收到的消息得出这个结论的，消息说从整个家族来看，未来并非安逸无忧。现在既然他已经回来，他说，家族成员是时候集思广益，想想如何确保家族的每个支系都繁荣兴旺了。

巴巴穆库鲁高谈阔论着，作为家族领袖他不得不经常如此，他说话的方式既冷静又温和，如此通情达理，当你听的时候，你会忍不住被他话语中的理智征服，决心一丝不苟地按照他的建议而行，不管那碰巧是什么。巴巴穆库鲁能鼓舞人心。他激发起信心和服从。他身上自带光环,从中散发出智慧和远见。人们叹息着承认家族遇到的困难,低声赞同着巴巴穆库鲁的分析。

"嗯——我看到的是,"巴巴穆库鲁说,清了清嗓子,用他那多刃小折刀的薄刃剔除了卡在牙缝里的几片肉,"需要做的是这个。"他向后靠在位于餐桌顶端的椅子里。"我们需要确保每个家庭至少有一个人接受教育,至少学到中学四年级[1],因为这之后他就有资格选择发展方向了。然而这不是说,当然,如果可能,这个家族成员继续学到中学六年级,甚至之后进入大学,不是一件好事。"

"每家有一个大学生是件好事,"格拉迪丝泰特赞成道,"我们会感到骄傲的。"

"不止一个!"父亲补充说,"他们为什么不能全上大学?为什么不呢?"

"杰里迈亚,"巴巴穆库鲁训斥道,"这个提议毫无用处。我们必须找到有用的方案。我们没有做梦的资格。"

"完全正确,穆科玛,完全正确,"父亲殷勤地附和道,"这年头谁能做得起梦?哎呀!不能做梦!不能做梦!"

"看看这个家族现在的样子,"巴巴穆库鲁继续道,"我认为主要问题出在杰里迈亚这里。泰特这里都很好——她的丈夫能够照顾她和她的孩子。托马斯也没问题——他可能没有学历,但他受到的教师培训是过硬的资历。他家不会挨饿。他们住在舒适的房子里。他们穿着得体的衣服。孩子们到了上学的年纪就能去学校。今

---

[1] Form Four standard,津巴布韦学制,相当于十一年级。

天能够上学的孩子们,他们的家庭明天就会兴旺。因此泰特一支和托马斯一支是丰衣足食的。真正担心的是你这一支,杰里迈亚。"泰特撇撇嘴,遗憾地点头赞同。托马斯巴巴穆尼尼谦逊地低下头,没说一句话来为他那不幸的哥哥辩护。

"我记得,"巴巴穆库鲁继续说,"我和家人到英国之后那年,你写信给我们,杰里迈亚——不对,应该是我们到英国的第二年。是的,我们到英国后的第二年,因为我们是一九六〇年到英国的,你是在一九六二年写的那封特别的信,我要说的那一封。它的日期是一九六二年十一月十六日。我记得很清楚,因为当我觉得疲惫、泄气,情绪非常低落的时候,我总会读这封信。这封信我读了很多次。这封信让我明白,我的整个家族甚至比我自己还需要我的学历。这也是我在情况非常糟糕的时候还能够坚持下去的办法。那封信让我对自己说,'不管发生什么,我都要成功'。是的,杰里迈亚,我记得我们收到你的消息,说没有钱缴学费了。我们尽自己所能寄钱给你。我们知道钱不多,不过我们非常高兴地听到,因为收到了我们送过来的钱,你能把两个孩子都送回学校读书了。"

"日子很艰难,穆科玛,日子很艰难,"父亲承认道,费力地做着鬼脸,以表明有多艰难,"如果没有你,我们怎么能熬过来?哎呀,我们熬不过来。绝对不可能!"

"真是这样,穆科玛,"泰特表示赞同,"我们的杰里迈亚可能会死掉。他和他全家。情况就是那么糟。真的,万分感谢,你做了一件伟大的事。"

"一件伟大的事,非常伟大的事。"托马斯巴巴穆尼尼嘀咕着说。

"我和妻子都非常吃惊，"巴巴穆库鲁说，"收成竟然不好，因为其他人都告诉我们取得了大丰收。不说了，这是另外一件事。当我们听到纳莫和，嘿——呃，这个女孩子——呃，坦布扎伊回了学校，我们非常高兴你把钱用得很明智，杰里迈亚。"巴巴穆库鲁把他的小折刀放到一边，在椅子上坐直。他的仪态变得庄重而有分量。我父亲、托马斯巴巴穆尼尼和泰特就像在这一分量下折服似的，都朝着他们的哥哥聚精会神地倾过身去。

"我想的是，"巴巴穆库鲁在长长的停顿后再次开始，清楚地表明他的确是在深入地、有效地思考着手头的事情，"我一直想的是这个：拿钱出来用作学费是好的，但要确保孩子在学校取得成功，只做到这一点还不够。还必须给孩子提供恰当的环境，即使在他不在教室里学习的时候，这个环境也要能促进他头脑的发展。"

"正确，穆科玛，你说得千真万确，"父亲叹着气，掂量并认同了巴巴穆库鲁一席话所指出的方向，"看看我们的纳莫。我从来没看到过哪个孩子像他那样爱书，我们的那个纳莫。但如果没有电，他怎么能学？如果没有书，他能读什么？甚至去学校这事，老宅有这么多活要做的时候，他怎么可能天天上学？我替这孩子感到难过，可他——他说什么了吗？没有。他就这样一声不吭，在这里努力干活，在学校里努力学习。我有那个儿子真是我的福气。真的，我有福气。"他对儿子的苦难既难过又同情地摇了摇头。

"你说得对，杰里迈亚，我注意到纳莫是一个有前途的学者，"巴巴穆库鲁表示赞同，"我们必须做的是让纳莫跟我们一起待在传教所，让他进那里的学校。他必须立刻来，因为越早给他最好的东西，越早得到最好的回报。他已经读完小学三年级了，因此转学不会有问题。新学年开始前几天，我会来接走他。与此同时，我会让他在传教所就读四年级。"

在巴巴穆库鲁说完前我姑姑就站了起来。"噗噜噜噜！"他的最后一个字刚刚在房中仁慈地落下，她就尖叫起来。"谢谢你，万分感谢，万分感谢，我们对你感恩戴德。没有你我们会活下来吗，能吗？真的，我们不能！杰里迈亚，"她转向我父亲，命令道，"明明白白地告诉我，你，没有你哥哥你会活下来吗？哪怕一天，只一天，你能做到吗？跪下！完全应该跪下！感谢上帝给了你一个圣人做哥哥。感谢你的祖先，杰里迈亚，好好感谢他们给了你一个照看你的哥哥。"她跪到巴巴穆库鲁前面的地面上，拍着手。啪，啪，啪，啪，啪。"一个壮举已经完成，万分感谢。"啪，啪，啪。"真的，你做了一个壮举。"父亲和托马斯叔叔用他们自己的赞歌加大了泰特的赞美，父亲还单膝跪地以表敬意。巴巴穆库鲁宽宏大度地打了一个嗝。

"别谢我，别谢我！"他谦虚地推拒道，"这不足为奇。既然有责任得承担，就必须承担，这没什么。"

第二天巴巴穆库鲁离开后，父亲告诉了纳莫这些进展。他们在屋子里我父母的房间关上门一起待了一个小时，由于住在附近、随时可以到家里来的大多数客人都走了，这才有可能。格拉迪丝泰特和托马斯巴巴穆尼尼在我们这里待了一个星期，他们住在很远的穆托科和舒鲁圭,因此不常来。

纳莫欣喜若狂,因他自己的重要性而膨胀,甚至到了不舒服得必须立马宣泄出来的地步。等不及我回家,他就来到蔬菜园,在我把尼亚马里拉一条较小支流中的水引入洋葱和油菜田的时候,坐在一根木头上开始自吹自擂。根据他的讲述,这是一个无比慷慨的故事,承载了比巴巴穆库鲁事实上暗示的还要多得多的许诺。

"你要知道,"哥哥拉长调子说,在他门牙的缝隙间摆弄着一根草秆,"巴巴穆库鲁要的是一个聪明的人,一个配得上这个机会的人。这就是他为什么想要我。他知道我在学校一直表现得非常出色。除了我他还能带走谁呢?"

纳莫,纳莫,鬼蜮伎俩的纳莫!他并没有说得更清楚些,因为这样做他的恶毒就昭然若揭了。纳莫极少做出显而易见的冒犯,以免你会以此对付他、责罚他。他的罪主要是不作为之罪。但是当他确实积极地做什么丑恶之事的时候,他像撒旦一样善于让自己鬼鬼祟祟地潜入你最敏感的地方,如果你不是很了解他的话,在他惹你生气的时候,你可能最后觉得是自己对他不公正。

"巴巴穆库鲁说我太聪明了,必须被送到一所好学校,得到一生难得的一次好机会。所以我要去跟巴巴穆库鲁一起住在传教所了。我将不再是杰里迈亚的儿子,"他大声喊,用非常不敬的语气说父亲的名字,以至于让我唯一一次为了捍卫父亲而大动肝火,"我会穿上鞋子和袜子,还有没破洞的短裤,全都是崭新的,由巴巴穆库鲁买给我。他有钱。我甚至会有内衣——一件汗衫和几条内裤。冬天我会穿套头毛衣,可能加上一件运动夹克。我将不再用手吃饭。我将使用刀叉。"

我觉得在那种情况下，一点点妒忌是可以接受的，甚至有益。不幸的是，我很早以前就已经不再理睬纳莫了，因此他做的所有恼人的事积聚了很长时间，而这次刺激持续不断，让人无法忽视，我的妒忌已经不是一点点了，也不那么健康了。我这样并不明智，因为纳莫这样滔滔不绝，只是为了诱我上钩，他用他配不上的最高赞美描绘着自己，暗示他的好运无可非议，是他应得的，是他作为纳莫这一事实的自然结果。最终，从我们在主日学校足球场上的打斗开始的我过去几年的隐忍，爆裂成多如牛毛的碎片。我完美地落入了圈套。

"哈！你真蠢，"我哂笑道，"如果你去传教所后打算使用刀叉，你会失望的。你没看到巴巴穆库鲁用手吃饭吗？他们所有人——梅古鲁和那些高傲的孩子，他们全都用手吃饭。"

"你难道希望他们让我们难堪？"他反驳道，"就算他们想用刀叉，我们去哪儿拿来刀叉？而在他们自己家，他们是用刀叉的。每个人有自己的盘子，盛着自己的那份食物，配着自己的刀叉。我看过的。我们去索尔兹伯里在梅古鲁的哥哥家吃饭的时候，就是这样的，他是一位医师。我问过基多他们在家是不是这样吃，他说是的。"

面对这样具体的证据我无法争辩，于是我从另一处展开攻击。"你将依旧是我们父亲的儿子。你将依旧是我的哥哥，也是内蔡的哥哥，即便你不喜欢。所以你最好别再瞎骄傲了，要感谢巴巴穆库鲁帮你。"

"而你最好别再嫉妒了。你到底为什么妒忌?"他开始报复,用他的所有子弹肆意展开攻击,因为我开战了,"你听说过一个女孩子被带到学校去吗?你甚至做到了回鲁蒂维,这够幸运了。我的情况不一样。我是注定要接受教育的。"

"我很高兴你要走了,"我说,"你真吵,都弄伤我的耳朵了。"

"而你有变色龙一样的眼睛!我能看到你在生气。你像一只变色龙一样变黑了。小心点,否则你会一直这样,人们会远离你,免得你咬他们。小心点,小心点!免得你咬。"

我捡起一块石头,朝他扔了过去。纳莫不为所动地坐着,夸张地移动头部追随着这颗飞弹的轨迹。它无害地落到草地上。他大笑。我扑向他,但是他已经起身,朝牛圈轻快地跑去,边笑边唱:"咚——咚——在钵里,捣碎![1]变色龙在钵里,捣碎!坦布在钵里,捣碎!我在传教所吃土豆的时候,你好好捣吧!"

我打算跑过去追他,给他一顿鞭子,他真欠揍,但考虑到他已经抢先跑开,我明白自己追不上他了。此外,那时候我们俩旗鼓相当,他可能赢,我也可能赢,但是我已经好久没有打过架了,疏于练习。今天与其不赢,不如不战。我听任他离开了,仍为他说的那种蠢话而对他愤懑不已。

那时我非常肯定纳莫跟我一样,知道他说的那些事并不合理,但是在之后流逝的岁月里,我遇到过非常多的男人,这些人认为自己是有责任心的成年人,因此应该知道得更多,他们依然认同我哥

---

[1] 一首津巴布韦游戏歌,游戏者以最快速度说出认识的人的名字。

哥那刚刚萌芽的精英主义的主要原则，我非常明白，公平来说，我必须承认他的偏执是真诚的。但那时候我对男人的本性持乐观的看法。在这样的插曲之后，一幅关于父亲和纳莫，以及巴巴穆库鲁和我堂姐的奇怪而悲伤的画面，出现在我的脑海里，我希望父亲和纳莫像巴巴穆库鲁一样直起腰杆，但他们看起来总像在阿谀逢迎。那个画面让我害怕。我过去常以为他们也看到了它，而且以为它让他们非常不安，以至于他们不得不胁迫任何所能胁迫的人待在这一画面里。因为从我祖母的历史课中，我知道父亲和哥哥在邪恶巫师的咒语下饱受折磨。巴巴穆库鲁，我知道，是不一样的。他没有在贫穷的重压下畏缩。巴巴穆库鲁大胆地蔑视它。通过苦干和决心，他打破了恶巫师的咒语。巴巴穆库鲁现在已经是一个有身份的人了。他不再需要欺凌任何人，尤其不会胁迫梅古鲁，她是那么脆弱小巧，看上去一阵风就能把她吹走。我也不可能看到他欺凌尼娅莎。我的堂姐美丽、大胆、敏锐。你从来不会去想巴巴穆库鲁长得英俊还是丑陋，但他绝对是高贵的。他不再需要变得大胆，因为他让自己拥有了很多权力。很多权力。很多金钱。大量的教育。什么都很多。

等你有了很多东西，送出一些会让你觉得很棒。我知道那种感觉，因为当我从巴巴穆库鲁那里拿到三便士的时候，我就能在课间买六块油炸考克饼[1]。当我给我的朋友尼娅丽两块的时候，我觉得自己像个圣人。这就是为什么巴巴穆库鲁总是这么和蔼大方；这就是

---

1 fet koek，也写作 vet koek，"油炸考克饼"，一种无糖的油炸小面饼。

为什么他给妻子和女儿买漂亮的衣服,总确保拿钱供尼娅莎读书;这就是为什么他为每个人竭尽所能,体现在这件事情上,是对纳莫提携有加,就像他自己曾被传教所里的好巫师们挑选出来一样。我能理解纳莫比我大,在学业上远胜于我;我能理解这让他成为巴巴穆库鲁的计划的合理人选。如果他没有坚称还有其他判定标准让我一开始就失去资格,我可能会替他感到高兴。但他就是那样坚称,我真的非常生气。

我费了好大劲才把跟纳莫的那次冲突深深地埋到心底,深到不会对生活中的事情产生影响。事实证明,我根本没有成功,因为我无法再让自己跟哥哥说话。并非我有意决定无视他,事情就成了这个样子。不管如何努力,我就是无法开口跟他说话。我母亲,那时刚怀上兰巴奈,对这一切非常苦恼。

"如今你们俩之间出了什么恶鬼?"她骂道,"如果你们是鬼迷了心窍,就告诉我们,这样我们好想想办法。但如果是你们自己得了失心疯,马上停下!"她很担心,我可怜的母亲,因为四个孩子,其中三个是儿子,都在从我出生到这次怀孕的期间死于襁褓之中。传言说有人迷惑了她,她害怕情况会糟到开始流产,或者根本不怀孕。谣言很恶毒。一两个特别坏的人对我母亲的家族略有耳闻,推测说罪魁祸首是我母亲的妹妹露西娅,因为露西娅韶华已逝却仍待字闺中,被招来成为我父亲的第二个育儿者将对她有利。看到母亲对我们的吵架多么痛心,我差点儿与纳莫休战,但是当他告诉我,少些思考多些尊重,我会过得更好的时候,我庆幸自己没有让步。到最后,我的愤怒消失了,如果不是怕丢面子,我早就跟他说话了。因此巴巴穆库鲁来接纳莫的时候，我大大松了口气，首先因为他离开了，其次因为我可以随便跟任何我愿意的人说话了。

哥哥离开的另外一个好处是，我努力跟尼娅莎做朋友的时候，他不会在那里干涉。巴巴穆库鲁常来看我们，至少每两个周末来一次，有时连续两个周末都来，也会在工作日来。梅古鲁通常陪着他。有时尼娅莎也来。只有在极少数情况下所有人都来，包括纳莫和基多。尼娅莎来的时候我抓住一切机会跟她说话。我搜肠刮肚地寻找零零星星的英语单词，好串成句子，让她懂得我的话，不过全都白搭。除了结巴着快速问候一下，她一言不发。她也完全不再笑了。大多数时候她都紧跟着梅古鲁，对我邀请她玩帕达，或者打玉米，或者去尼亚马里拉河走走都表示拒绝，这让巴巴穆库鲁大为光火。等她真的尝试离开她母亲的时候，我们的游戏却紧张而沉默。最后我觉得自己对堂姐如此大费周章真是又蠢又丢脸，但又很难留她一个人待着。我怀念曾经那个大胆、热情的伙伴，她去了英格兰，但没有从那里回来。每次她来，我都能看到她变得更呆滞、更黯淡了一些，她眼睛里的神情更加复杂了一些，仿佛她越来越把自己的活力向内转，跟自己交流一些只有她看到的事情。

一天，她表现得实在太糟了。他们是上午十一点来的，正是在园子里蔬菜几无收获的季节。不过家里有一只产奶的母牛，因此当尼娅莎被问到是喝牛奶还是吃蔬菜，她说想喝牛奶的时候，母亲感到如释重负。不幸的是，午饭时，尼娅莎还是与我们其他人一起大吃蔬菜。当母亲把她要的酸奶拿给她时，她变得闷闷不乐。她拒绝吃任何东西，尽管这时候每个人都非常关心、体谅她，说她可以想吃什么就吃什么。我父母觉得她是一个乖僻的孩子。巴巴穆库鲁和梅古鲁回传教所后,他们毫不掩饰地这样说。每次我的亲戚们从传教所来,我都待在尼娅莎边上,观察她。就这样,我发现了她在观察我们所有人。她说得很少,但当有人使用复杂的表述时,她的嘴唇会动着默诵这些词。她沉默而警惕,用一种属于她的复杂表情观察着我们所有人——我们说什么,我们做什么,我们如何说,我们如何做——专注得让我感到不舒服。

然后等到纳莫在第一年年底跟巴巴穆库鲁一起回家的时候,你能看出他也不再是同一个人了。他的外貌发生了巨变。他长高了好几英寸,宽了许多,他不再又小又瘦,而是健壮的,肌肉发达。维生素使他的皮肤得到滋养,变得平滑而有光泽,肤色比过去白了好几个度。他的头发不再梳成一条条土灰色的野黄瓜簇,而是乌黑油亮,梳得平平整整。这一切都很好,但有一个可怕的变化,他忘记了如何说修纳话。当他跟母亲说话的时候,一些词犹犹豫豫地、不合语法地、发音奇怪地溜出来,不过他也不再经常跟她说话了。他跟父亲说话时最流畅。他们用英语长谈,纳莫的话破碎成短小的不规则的音节,父亲的则切割成更短的,甚至粗糙的音素。父亲对纳莫掌握了英语很满意。他说这是家族解放的第一步,因为我们全都可以通过跟纳莫练习来提高我们的语言能力。然而只有他一个人被哥哥呈现的这种莫名其妙的状态打动。我们其他人跟纳莫说修纳话,对此,如果纳莫回答,他用英语回答,特意慢慢地、深思熟虑地、清楚地说出每个音节,好让我们听懂。这把我们的交流限制在不重要的日常琐事上。

不过这种情况也非完全无药可救。当一个重要的问题出现，从而有必要深入商讨的时候，纳莫的修纳语——语法、词汇、语音，等等——全都在讨论的过程中奇迹般地恢复了，然而一旦事情解决，这些又再次奇迹般地消失。纳莫在巴巴穆库鲁家待得越久、变得越失语，父亲也越确信他在接受教育。母亲慌了。她知道传教所是一个基督教场所。尽管如此，她坚信那里的人是普通人。她觉得传教所里有人在给她的儿子施魔法，她迫不及待地要与灵媒约个时间。父亲让她放心："孩子不说英语，怎么记住英语？他想说的时候不是跟我们说话的吗？他是投入到学习中。像穆科玛一样。投入。就是这样。"那之后，母亲不再说什么来反对纳莫说英语了，但她还是不开心。她向我透露，她确实希望他接受教育，但她更想跟他说话。

我描绘的这个纳莫是我们在一九六八年十一月的下午盼着回家的那个纳莫。我回想的这些事情解释了为什么纳莫没有回来，我并不感到失望。母亲像平常一样坐立不安。"我的那个儿子！"她叹气说，"如果他能找到理由，他永远不会回来。"我不无恶意地表示了同意。

我们吃完饭，都认为太晚了，巴巴穆库鲁不会带纳莫回家了，此时一辆轿车隆隆开进院子，车前灯穿过我们为了透气和凉爽而开着的门，照亮了烟雾弥漫的厨房。内蔡喜出望外。"纳莫穆科玛回家了，纳莫穆科玛回家了。"她唱着歌，溜进院子。父亲笑着，微微挺起胸,跟在后面。巴巴穆库鲁从车里挪出来的时候,我们都在院子里。他看起来憔悴、疲惫、苍老。梅古鲁,依旧心烦意乱,从另一侧下来。有那么一会儿,四下鸦雀无声。巴巴穆库鲁甚至没有注意到内蔡,她抱着他在问:"纳莫穆科玛,巴巴穆库鲁,纳莫穆科玛在哪儿?"

没有一点儿征兆,母亲尖厉的痛哭声穿透了黑暗的沉寂。"回去!"她号啕大哭,"回去!为什么你们大老远地跑来告诉我我早就知道的事!"她瘫在汽车前盖上,滑到地面,努力站起来,又再次瘫倒。梅古鲁走过来要扶住我母亲,但被激烈地一把推开。"你想抓住我,你,"她压低嗓音厉声说,"现在一切都晚了,你才来关心。你在假装。你是个骗子,你。一开始你拿走了他的舌头,让他无法跟我说话,现在你拿走了一切,永远拿走了一切。你为什么不说话!你为什么一言不发?因为这是真的。你给他施了魔法,现在他死了。呸!"她唾向梅古鲁的脚。"还有你,巴巴穆库鲁!呸!我鄙视你!你和你的教育杀死了我的儿子。"这一次倒在地上后,她没再站起来,而是在那里翻滚着,撕扯着头发、衣服,沙子在牙齿间嘎嘎作响。内蔡开始哭了起来。

"扶住她,杰里迈亚,"巴巴穆库鲁用一种沉重又空洞的声音说,"确实。我们带来的不是好消息。"

梅古鲁轻轻地哭着,帮我父亲一起安抚我的母亲,她现在安静了下来,拖着脚,茫然地走向厨房。

哀号。我记得哀号似乎持续了整整一夜:尖厉、刺耳、发着光,声音的尖针利落地、深深地将剧痛刺入进去,不再让它出来。

巴巴穆库鲁在厨房里说:"除了告诉你发生的一切,也没有什么能做的了。孩子抱怨脖子疼,有点儿疼,几天前。"

"他是在星期二第一次告诉我他不舒服的。"梅古鲁说。

"是,是在星期二,"巴巴穆库鲁继续说,"星期三他并未好转,所以我们带他去了传教所那里的诊所。医生觉得孩子可能得了流行性腮腺炎。我们无法判定逝者当时是不是得了腮腺炎,所以无法在这方面给医生有用的信息。不管怎样,医生无法肯定,不过他说如果是腮腺炎,情况可能恶化,因此他决定让孩子留下来观察。那是星期三晚上。星期四早晨我们去看他。他看起来并不坏。事实上他看上去精神好了很多。他甚至说他想出院,但是医生对他的好转并不满意,想让他至少再待一天。我在行政楼留了电话消息给你,杰里迈亚,说纳莫住进了诊所,说我今天晚上来接你,带你去那儿。你今天没去商店?你没收到那条消息吗?"

我父亲的肩膀在颤抖。他说不出话。

"不管怎样,"巴巴穆库鲁接着说,"那时他看上去并不糟。我去市里开会了。我在市里的时候,我妻子接到诊所打来的电话,说孩子的情况恶化了,他们要把他转送到市里的医院,总院。我妻子赶到诊所。她想在救护车上陪他,但是等她到了那儿,他已经快不行了。在他们把他抬上救护车前他就走了。这是我八点后到家时知道的消息。我马上就来了。"

巴巴穆库鲁用双手抓住我父亲的手。"我跟你一样心在流血,但是我们无法理解上天的安排,"他说着,继续去抓我母亲的手,"但有一人他知道。即便在祸患打击你的时候,他也会保佑你,安慰你。"

"噢——哦——呃!"父亲呻吟着,"你说的都对,穆科玛,但今天我们被嫉妒的幽灵打败了。那个孩子聪明,表现出色。为什么该是他走?非有什么东西被派来带走他。哈!我没想过会发生这种事!"他把脸埋进手中。"我还能说什么,穆科玛?这种时候真难知道该说什么。但我知道你待这个孩子就像是你亲生的。天上的人知道他为什么被带走。我们只能接受发生的事情。"他站起来,"我沿这条路去萨姆洪古家。他们会把消息传给其他人。"眼泪打湿了他的脸。他没有去擦。

看到父亲哭泣,看到母亲在梅古鲁的怀里呻吟着,摇晃着,听到内蔡因为悲伤也因为害怕而大哭,还有兰巴奈,醒了,抽泣着、咕哝着,我的一部分盔甲碎裂了。我是为他们感到难过,而非为自己失去了什么感到痛苦,也非因为哥哥对我来说成了陌生人。他死了我并不难过,但我替他难过,因为根据他的标准,他的生命完全值得活下去。

"什么都做不了了,"伯母对母亲说,"除了承受痛苦,直至痛苦消失。你必须像忍受他出生时的痛苦一样,忍受他离去的痛苦。"

"我忍受不了,"母亲呻吟着,"梅古鲁,扶住我。我也要死了。"

第二天,遗体从传教所接了回来,埋在家族墓地里,埋在我祖母和其他祖先的边上。过了比较合适的一段时间后,巴巴穆库鲁再次提出家族中我父亲一支摆脱困境的问题。"真是不幸,"他说,"没有男孩来担起这个责任,来接下这份让一家人摆脱饥饿和匮乏的责任,杰里迈亚。"

"是像你说的,"父亲表示同意,"坦布扎伊读书厉害是没有用的,因为最终这会让陌生人受益。"

"你说得对,杰里迈亚,"伯父评说道,"但如果我因为那个原因忽略了家人,我会觉得自己没有尽到责任。呃——这个女孩——嘿,坦布扎伊——必须得到机会,在她嫁入夫家前,为这个家尽其所能。"

"一点儿不错!"父亲表示同意,"她必须获得这个机会。"

父亲告诉母亲他和巴巴穆库鲁的决定时,她悲痛欲绝。

"你,杰里迈亚,"她说,她不常叫他杰里迈亚,"你,杰里迈亚,你疯了吗?你是不是吃错了什么药,脑子坏了?我觉得就是这样,否则你怎么能站在那里,告诉我要把我的孩子送到一个死亡之地,我第一个活下来的孩子死去的地方?今天你说的都是疯话!她不会去。除非你想要我也死。我会担心死的。我不会让她去。"

"但是她能做什么?"父亲劝她,"她已经读完了小学三年级。告诉我,鲁蒂维有小学四年级吗?屈德扎太远没法走着去。她去哪儿读四年级?"

"别想把我当傻子,"母亲反驳道,"你以为我没听说他们那所学校开办四年级了吗?给她在鲁蒂维注册,杰里迈亚,因为我告诉你,我不会让她去。"

父亲没再继续讨论这件事,但我照样去了传教所。母亲的担心是切实可见的。我离开前的一个星期,她几乎没吃什么东西,不是因为没努力吃,即便她能够吞下什么,它也沉沉地压在她的胃里。到我离开的时候,她是如此憔悴枯瘦,几乎无法走到地里,更不用说在地里干活了。

"妈妈病了吗?"内蔡嘀咕着,感到害怕,"她也要死了吗?"

内蔡被吓着了,我则扬扬得意。巴巴穆库鲁认可我的目标。我是正确的!

四

怎样才能描绘出我离开家的那一天,巴巴穆库鲁发动汽车,我坐在前排他身旁时的百感交集呢?是如释重负,但不止如此。比激动和期待还要多。那天我经历的是一步登天,曾经被我定义为我的一切都改变了路径,进入了快车道,这条道路将引领我朝着目的地飞驰。我的目之所及被我自己、我的离开、我的前行所淹没。没有地方安放留在身后的东西了。父亲,一如既往地殷切,肤浅地随和,但这些已经无足轻重了。母亲,我那焦虑的母亲,不过是另一个要保留的多余风景,当然要保留,但照样是多余的,成了我离去道路上的绊脚石。至于我的妹妹们,嗯,她们在那儿。她们看着我爬进巴巴穆库鲁的车,朝着无尽的地平线扬长而去。她们应该学会这重要的一课,环境不是一成不变的,没有什么重担如此缠身、无法抛下。教给她们这解放一课的荣耀属于我。我有权这么说,因为我在这里,是这一教义的鲜活证明。在我心里,事情无疑就是这样的。

踏上巴巴穆库鲁的汽车时,我是一个乡下人。你能从我紧绷的、褪色的连衣裙一眼就看出来,裙子毫不害臊地勾勒出我正在发育的乳房,还有我那趾关节粗大的脚,它们因为不分寒暑地每天与地面接触,皮肤变厚了。你可以从角质层变厚的反应中一眼就看出来,角质层变厚、变硬、开裂,结果泥土长驱直入,却无法冲洗出去。我膝盖上起皱的黑色老茧、皮肤因为很少擦油而起的鳞片、一簇簇短小暗淡的营养不良的头发都将这一点暴露无遗。这是我正抛在身后的那个人。在巴巴穆库鲁家,我希望发现另一个自我,一个精心打扮的、干净文雅的自我,这个自我在老宅是不可能长成、不可能幸存的。在巴巴穆库鲁家,我会有闲暇的时间,得以去思考那些与灵魂的救赎、意识的觉醒密切相关的问题,而不只是肉体的维系。这个新的自我将不会因为烟熏火燎的厨房而疲惫无力,那里会让眼睛刺痛,肺部一直发炎。这个新的我将不会因为柴火要么凶猛剧烈到把赛得粥烧煳,要么没精打采得烧成呒薄得粥[1]而沮丧。也不再有去尼亚马里拉河的步行了,我喜欢在其中沐浴、看着我们汲水之处的细落水口流出的小瀑布的尼亚马里拉河。离开这条尼亚马里拉河并不容易,我那流淌的、翻滚的、音乐般动听的游乐场。但我不可能假装不愿意摆脱那重得把你的脖子压进脊柱的水鼓,即便你已经长大、习惯了,要把水鼓顶在头上还是很沉,而且一直需要重新装满。我不遗憾摆脱那个将尼亚马里拉河的小支流往菜地引进引出的乏味工作。当然,就可预见的未来而言,从我存在的这些方面解放出来只是暂时的,不是长期的,但关键不在这里。问题的关键是:我将按照巴巴穆库鲁觉得合适的方式发展,而这,用当时我理解的语言说,意味着美好。如果发展将变得如此美好,我看不到回到老宅、倒退回去的理由。

如果脑子里不是这么千头万绪,我会享受去传教所的行程,回

---

[1] mbodza"呒薄得粥",烧坏了的赛得粥。

忆我唯一还有的一次坐车穿过尼亚马里拉河的情形，当时我们滚滚驶下我这一侧的伊尼扬加公路，看着远处的圣诞山口隐隐浮现，那是马蒂姆巴先生带我去市里卖青玉米的那次。啊——那些青玉米！在那第一次旅程中，我的思绪都被卖掉它们的希望占据了，而今天我想的是更实在的事情。

对于这次移居，我有许多实际的事情必须考虑，它们全都搅在一起，需要分门别类成可操作的单独部分。想着我会睡在哪里让我兴奋不已，因为可以肯定，不会是在乌烟瘴气的厨房，人们晚上在那里打发时间，所以你不得不等其他所有人离开，才能舒服地上床睡觉。但如果不在厨房，会是在哪里呢？如果纳莫说的是真话，他在巴巴穆库鲁家会有属于自己的单独房间，但这同样可能是假的。属于我自己的单独房间，这个要求太高了，期望的太多了，此外，我不确定我会喜欢自己一个人睡，在进入梦乡前没有人一起傻笑，做噩梦的时候，有人在身边还是挺宽慰的。然而跟尼娅莎共处一室也很让人紧张、焦虑，她孤僻难处、沉默寡言，她让我很不自在，因为有什么东西熄灭了她眼里的火花。除此之外，我仍在对她不满。我觉得她作为巴巴穆库鲁的女儿——这本身就是上帝的恩宠——她没有权利这么不开心。她穿着美丽的衣服；她不必被迫休学，因此现在尽管她跟我同龄，却已经读初中二年级了。如果并无其他原因，她的眼睛应该因这些恩宠而熠熠闪烁着感激之光，但她却不够通情达理，理解不了这一点。她依然忘恩负义、令人难堪、举止无礼。想到跟安娜一起睡则让人舒服得多，尽管这样的安排也有问题，她是梅古鲁的女仆，在纳莫的葬礼期间来过我家帮忙做家务。安娜会聊所有事情,不分大小,聊啊,聊啊。你不想满脑子都是死亡和悲痛这些让人沮丧的事情的时候,这很有帮助,但是如果有像数学和历史这样有着永恒意义的严肃事情需要思考,又会怎么样呢?不过,这些都是小问题。不管我睡在哪里,我能肯定,我会有不止一条毯子来盖。而且既然巴巴穆库鲁的用具被要求保持崭新,这些毯子将是厚厚的、毛茸茸的,即便在最糟的六月夜晚[1]也足够抵御寒冷。我将不必早起,不必在上学前打扫院子、汲好水,尽管即便我在传教所必须做这些事,也没有关系,因为学校就在边上,去那里不会意味着每天早上小跑四十分钟。我想,我也不会因为其中的快乐而当众大笑,也不再需要担心我的课本在吉库瓦[2]的角落里缀满灰点和油渍,那是我在家放课本的地方。在巴巴穆库鲁家,我会有一个书柜。我的课本将入住书柜。书柜会让它们一直干净。我的衣服也会是干净的,没有田地、油烟和煤灰来弄脏它们。要保持衣服干净也不会意味着得走二十分钟到河边,在石头上洗,把它们铺在大岩石上晾干了才能再回家。我也不用大费周章就能保持自己干净。根据纳莫的说法,屋子里就有水龙头,不是像在鲁蒂维小学校长家那样,仅厨房外面有,而是就在房子里面,热水和冷水流进一只够你坐在里面伸直双腿的大浴缸!要把浴缸的水倒掉,你只需要拔出塞子,水通过一个铺设在地下的管道系统汩汩流走,流进大地。嗯,尽管纳莫为了打动人,不会不屑于诉诸想象,不过确有其事的时候,他更喜欢陈述事实。这些细节看起来足

---

1 津巴布韦的六月为冬季。
2 chikuwa "吉库瓦",用来放置陶罐的垫高的平台。

够真实。我等不及要享受纳莫用耐心和重要的细节向我描绘的这些舒适感;我等不及要享受就巴巴穆库鲁来说,学有所成带来的这些结果,以及就我来说,在接受教育的过程中所收获的结果。

纳莫有一句口头禅,在对巴巴穆库鲁家的豪华和舒适加以热情而恭敬的描绘时,他用它作为标点。"甚至白人,"他常用一种富于感染力的高音唱出颂歌,"甚至白人自己都用不起!"我应该已经对那栋房子或者那个传教所的辉煌场面做好了准备,但是我没有。经验的缺乏限制了我的想象力,所以即便是哥哥那煞费苦心的描绘也无法为我搭建出伯父家房子的真正形象。

整个庭院非常大,大得像我们家的院子。其上只矗立着一幢建筑,巴巴穆库鲁的房子,如果不算上边缘的建筑物的话,那些是一个棚屋、一个车库和仆人们的住处。我们家的院子里有很多建筑,全都服务于我们每日生活的某项特殊需要:电线杆和达加[1]厨房,大小跟我伯父的小棚屋差不多,只不过是圆形的;萨皮[2],很小,可能只有巴巴穆库鲁的棚屋的一半大;霍兹[3],纳莫在假日回家的时候睡在那里;宅屋,是用红砖砌的,有玻璃窗和瓦楞铁屋顶。我们觉得这是栋上好的房子,不仅因为红砖、玻璃窗和瓦楞铁,这些本身就强有力地表明了我们的身份,而且因为它有一间客厅,大得可以放下一张餐桌、四把配套的椅子、一只沙发,以及边上的两只扶手椅。这是一栋上好的房子,因为客厅直接通向两间卧室,卧室里精

---

[1] dagga "达加",一种建筑用黏土。
[2] tsapi "萨皮",谷物储藏室。
[3] hozi "霍兹",粮仓。

心布置着一个单人床架和考雅[1]床垫，以及带镜子的衣柜，镜子曾经可以信赖，但随着岁月的流逝现在变得雾蒙蒙的，你照镜子时，它们威胁要给你看那些狡猾的古老神灵的模样，而不是你自己的脸。我的父母住其中的一间卧室，就是你进入客厅时左手的那间。床和床垫属于父亲。母亲被认为在她的孩子们大到能跟我一起睡在厨房前，应该与他们睡在地板上的芦席上，尽管她很少这样做。她经常在厨房里就睡熟了，不可能再费事醒来回到宅屋。家里的所有女人——母亲、内蔡和我自己——更愿意这样，尽管父亲不愿意，可他不大吵大闹一番很难改变这种情况。而他不常有力气去吵闹。

宅屋的另一个房间是空着的。巴巴穆库鲁和家人去英国前来看我们时，通常睡在那里。但既然孩子们已经长大了，就只有巴巴和梅古鲁睡在那儿。在我转学到传教所前，在我生活的圈子里，我们的房子在老宅里显然且无疑是上优的、精致的家。我以这栋房子为标准，并不容易明白那座矗立在车道尽头，标着"14号，校长宅邸"的大厦真的正是我伯父自己的家。幸运的是那里有标记，因此当我们的车开到半道的时候，我期盼着住在这样一栋高贵的房子里。尽管如此，如果我是在事情发生的时候描写这一切的话，这一章就会有地方提到"宫殿""大厦"和"城堡"。没有这些说法并不意味着我已经忘记它看起来是什么样了。那个雄伟的第一印象对我而言太奇异了，永远不会消失，但是在之后流逝的岁月里，我学会了克制用词过度和异想天开。这一点我已经做到了：我现在能在提

---

1 koya "考雅"，品牌名。

到伯父的房子时描述得恰如其分——一栋房子。

它被漆成白色。这是稍减那栋房子魅力的地方之一，也是稍欠合理的地方之一。费时费力，更不必说费涂料，把喜气洋洋的红砖漆成诊所式的抗菌的白色，似乎并无很好的理由，红砖房是我们开车到巴巴穆库鲁家时，我在传教所的其他地方看到的。然而，当然，事出有因。尼娅莎知道各类事情，或者在缺少信息的时候，自己把事实拼在一起，我从尼娅莎那里得知，这栋特殊的房子，校长宅邸，是在传教早期建造的。她说大致在十九世纪初期，那个时候传教士们相信只有白色的房子才够凉爽，从而住得舒适。这个信念被不辞辛劳地付诸行动。白色的房子在传教所各处冒了出来。对职责就是鼓舞人心的人来说，那些白色的房子肯定太不具有鼓动性了。此外，据说当地人对颜色的事情提出意见，因此一段时间之后，传教士们才开始相信房子即便不被漆成白色，也不会过热，只要用的是浅淡的色系。他们开始把自己的房子漆成奶油色、浅粉色、浅蓝色、浅绿色。尼娅莎喜欢对这一点大做文章。"想象一下，"她总是说，"看上去肯定漂亮极了。那些粉色和蓝色在白色中间闪闪发光。一定非常温馨，令人着迷。"

后来，很久以后，久到我来到了传教所的时候，很多地方开始施工。新房子必须造起来，好安顿新收获的受过教育的非洲人，他们被播种进这么多的A类课程和B类课程的夜校班，现在正被大量收割，轮到他们作为校友回到传教所，成为教师来做出贡献。这些供返校教师住的房子可能因为没有时间精心打造，可能为了尽可能快地容纳尽可能多的人，所以依然是深色的、发红的。

尼娅莎给我讲这段历史时，眼里闪着恶作剧似的光。我那时就像一处真空，把所有东西都吸进去，原封不动地保存起来，以供未来审视。如今我很满意尼娅莎所写的这一小段历史，它与那些传教士在那些传教学校里分发给我们学习的篇章一样，成了一个很好的，甚至更好的故事。

我到传教所的时候，传教士们住在白色的房子里，住在漆成其他淡色的房子里，而不是红砖房子里。伯父是唯一一个住在白色房子里的非洲人。我们全都对这一事实感到非常骄傲。不，这样说并不完全正确。我们全都非常骄傲，除了尼娅莎，她有着追求人人平等的天性，非常认真地对待她在英国亲身学到的有关压迫和歧视的课程。

轿车减速、转上车道，我生活的节奏随之加快。在轿车爬上车道、开向车库所用的这几分钟里，我体会到了很多不一样的心情。最初是欢欣雀跃，因为意识到前方那栋高雅的房子确实属于我伯父。然后是失望。有一幢建筑几乎跟这幢一样长，即便并不一样高，因此这栋房子极可能本就是一栋小房子，我觉得自己判断错误。我觉得自己根本不会住在一座大厦里，我的情绪陡然跌落。但即便那时，还有很多事情让人高兴。没有石头的平整车道的一侧是粗矮强壮的松树，另一侧，灿烂的百合花呈现出灼热的猩红色和琥珀色。那种植物属于城市。它们属于我的语言读物里的页面，属于住在城里的本和贝蒂的叔叔的庭院。现在，因为我的巴巴穆库鲁的善意，我亲眼看到了它们，我也有资格想着只为了赏心悦目而种植，而不是为了苟延残喘而干家务活。我在脑海中写下来：我要向梅古鲁要一些球茎,在老宅种一垄那种明媚的百合花,在房前。我们家一定会在这么可爱的鲜花的映衬下熠熠生辉。明朗又活泼,它们就是为了欢乐而种下的。多么奇怪的想法啊。这是一种解放,是我到传教所后获得的众多解放中的第一个。

然后我发现纳莫没撒谎。无论用什么标准看,巴巴穆库鲁都确实是一个重要的人物。那幢让我失望的老楼结果是一个车库,用来庇护车子,而不是人!这个车库容纳了两辆轿车。不是一辆,而是两辆。纳莫的赞歌在我的脑海里唱响,现在听起来如同不祥的预言。它的词句告诉我一些我不想知道的事情,即我的巴巴穆库鲁不是我以为的那种人。他可能比我以为的更有钱。他受到的教育不只来自书本。而且一切都是他单枪匹马地做到的。他没有强大的亲友来帮他,就从白人的重压下挺起了身。他是怎么做到的?做到了这一点,他变成了什么?一个深谷裂开了。两边没有桥;在谷底,钉子般的峭壁像长矛一样尖利。我觉得自己永远地与伯父分开了。

这一切变得非常让人沮丧和困惑。一开始我因为把车库当成了巴巴穆库鲁的房子而感到失望。现在我因为它不是而感到担心。我第一次瞥见了逃离老宅的结局,并非全是欢乐。我的第一反应是狠狠责骂自己竟敢走这么远。我难道不知道,我问自己,巴巴穆库鲁是一个心怀众生的男人吗?那不会让我有任何特殊,乃至有资格得到这些。我与伯父的慈悲没有任何关系。他会收留任何有需要的穷亲戚,我之所以在这里,只不过因为我的哥哥死了,这一点就足以证明。

我难道真的以为,我冷冷地继续想,这些超脱凡俗的亲戚能与任何像我这样无知而肮脏的人住在一起吗？我是如此无知，都认不出他们衣服上的标签，他们肌肉发达，这些衣服却不敢被弄坏，或变得太紧，我也听不出他们说话的口音，这些声音自信、平滑，像外国宝石一样从他们的嘴里掉出来。所有这些迹象都事实确凿地表明，我们不是一类人。我活该遭罪，我吓自己说，因为我过去太过骄傲，没看到巴巴穆库鲁对家族中我们这一支如此慷慨，只能是因为我们如此卑贱。他的亲切是因为我们与他不同。

随着一声叹息，我滑进了自哀自怜的泥沼。我那机敏的求生系统立刻拉响了警报，警告我避开那个陷阱，可我已经迷失了方向。除了一条通向老宅的路，我看不到任何逃生通道。但是我知道，回家对我没有好处，因为我火烧火燎般希望逃离那里。我确实花了力气去改变我的精神状态。我激烈地谴责自己竟然不感恩巴巴穆库鲁对我们家和我的关心。我试着想象自己即将取得的好成绩，借此来鼓起勇气，这才是重要的，这是我一开始来传教所的原因。我肯定被新处境的陌生和威严吓得厉害，比我自己知道的还厉害，因为这些策略没有一个奏效。我爬出轿车，心中的希望比我爬进去时小了很多，在巴巴穆库鲁走向屋子时心神不宁地跟着他。

一只巨大、多毛的猎犬不知从何处出现在我的前面。它凭空跳出来，把我吓得要死。它黑色的嘴唇皱起来，露出甚至比嘴唇还黑的牙龈上刺出的尖牙。它的耳朵在头上向后平伸出那么长，使得它的眼睛像恶魔般朝斜上方拉紧。它的突然出现让它看上去更加邪恶。我受不了了。我尖叫起来，激怒了这只野兽，它开始用狂吠来召集它那眼睛粉红的同伴。那只生了白化病的猎犬甚至更让人不安。它浑身上下不是粉色就是白色。它的牙龈粉红，我的不快思绪不费吹灰之力就联想到鲜血，想象着鲜血渗入这只动物的皮肤，把它的白牙染红。我的状态很糟，否则我会留意到有链子把它们拴在狗屋，而且有栏杆把它们圈在了围栏里。在我眼中，它们没有被拴住，是这个王国的残暴的守卫，而我不应该踏入这个王国。它们渴望我的鲜血是有道理的：它们知道我不属于这里。

安娜过来救我了。"如果它们没被拴住，"她高兴地喊，从房子后面绕出来欢迎我，"它们现在就已经把你嚼成碎片了。欢迎，坦布，欢迎。真高兴再见到你。这就是它们为什么被拴住，这些狗。它们不是养来玩的狗，这些。"

拴住……拴住……噢，是的，它们被拴住了！我的视线恢复了。我看到了链子和栅栏。我的膝盖又硬挺了，语言能力回来了。我紧张地笑了，试图告诉安娜自己有多蠢，没有意识到我是安全的，不过安娜在身边的时候，别人无须多费口舌。"行李呢？在哪里？"她继续喋喋不休，"有时它们没被拴在这儿——试想一下！——因为它们挣脱了，我们找不到了。如果是这样，哈，哈！你不会撞见我在外面，甚至不会看到我去晾衣服。不过你来了真好。我一直在想你。进来，进来。"她愉快地邀请我，为我拉住打开的后门。

我连门的一半都没走过，尼娅莎就紧紧抱住了我，这个我能理解，但她还亲了我的双颊，这让我无法理解。她见到我非常兴奋，她说她很高兴。看到她这么兴致勃勃，我很吃惊，一种愉快的吃惊，因为这不是那个我鼓足勇气准备面对的堂姐。相信我的话，我回抱了她，告诉她我也期盼着跟她做伴。

尼娅莎有很多话要说，这期间安娜离开去告诉梅古鲁我到了。尼娅莎在烤蛋糕，她说是烤给她弟弟的，他第二天就要回寄宿学校了。蛋糕已经准备放进烤箱了，天气太热：如果不立刻把它放进去烤，面团就会在搅拌钵里发酵，并在烤盘里瘪掉。安娜会告诉我去哪儿。尼娅莎离开回厨房了，连同她的热烈欢迎带给我的一些安全感也一起带走了。我又对表姐的没礼貌生出不满，并希望她不会继续这样，因为在我们交谈的这几分钟里我已经看到，至少在这里，在传教所，我的老朋友可能回来了。

她正忙得不亦乐乎，灵巧地往蛋糕模具里涂上油、撒上面粉、倒进面团。我不想打扰她，就让自己忙着打量厨房。那时厨房在我眼里非常复杂。不过回过来看，我记得炉灶只有三个炉板，没有一个是圆灶；水壶不是电的；冰箱是一个烧煤油的大家伙。油漆是旧的，蓝色和白色图案在油漆磨掉的地方褪成一块块红色，而旧地板接缝处被脚磨坏的地方则褪成一块块黑色，水从手里、蔬菜上和陶器里滴落，弄出顽固的黑色浮垢。厨房窗户没有窗帘；缺了一块玻璃。这块缺失的玻璃造成很多问题，因为一股风从这个洞里吹进来，调皮地降低了烤箱的温度，使得面包和蛋糕从来不会非常松软，除非你能关上厨房门，不让任何人打开它，从而在路上就把风截住。破的窗户、风，以及它造成的影响尤其让梅古鲁恼火。

"真让我惊奇！"无论何时跟烤箱温度战斗，她总会嘀咕说，"你觉得人们会找到时间修理自己家的窗户。可他们没时间。啧！真让我惊奇。"

后来，随着经验让我对这类事情的认识变得敏锐，我也注意到这些颜色并不协调。绿色的与粉色的墙——当时流行让一面墙与其他墙的颜色不同——彼此之间，以及与地毯形成刺目的反差。尽管如此，看到厨房干干净净，我很高兴。凡是能够从地毯上清除的污垢，被定期用强力氨清洁剂用力擦掉了，这很有效，但远能比在尼亚马里拉河里洗去污渍更粗暴地弄皱你的手。珐琅的炊具和塑壳的冰箱，虽不闪闪发光，却是白色，厨房水槽则灰蒙蒙的。若干年后电视出现在传教所时我发现，缺少光泽是因为使用了擦洗粉，擦洗粉虽然可以杀掉家里99%的细菌，但是刺激性强，对平滑的表面有损伤。发现这一点后，我意识到梅古鲁在英国看过电视，肯定知道这些洗剂会使东西发暗，知道通过使用更柔和的替代品可以让它恢复光泽。那时我对预算也有了一些了解，尤其是它们不可增加这一点。那时我开始明白，梅古鲁的水池发暗不像广告商会让我们相信的那样是邋遢的结果，而是不可避免的。

安娜回来说梅古鲁正在睡觉。在起床穿好衣服这段时间，她会陪着我。她会带我去客厅，我在那里等我伯母。

希望伯母不是因为生病才在这个时候还在床上，我随着安娜来到客厅，舒服地坐到沙发上。我不可能没注意到，这张沙发与家中客厅的那只相比，双倍地长、深、柔软。我打量着四周，留心着家具的款式、材质和形状，它们的颜色和布置。我的教育已经开始了，我是用一双实用主义的眼睛审视着梅古鲁的起居室的；有一天我会拥有一个这样的家；我需要知道如何布置。

由于我是从后门进的伯父家，从厨房，经过餐厅到客厅，魅力梯度逐级增加，因此并未享受到客厅的优雅带来的全面冲击。它那定做的地毯的深绿色绒面，品味超然地交杂着棕色和金色，是特地挑选与淡绿色的墙相匹配的（其中一面墙按照时尚搭配比另外三面颜色略淡）。厚重的金色窗帘华丽地垂到地板上，四件套的客厅组合家具配有闪闪发光的棕色天鹅绒软垫，灯光照出流苏的影子，造型优美的书柜装满深奥的皮面精装书。这些都让冲击少了一点儿实效，但只是非常少的一点儿。

如果我从车道进来，经过游廊和前门，就像那些有必要对此留下深刻印象的访客进来时那样，那个房间彰显的品味和无声的优雅会让我目瞪口呆。而现在，已经看过厨房，还有餐厅，后者比厨房时髦很多，用闪光的新油毡盖住了地板的每一寸，铺得非常专业，毡条的接缝几乎难以察觉，这样我就对接下来的所见更有了一些准备。这也不是一件坏事，因为那间富丽堂皇的客厅的全部冲击力对我来说会太大了。我记得感到有点儿被餐厅吓着了，因为它那宽敞得足以坐下八个人的巨大椭圆形餐桌，占据着餐厅的中央。那张桌子，它的形状和尺寸，充分说出了在这里消耗掉的食物的数量、卡路里含量、补充性的维生素和矿物质，以及脂肪、碳水化合物和蛋白质的相对比例。没有人能在这样的桌子上吃饭还不变胖、变健康。这里有几扇窗，每扇窗的两侧挂着朴素的纯色遮光窗帘或暗淡的蓝色棉布窗帘，紧靠着一面窗户的是一个展示橱柜。它像桌子一样发光、幽暗，发绿的玻璃架上展示着我所见过的最精致、最精美的瓷器——纤巧、半透明的杯子和托碟，茶壶、罐子和茶碗，全都布满玫瑰图案。白中带粉、白中带金、白中带红。玫瑰。古老英国的，茶，古老的国家。这些茶具看上去如此精巧，显然你甚至刚把茶倒进杯子里，或者给盘子增加一个小面包的重量，它们就会粉碎。怪不得它们被锁了起来。我由衷希望别指望我用它们吃喝。没过多久我就放心地发现，所有人都有点儿怕那些昂贵纤脆的迷人茶具，因此它们一直只是被欣赏和向访客炫耀罢了。

如果说我被梅古鲁考究的瓷杯吓住了，那么要是没有我所说的渐进起到的预防作用，客厅，就像我说过的，会让我彻底崩溃，尽管称这为奢华梯度的渐进不完全是描绘它的合适方式。从厨房到客厅舒适度的增加，是传教所所有教师住宅的共同特征。这里给我的震撼与财富和权势有关。巴巴穆库鲁品味出众，因此在他能负担得起享受的地方，其呈现的效果是惊人的。他客厅之富丽堂皇，让一个在粪土地上摸爬，然后蹒跚学步，最后行走的人感到不知所措。这里虽然很舒服，但依然让人不知所措。我必须想出一些策略，防止像哥哥那样在这些辉煌里迷失心志。通常，在这类恐怖困境中，我会使用自己的思维策略。我对这种思维策略非常骄傲。它的作用是让我超越性格中的非理性层面，使我能够在纯粹的、理性的前提下处理问题。然而，今天，它并没有起作用。

巴巴穆库鲁家的每个角落——每个发光的表面，每个柔和的轮廓和皱褶——坚持不懈地低语着它提供的舒适、自在和放松，充满诱惑，以至于只要对它稍加关注，只要去想它，就会让我堕落。唯一的另外选择就是忽视它。我尽可能保持疏离、无动于衷。

这并不容易，因为伯母过了很长时间才从她的卧室出来。我有效地利用这个间隙搭建起防御工事。我只需要在脑海里想想母亲、内蔡和兰巴奈，只需要记得自己为什么以及如何来到了传教所。认识到堕落多么容易发生，我对哥哥的评判就不那么苛刻了。相反，我更加明白了坚定不移有多么必要。那么，为了确定自己修正对纳莫的看法时，不是出于心慈手软、多愁善感，我必须重新审视身处的环境，看看它们是否真的那么强大，足以对他产生如此毁灭性的影响，所以我再次把自己暴露在所有可能的影响之下。我胜利了。我没有被诱惑。

你可能觉得并没有真正的危险。你可能觉得，毕竟，这些不过是装点着配饰的房间，那类被本地人在解读英国室内装饰杂志时标榜为标准的配饰，根本没有威胁性。但事实上，情况并非如此简单。尽管我当时茫然无知，不能非常恰当地把我身处的环境描述出来，真正的情形是这样的：巴巴穆库鲁是上帝，因此我抵达了天堂。我面临着变成一个天使，或者至少变成圣人，忘记普通人如何生存的危险——分分秒秒，从言到行。纤尘不染是我的新家具超凡脱俗的证明。我知道，我一生都知道，生活就是肮脏的，我曾经因这个事实而感到失望。我常帮母亲用粪土重铺厨房的地面。我知道，比如，人们睡觉的房间散发出人类特有的气味，正像你能在羊圈闻到羊骚，在牛栏闻到牛味儿一样。学校里年幼的女生普遍知道年长的女生来月经时，经血流到各种旧布里，她们会清洗，再用，再清洗。我也知道来月经这件事是一个羞耻的、不洁的秘密，不可随意在完美无瑕的男性面前不谨慎地提及这类脏事，从而玷污他们的耳朵。然而一瞥之间，很难在梅古鲁的屋子里发现污物。过了一会儿，随着新鲜感褪去，你开始看到，我伯母和伯父努力做到的洁净无菌不可能超出幻觉的层面，因为汽车从传教所穿过，按照一个几乎固定的时刻表，卷起一阵红色的细尘风暴，倔强地落在房间的角落和表面，也落在扶手椅和书架上。显眼的灰尘会被擦掉，但是总有足够多的灰尘不被察觉地留下，爬进你的鼻子，给你带来花粉热，从而提醒你这不是天堂，恢复你的分寸感。打着喷嚏，用手背擦着鼻子，我无比坚信自己不会走哥哥的老路。

一声刺耳的、颤抖的啸音猛地将我拉出思绪，让我的腋窝刺痛，嘴巴变苦。它呼啸和颤抖了长长的十秒钟，在这个过程中，两个骑在鬣狗背上发出地狱般笑声的女巫形象掠过我的脑海。现在不是害怕的时候，此刻我需要使出浑身解数来利用传教所可能提供的一切机会。因此，对于自己竟然被传教所的日常声音打了个措手不及，对于传教所竟然有这样的声音，我反而感到恼火。我从容不迫地、不动声色地攥紧冒汗的手，尽管事实上这里除了我，没有人会被我展示的大无畏的勇气打动，我站起来透过窗户看看那声颤抖的啸音的结果。透过伯父院子里的蓝花楹和远处的蓝桉木，浅绿色的学校建筑在夕阳中闪着光，寄宿生们朝这些建筑中最大的一幢或慢步或快走或小跑，我后来得知那是拜特礼堂。男孩们像往常一样穿着卡其衬衫和短裤，女孩们在浅蓝色的裙子外面穿着深蓝色的束带运动衫。

"是让他们去集合，"安娜在餐厅里咯咯笑着，"假期时我们听不到它，但现在又开始了。很吓人，是不是？第一次听到它的那天，我的整个身子都干掉了。又干又硬。很像狗叫，那个笛声！不过你会习惯的。"

"你真的渴望上学,是不是?"梅古鲁在窗户对面的一扇门里开玩笑道。"哎呀!坦布妹妹",她笑着,走上来欢迎我,右臂手肘弯向上,掌心朝我,手向下摆动,这样我被迫与她击掌问候,以你欢迎你的同龄伙伴或者朋友时所用的方式,"你已经到了,坦布妹妹。太好了。基多他爸的亲戚们不想过来玩的时候,我总怀疑我的房子有什么问题。"

梅古鲁过于谦虚了。我尽我所能来打消她的疑虑。"千万别这么想,梅古鲁。每个人都乐于来这儿。他们都说你待他们太好了。如果可以的话,他们会每天待在这儿的。"

梅古鲁悲伤地笑笑,然后恢复了兴致。"那就好,"她说,"但有些人你永远看不懂。你看着他们安静地离开,你以为他们很满意,但他们之后说的,就是另一回事了。"

"噢,不,梅古鲁,"我赶快说,"我没听到任何人说任何坏话。他们以你为荣。他们说你为他们辛勤操劳。"然后我向她致礼。要这样做就必须坐在地板上。我坐下,腿在屁股下面折叠,拍着手:"给您问安,梅古鲁,你们好吗?"

"我们全都很好,"梅古鲁回答,"不过起来,孩子,椅子里坐着更舒服。"梅古鲁叫来安娜,让她备茶。我们等茶的时候,她问了我母亲的情况,她的声音远比她的话更加表明她的关切之情。我礼貌地做了简短的回答,因为这不是我喜欢谈的话题。我宁愿把我对母亲境况的想法藏在心底。

安娜回来,托着一个茶盘,上面放着茶具。有茶壶、茶罐、茶杯和茶碟,全都绘着花朵,很配套,还有一只茶匙用来舀糖,另外两只给我和梅古鲁搅拌茶。一切都非常新颖精致。在家里,当我们有牛奶的时候,我们会把牛奶和水一起煮开,然后加入茶叶。梅古鲁从茶盘里提起一个圆形的勺子状东西,给我倒茶。

"什么事让你觉得有趣,坦布妹妹?"看到一抹笑意盘桓在我的嘴角,她问。

"那只小滤勺,梅古鲁。真的只是用来滤茶的吗?"

"这个滤茶器?"伯母回道,"你以前没见过?没有它茶可没法喝。会全是茶叶。"

所以这个滤茶器是又一个直到现在我都对付着没用过的必需品。梅古鲁似乎觉得它必不可少。我不大会像她那样描述这个东西。有趣,是的,但必不可少?想想把钱花在这么小的一个筛子上,而且它只能用来滤茶!等我回了家,我倒要看看没有这个过滤器,茶是不是真的不那么好喝了。

端上来的还有食物,很多很多。很多饼干、蛋糕和果酱三明治。梅古鲁让我吃,但我很难决定吃哪个,因为每个看起来都那么可口。在家我们不常有蛋糕吃。事实上,我记得只有圣诞期间或者复活节才有蛋糕吃。那些时候,巴巴穆库鲁会买回家一只巨大的赞比西厚蛋糕,在我们渴盼的眼前切开,所有孩子都等他分发。他一次给每个人一块,因此连续几天,在糖衣已经不再新鲜之后很久,我们都念念不忘。我们会花大量的幸福时光摘掉糖衣轻轻啃,首先是白色的椰肉,然后是粉色的糖衣,最后才是美味的金色蛋糕,每次非常慢地啃着那么小的一块,我们几乎尝不出味道,但是当其他人都吃完,而我们依然剩下一些的时候,就可以拿来炫耀了。饼干和蛋糕的吃法差不多，尤其当它们是考究的甜点饼干，中间有奶油或者上面有巧克力的时候。果酱也是一种只在节庆场合出现的美味。

梅古鲁肯定从我脸上的表情以及挑选时的迟疑猜到了我的想法。她诚挚地邀请我喜欢什么就吃什么，想吃多少就吃多少，哪怕全都吃掉。因为不想让伯母觉得我贪婪，我不得不比往常更加克制，只挑了一块小饼干，中间甚至没有奶油，慢慢地咬着它，这样我就不用被迫再吃其他的什么了。这让梅古鲁很着急。我亲爱的伯母，她希望讨人喜欢，把我的羞怯解读为她自己的招待不周。

"你想要喝马佐怡[1]吗，坦布妹妹？或者芬达？姜汁汽水怎么样？都在那儿。尽管说你想要什么。"

我赶紧喝了一大口茶来让她安心。我过去一直用搪瓷杯，如果茶水太热，它会在水入口前就烫了你的嘴唇，从而警示你，但这次滚烫的茶水烫伤了我的舌头。我很难受。我的眼里水汪汪的，鼻子也如此。哽咽着、呛咳着，我颤抖着把杯子放回到茶碟上。

"你对她做了什么，妈妈？她看起来要哭了。"尼娅莎跳进客厅间，全身沾满了面粉和浓浓的烘烤味道。

"去把自己弄干净，尼娅莎。跟你堂妹打个招呼。"梅古鲁教训道。

"嗨。"堂姐兴高采烈地说，身子已经走过了房间的一半。

"尼娅莎！"梅古鲁坚持道。

---

1 Mazoe"马佐怡"，津巴布韦的橘子汁品牌。

"我在你出来前就打过招呼了。"尼娅莎大叫,穿过起居室,进入房子的深处。"算了,"她刻意补充说,"我去梳洗一下。"

梅古鲁作为礼貌和良好教养的化身,竟会有这样一个吵吵闹闹的女儿,真是太不幸了。尼娅莎觉得她可以对母亲随便说话的样子,实在令人难堪。我不知道该看哪里。

"他们太英国化了。"梅古鲁解释说,她带着一抹微笑,所以很难分清她是评判尼娅莎的英国习气,还是我的缺少英国做派。"他们在英国学了所有这些没礼貌的行为,"她用聊天的口气继续说道,"他们需要时间来重新学会如何在国内做事。这对他们来说挺难的,因为两者太不一样了。尤其是对待亲戚这件事。以你为例,坦布妹妹,你哥哥待在这儿这件事,还有你自己过来这件事。他们在英国长大的时候没见过这些,所以现在有点儿困惑。不过不要紧。你不必担心尼娅莎的小举动。我们一直努力教她正确的规矩,总是告诉她,尼娅莎,做这个;尼娅莎,为什么你不做那个?但这要时间。她满脑子的接头都松了,总是闪出电花。尼娅莎!哈,尼娅莎!我的这个孩子对每件事都有她自己的想法!你喝完茶了吗,坦布妹妹?"她问,瞥向我的空杯子。"那么来,我带你看你睡觉的地方。"

我跟着梅古鲁走进走廊,那里很暗,没有窗户,但没有暗到看不见墙上的一长排钉子,上面挂着厚重的外套和轻便的雨衣。这些人,依我看,从来没被淋湿或受冻过。

梅古鲁在一扇关着的门前停下来,敲敲门,走了进去。我随着她走进这个房间,那里舒适地放着两张小双人床,一只对一个人的衣物来说肯定太大的衣柜，一个有全身镜的梳妆台，镜子明亮崭新得只映出当下的存在。尼娅莎懒懒地坐着，靠在她床头的床板上，是靠墙的那张，她的腿翘起来，在膝盖处交叠，她显然深深地沉浸在小说之中，尽管她的眼睛时不时地移开去观察镜子里的自己。梅古鲁和我在门口站了好长一段时间。我觉得我们俩都在好奇接下来会发生什么。

"你在读什么，尼娅莎宝宝，我的宝贝？"梅古鲁最终问道，迈步走进房间。尼娅莎把书举起来，这样她母亲可以自己看。

梅古鲁的嘴唇噘成一个不满的紧疙瘩。"啊，亲爱的，"她吸口气，"这可不太好。尼娅莎，我希望你不要读这样的书。"

"它没任何问题，妈妈。"尼娅莎向她保证。

"别跟我说这个，尼娅莎。"梅古鲁用一种我赞同的语气警告说，尽管我不太能跟得上她们说的话。我觉得尼娅莎应该更恭敬些。"我念研究生的时候读过那些书，"梅古鲁继续说，"我知道它们不适合你读。"

"但它是好书，妈妈。你知道 D.H. 劳伦斯的书是好的。"尼娅莎反驳道。

"你不可以读那样的书。它们对你没好处。"梅古鲁坚持道。

"可是，妈妈，我太无聊了。我读了家里你说我能读的每本书，学校图书馆里没多少。再说有什么大惊小怪的？不过是本**书**[1]，我只不过在**读**。"

---

1 原文为斜体，标注语气着重。后同。

梅古鲁的脸绷紧了，我觉得是因为生气，但她也可能是在抽搐。梅古鲁不再理睬尼娅莎（尼娅莎也开始不理她母亲，坚定地把注意力转到书上，眉毛拧出专注于思考的细纹），转向我。"嗯，坦布妹妹，你就睡在这里，"她开心地笑着，不必要地加了一句，"跟尼娅莎一起。"她指了指那张没人的床。

如果从我们进入堂姐卧室的那一刻起我还在担心的话，现在我彻底灰心了，我的命运已一目了然。对我所看到的堂姐，我大脑中冒险的、探索的那部分产生了好奇，被迷住了。但这是非常小的一部分。我脑中的大部分都追求秩序，是实在的、划分类别的。这些部分对尼娅莎极其不认同，提防着她。尼娅莎，我觉得，会给人太多惊讶；当我只想安心学习的时候，她会让我分心。她的身上有什么东西对我来说太难以捉摸了，使我无法感到放心，太难以捉摸，使我无法判断它是难以捉摸地好，还是难以捉摸地坏。跟我英国化的堂姐共处一室的想法也有一定的吸引力。尼娅莎那大不敬的方式充满吸引力，她让我觉得，她作为少女的某个至关重要的方面，如果不是完全欠缺的话，至少未被调教。不过即便有这些魅力，我始终觉得尼娅莎不会对我有益。她的方方面面都显示着另一种选择和可能性，对此如果想得太深，会严重摧毁我已经为自己人生做出的清晰规划。我在梅古鲁母亲般的监督下喝茶时已经消失的格格不入感和匮乏感又重占上风。因为需要一个替罪羊，我将这件事归咎于尼娅莎，她不够热情，在我站在她房间里的全部时间里，没有跟我说一个字。

梅古鲁婆婆妈妈地咕咕着、咯咯着，抖动着她的羽毛。"这些是你的东西,坦布妹妹,你的衣服,你的洗涤用品。"她欢快地叽喳着,从床底下拉出将属于我的手提箱,打开箱子展示我的新衣服。有一件制服、两件带宽工字褶的深蓝色运动服、四件穿在运动服里面的浅蓝色短袖衬衫。有半打白色短袜和一双黑色的边扣鞋,结果发现小了半码,不过不是小得不能穿。伯母还给我看了内衣、光滑的尼龙衬裙、实用的内裤。让我极其兴奋的是,有两件时髦的休闲连衣裙,颜色淡雅——淡粉色和淡黄色的——都是全新的,上身是小小的泡泡袖,下面是帅气地接在腰处的宽松的皱褶裙。我心里对伯母和伯父的感激与爱满满欲溢。所有的兴奋、不安、焦虑和幸福混合成一种涌动的情绪,我几乎要流下眼泪。我试着对伯母说点什么,一些合适的谢语,但是梅古鲁仍在喋喋不休:"你看,坦布妹妹,你看,看到没,你伯父把你照顾得多好啊?他安排好了一切。这是牙刷,这是凡士林、法兰绒毛巾和一把梳子。你看,所有东西!不过如果我们忘记了什么,别不好意思,立刻告诉我们。或者告诉尼娅莎。她会帮你解决的。尼娅莎,小甜心!"我屏住了呼吸。

"啊,妈妈?"女儿礼貌性地回答。我松了一口气。

"帮坦布扎伊安顿下来,亲爱的。"

"好的,妈妈。"尼娅莎嘀咕道。

五

梅古鲁离开后,尼娅莎依然面色沉郁了一段时间。聚精会神造成的皱纹在她的额头犁出更深的沟。我无事可做——我的床铺好了,我的衣服整齐地叠放在衣箱里。我坐在我的床上,等着,不敢对尼娅莎说话,当尼娅莎没用她早熟的全部魅力来消除你的戒心时,她的冷漠让人非常害怕。幸运的是,长时间冷漠并不是她的天性。当以为我不再看她的时候,她忍不住迅速而小心地打量着我,我能够发现她这样做,当然是因为我在做同样的事。我们的目光相遇了,尼娅莎忍不住笑了起来。

"我们迟早都得互相说话的,"她笑道,"而且毕竟,我气的不是你。"

看起来,她对我怀有好感。接下来就是平常的寒暄,询问家里的情况如何啦,还有我急于问的关于传教所学校的问题。早晨什么时候上课?什么时候放学?我从起居室窗户里看见的那些建筑是教室吗?那个汽笛声,是上课铃,是不是?老师们怎么样,严厉还是和气?

等到我们开始认真地谈话了,尼娅莎说:"我很高兴我们不得不共处一室。这意味着我们会成为好朋友。但我们从英国回来的时候,你朝我们噘着嘴,所以我不知道你来的话会发生什么。我只对自己说,我会努力友善,我会努力友好,让我们看看会发生什么。"

"但我不是在嘲笑你。"我辩解道,说的是修纳语。我们的对话很吃力,结结巴巴,因为当尼娅莎说严肃的事情时,她的思绪是用英语表达的,而在我这里,当我放下警惕,说起要紧的事情时,我会的那点儿英语就消失了。"你知道发生了什么吗?你们不跟我说话的时候,我失望极了,你和基多。一句话也没有!你甚至没有跟我打招呼。只跟纳莫说话——他是你的宠儿。"

"事实上,"尼娅莎以一种不常见的羞怯坦白,因此如果我之前没有听到她说的那些话,我会说她是个害羞的人,"事实上那天我们很害怕,而且困惑。你知道,那么小的时候很容易忘记事情。我们已经忘记了家乡的样子。我是说真的忘记了——它看起来什么样、闻起来什么样,所有该做、该说和不该做、不该说的事情。全都是陌生的、新的。不像我们习惯的任何东西。那真的是一次冲击!"

回想起来,我意识到我们的友谊就是这样开始的。事实上,在尼娅莎和我之间发展起来的不只是友谊。这段对话继之以一次长久的、投入的交流,充满坦诚的敞开心胸,以及错综复杂的倾诉和聆听。这是年轻女孩与她们最好的朋友间的那种交流,恋人们在他们新鲜和独特的爱情影响之下的那种交流,堂姐妹间意识到她们不由自主地喜欢上了彼此时的那种交流。你可以说我与尼娅莎的关系是我萌生的第一次爱情,是我第一次开始喜欢某个我并不完全赞同的人。

"我们不该去,"尼娅莎说,看上去很沮丧,"爸妈应该把我们送回家。你知道,他们应该的。很多人这样做。可能那样最好,至少对他们,因为现在他们陷在孩子们的杂交状态中。他们不喜欢这样。他们根本不喜欢这样。这让他们恼火。他们觉得我们故意这样做,所以这让他们恼火。我不知道对此该做什么,坦布,我真的不知道。我没有办法不去那里,变成在那里的那个我。但这让他们恼火——我让他们恼火。真的,太难了。"

到了这个阶段,房间里弥漫着的亲密感让人陶醉。这让我变得鲁莽,就像小时候喝光父亲葫芦里的酒糟时一样。它让我把自己的想法向尼娅莎和盘托出。"即便你去过英国,你也应该尊重你的母亲,"我告诉她,"我不会像我听到的你跟梅古鲁说话的样子跟我妈妈说话。"

尼娅莎从牙缝间倒吸了一口气。"哒!别担心我妈妈,"她痛苦地说,"她不想被尊重。如果人们这样做,她就没有什么可以抱怨的了,那她还能做什么呢?她的大半生命都花在抱怨上了。"

我被自己告诉尼娅莎想法的鲁莽举动吓住了,但是我非常肯定她错了。我认识的梅古鲁与尼娅莎口中的毫不相似。我的梅古鲁关心每个人。她温柔、尽责、体贴。我感到一种强烈的道德责任感要把这个解释给尼娅莎听,她这么苛刻地评判着她的母亲,可是我需要很长时间才能找到适用于这么复杂而微妙的事情的词语。因此,当安娜过来在门口跪下,告诉我们晚饭快好了的时候,我松了口气。

"看在上帝的分上,安娜,站起来!"尼娅莎生气地命令道。"每次你来这儿,我都告诉你不要下跪,可你一直这样。你到底怎么回事?"然后她感到不好意思,"现在,说真的,就按我说的做。让大家都心情差、脾气坏!不过真的,安娜,你跟我说话时不需要下跪。"

安娜继续跪着传达消息:"妈妈说如果坦布没有洗澡,今天就算了,不过吃完饭后,你必须把浴室指给她看。"她像来的时候一样悄无声息地离开了。

尼娅莎打量着我,宣布我很干净,可以坐上餐桌。她希望我们去帮忙摆盘子,因为她的父母喜欢看到她尽本分,但我需要用卫生间,于是她指给我卫生间在哪里,说她会在厨房。我以前没有用过马桶,因此有必要做些尝试。我爬到座垫上,蹲下来,最初面对水箱,然后,更加舒服些,背对着它。

我去厨房的路上经过了起居室,安娜正在放下起居室的金色窗帘。天还没黑,一抹在西边的橘光已经变换了位置,现在到南边去了。我并不介意。东边、西边、北边、南边——对我来说全都一样,只要太阳确实从一边升起,在相反的方向落下。我更关心的是现在有多早,现在吃一天的最后一餐实在太早了。照那个样子,我上床睡觉的时候就饿了,而如果我睡觉的时候没有一堆令人安慰的赛得粥温暖着我的胃,我会做噩梦的。

我进入餐厅的时候,饭已经在桌子上了,桌子中央有许多大菜盘,每个位置上有许多盘子、玻璃杯、刀子和叉子。尼娅莎坐在她的座位上读着小说。梅古鲁走进来在桌边落座,和蔼地邀请我坐到堂姐边上时,尼娅莎把书放到了碗柜上。

"我们做饭前祷告吧?"我坐好后梅古鲁询问,我正要同意说我们该做了,却看到尼娅莎低下头,没有表态地就开始了。梅古鲁背诵了一段英文祷告词,尼娅莎在末尾一起说"阿门",我在她们之后重复了这句话,因为我事先并不知道祷告何时结束。

我们说完饭前祷告,巴巴穆库鲁从后门进来了。

"晚上好,巴巴。"梅古鲁用修纳话跟他打招呼。

"晚上好,爹爹。"尼娅莎用英语说。

"晚上好,巴巴穆库鲁。"我说,把两种语言混在一起,因为我不能肯定哪个最合适。巴巴穆库鲁稍微哼了一声作为回答,这立刻让你明白,他脑子里有比"晚上好"更重大的事情,你首先会想,你是否应该用这么平庸的琐事去打扰他。

"今天怎么样?"梅古鲁用英语问。

"你今天过得好吗?"尼娅莎用修纳语问。

"你今天过得好吗,巴巴穆库鲁?"我重复道。

巴巴穆库鲁又哼了一声,这次哼的声音更长,表明这一天相当糟。他坐到餐桌的顶端,那里摆了一摞盘子。

"你们已经开始了,"他对梅古鲁发话了,"你觉得我不会来吗?即便你打电话说晚饭准备好了,我说我就来?"

"不是,不是,我的亲亲老爹,"梅古鲁叽叽喳喳地说,忙乎着菜盘,"我们只不过正要开始。但现在你来了。随意吃,我的甜心老爹!"她一边说,一边揭开最靠近巴巴穆库鲁的菜盘的盖子,放到旁边的餐具柜上。然后她从巴巴穆库鲁面前的那摞盘子中拿起一只,用双手恭敬地为他举着,等着他往盘子里舀食物。当他吃完第一盘菜,梅古鲁把她丈夫的盘子放到自己那里。她把巴巴穆库鲁已经用过的盘子换成另一个,然后在他再次自己取餐时,拿起他的盘子替他端着。这个动作不断重复,直到巴巴穆库鲁吃完了第三盘菜，发现安娜忘记做肉汤。巴巴穆库鲁说了他想喝肉汤。

"我去做，"尼娅莎自告奋勇，从椅子上跳起来，"我做得比安娜快。老实说，不要一分钟。"

梅古鲁觉得在尼娅莎做肉汤的时候，我们应该把食物放进保温器，让它们一直热着。放好后，巴巴穆库鲁、梅古鲁和我一起等尼娅莎做完。

"你看到你女儿在读的那种书了吗？"梅古鲁问我伯父，从碗柜上拿起尼娅莎的那本《查泰莱夫人的情人》给他看。

巴巴穆库鲁忧心忡忡，看上去很难过，然后很受伤，最终发怒了。"啧！"他摇摇头，"我不知道我们的女儿怎么了。她不懂什么叫体面，一点儿都不懂。"说着，他拿起书离开了房间，一分钟后回来时，这本违规的书不见了。

"你觉得她不应该读？"梅古鲁问，"我也这样想，但尼娅莎很聪明，是个好姑娘，而且只是一本书，我觉得——"

"如果我不管你，基多他妈，你会惯坏这些孩子的。我的女儿不会读这种书。"

此时尼娅莎端着肉汤回来了，安娜拿着其他饭菜跟着。梅古鲁说巴巴穆库鲁的剩菜已经不新鲜了。她说自己会吃掉它们，而巴巴穆库鲁应该另外拿一些食物。巴巴穆库鲁觉得妻子是在小题大做，但她坚持如此，于是那个盛出伯父食物的仪式又重复了一次。这次尼娅莎不等她爸爸做完了。在他吃第三盘菜时，她开始自己盛米饭。

"你在做什么，尼娅莎？"巴巴穆库鲁问，眼睛并未看她，因此让人奇怪他是怎么注意到的。

"我想你已经吃好米饭了。"尼娅莎回答着,把肉和汤舀到她的米饭上面。

"你妈妈吃了吗,嗯?"巴巴穆库鲁用攀谈的语气问,"你觉得她像这样服侍我的时候,不知道自己在做什么吗?"

"我不喜欢吃冷饭。"尼娅莎解释说,跟她父亲一样乐于进行对话。

"你确定不再拿些肉了吗,我的亲老爹?"梅古鲁温柔地插话道,"我再给你盛一些吧。"

"我不想再要了,谢谢你,基多他妈。"巴巴穆库鲁拒绝了。但梅古鲁从他的手里拿过公匙,舀了几大块牛肉到他的盘子里。尽管看起来有点儿要呕,但巴巴穆库鲁还是男人气地吃了下去;然后梅古鲁替我盛好,最后是她自己。

食物看上去很有趣,这让我对它心生疑虑,因为我知道食物不是为了有趣的,而是让人吃饱的。除了米饭,还有一些可能是土豆的东西:我无法肯定,因为它浸没在浓稠、无味的白色肉汤中。尽管我勇敢地把一小块放入嘴中,它却拒绝被我一大口地咽下去。事实上,没有东西会被我一大口咽下去。我发现使用刀叉不像看起来的那么容易;我的晚饭大多掉到了桌子上,掉到我的胸口,掉在我的大腿上——什么地方都是,除了我的嘴巴里。某种程度上这不是一件坏事,因为那些土豆的味道使其他所有食物,甚至肉,都尝上去很怪异,肉烧得不错,加了不少盐、洋葱和西红柿。

梅古鲁并未中断与巴巴穆库鲁交谈——谈着学生们是不是都

到学校了，他们是不是交了学费了，以及班级是不是满员了——同时摇响了一只在她边上的小银铃。安娜听到铃声匆匆过来跪在她旁边。

"能不能给我们拿点儿赛得粥，安娜妹妹？"梅古鲁要求，"还有一把勺子。我想你忘记给坦布妹妹一把勺子了。"

赛得粥端上来的时候，我非常高兴，尽管其他人似乎都对它没兴趣。这让人尴尬。那顿饭有很多地方让人尴尬：我的处境看上去就像一个发脾气的小孩在那里被喂饭；此时我手里有了勺子，而不是叉子，梅古鲁把赛得粥盛到我的盘子里，其他人都不吃的赛得粥。她太体贴了。

"我们去英国的时候，"她说，"情况真糟。我花了几个月习惯英国的食物。没有味道，你知道，而且那么少一点儿。我过去常常从早到晚都感到饿。有时饿到我睡不着觉！因此坦布妹妹，你要让你的胃装进能把它填满的任何东西，这会让你睡个好觉。"

"我不介意饿着上床。"尼娅莎说。

"你什么时候饿着上床过？在这栋房子里没有过！"梅古鲁厉声说。

"我只是想说，"尼娅莎歉疚地回答，"睡不着的时候，我需要的通常是好好读本书。真的！有时我不得不读到晚上一点，但这之后我通常都会很快睡着。"

"这才是你应该说的。"伯母说。

"说到书，"尼娅莎继续道，"我可以发誓我把那本 D.H. 劳伦斯的书拿到这儿来了。你看见了吗，妈妈？"

"我哪儿都没看见。"

"可我非常确信我把它拿到这儿来了，"尼娅莎坚持道，皱着眉头，努力回想她把书放在哪里了，都忘记了吃饭，"天哪！如果我没拿来过，那我简直太健忘了。"她吃了一口饭，然后把椅子推向身后。"这让我没法安心。我去卧室看看。"

"坐下，尼娅莎，"梅古鲁对她说，"看在上帝的分上，别老提那本书了。我跟你说过我不希望你读那样的书。"

尼娅莎刚离开椅子一半就僵住了，然后站起来，面对她母亲。"你没拿走它，是吧？"她问，然后自问自答地说，"抱歉，妈妈，我知道你不会做这种事的。"

"如果我做了呢？"梅古鲁问。

"可你不会的，是不是？不会不告诉我就拿的，是不是？"尼娅莎大吃一惊地问。梅古鲁看上去很不高兴，你无法责备尼娅莎认为母亲拿了她的书。"可是，妈妈！你怎么能这样？甚至不告诉我。那是……那是……我是说，你不应该……你没有**权力**……"

"呃，尼娅莎，"巴巴穆库鲁看着他的食物说，"我不希望听到你像这样跟你妈妈说话。"

"可是，爸爸，"女儿鲁莽地毫不退让，"我希望，真的，我希望……"

"我希望你按照我说的做。现在坐下，吃你的饭。"

尼娅莎闷闷不乐地坐了下来，吃了两口。"我吃完了。"她说。她从桌边站起来，食物没吃光。

"现在你要去哪儿？"巴巴穆库鲁责问。

"去我房间。"尼娅莎回答道。

"你说什么？"巴巴穆库鲁大叫，他的声音因难以置信而变得嘶哑，"你难道没有听到我跟你说，我不希望听见你顶嘴吗？你刚才没有听到我这样跟你说吗？现在坐下来吃饭。全吃掉。我希望看到你全吃完。"

"我够了，"尼娅莎解释说，"真的，我吃饱了。"她的脚开始踢踏作响。她没有坐下，而是走出了餐厅。

巴巴穆库鲁起身要去追，梅古鲁不得不拉住他。"别跟她较真，基多他爸。她兴奋过头了，因为坦布来了。"妻子安慰他。

"我不知道她怎么了，"这位父亲嘟囔着，接受了妻子的安慰，"不过她不大对劲儿，出了大问题。好孩子是不会这样做的。我跟你说，基多他妈，有时我睡不着觉，想着我们的女儿现在变成的样子。"

"她在问她的书，"伯母甜甜地笑着，"毕竟，你确实拿了，所以她在问。"

或许梅古鲁觉得巴巴穆库鲁已经平静下来，足以客观地看待这件事了。或许她已经厌倦了替我伯父的行为担不是。我不知道，我也不想找出真相。把最后一口赛得粥塞进嘴里，我谢过伯母准备这顿饭，然后离开了。

"你要不要跟我一起来？"我走进卧室时尼娅莎问。

"去哪里？"

"去抽根烟。"

"你抽烟！"我吓呆了。巴巴穆库鲁是对的！他女儿无可救药了。

"是的,"尼娅莎说,她怒火中烧却尽量冷静,结果她的声音听起来很是紧张。"这间屋子到处都歇斯底里,我需要放松。你不必抽烟,"她向我保证,"不过我希望有人陪我。真的,我希望有人陪。"

我试着改变话题,希望她从书包里摸索出来的香烟会消失,或者至少她能把它放回书包里,告诉我她的香烟是为其他什么人带的。我很害怕巴巴穆库鲁会进来,抓住她拿着烟。在餐桌上发生那件事之后,这对他来说会是罪不可恕。要么他会杀死她,要么震惊会杀了他。

"我想读本书。"我说,甚至说的是英语,努力转移她的注意力。"我喜欢读书。"我继续道,不知道再说些什么来引开她的注意力。

"想读什么就读什么。"尼娅莎说着,慷慨地朝书架挥挥手。她把香烟和一盒火柴丢进她的胸罩,把我一个人留在了卧室。

我一个人没待多久。安娜来了,敲门、进来并跪下。"要你去客厅,坦布姐姐。"

真奇怪,她开始叫我"姐姐",因为她比我年纪大,所以无须这样叫我;她回家里参加纳莫的葬礼时,或者我刚到这儿的时候,她都没有这样叫,那不过是几个小时之前的事情。并不是说这件事本身很重要。毕竟,梅古鲁亲切而友善地叫我"妹妹",所以安娜可能是从她那里学来的。只有当你把这一点与她采取的其他所有奇怪行为一起看时,这才显得重要,比如她跪下来跟我说话,她说话时不看着我，而是看着我前面几英寸地板上的一个点。最糟的是她几乎根本不说话了，只说几句转达消息所必需的话。如果你在安娜开始这样做之前，见到过她本来的样子，我想你就会同意我说的，这个世界上没有什么能这么快地把她变成一个安静寡言的人。那么这个变化肯定与我有关。想到住处的改变把我变成了一个安娜不再能聊天的人，这让人警醒，也让人不安，因为我只知道住处变了。我期盼着要在传教所找到的那个自我，还需要一些时间才会出现。此外，这并不是一次使人们不得不对我采取不同态度的改变。这将是我的真实自我的一次延展和改善。安娜的举止让我感到不安和奇怪，让我不习惯自己，因此我跟她说话时也很粗暴。

"你怎么跪下了？只为了跟我说话？"我问，但她已经站起来离开了，没有回答。

所以，要我去客厅！我早就料到会被叫去。如果有时间去想这件事，安娜的举止会更让我担心，但这次召唤太重要了，没有时间去思考。说它重要，是因为巴巴穆库鲁和梅古鲁将正式欢迎我加入他们一家，正式把我、我的思想和我的身体，从村庄中挖出来。

"坐下，我的孩子。"我踮着脚尖走进客厅时，巴巴穆库鲁热情地欢迎我。事实上，我像往常一样走进去，整只脚踩在地板上，但感觉上像是踮着脚尖，我的步态毕恭毕敬。"坐椅子上，我的孩子，坐椅子上。"我谦卑地坐到我进来的门口边角落里的地毯上时，他加了一句。

我站起来，但有些犹豫，不知道坐到哪里。这是一个复杂的问题。巴巴穆库鲁坐在他的扶手椅上,面朝火炉的那一只,梅古鲁则坐在沙发的一端。在梅古鲁和巴巴穆库鲁的椅子之间,沙发上还有位置,巴巴穆库鲁边上也有一只没人坐的扶手椅,但我不能坐那些座位,因为这么不敬地靠着我伯父坐是不行的。没有其他的选择,只能坐在房间里唯一剩下的空座位上,一把面对巴巴和梅古鲁两人的扶手椅,这让我们三个人在房间里尽可能地远离彼此。坐到那只椅子上后,我开始揣测,在这个英国化的地方,是不是坐得更靠近我的伯父和伯母才更合适。我认真地、苦恼地思来想去了至少两分钟,是不是该改坐到沙发上。毫无用处,因为我发现换个座位的好处和坏处几乎不相上下。为了解决这个问题,我断定这件事并不真的重要,因为伯父对我坐在哪里未加置评。我告诉自己,我一直在小题大做,我严厉地告诫自己,我整个下午都一直在小题大做:狗、铃、尼娅莎的烟——每件事都让我吓一跳。就连安娜的蜕变也让我感到不安,而我只不过应该正常地和她说话,让这变化停止。用这一理性的方式,我战胜了格格不入的感觉,更舒服地坐到了椅子里。

被种种思绪耗费了相当长的时间和大量的注意力,我错过了伯父的话的第一部分。等我的注意力得以集中于他的时候,他已经说了很多事情。不过巴巴穆库鲁喜欢讲话,喜欢解释,喜欢让人们牢记要点。幸运的是,这意味着不要求我说任何话。

"……就像你自己会看到的,"我开始注意听的时候他在说,"我不常有时间晚上像这样坐在家里。大多数时间我都在办公室,工作。有很多工作需要我关心,尤其是现在,在学年开始的时候。"

他正告我,此时梅古鲁从她的喉咙深处发出柔和的、表示同意的声音。"呃,尽管如此,"伯父继续说,"我觉得很有必要,像你父亲一样,从我的工作中挤出一些时间来跟你说话,就像一个父亲应该对孩子做的那样。"

巴巴穆库鲁做他的这些演讲的时候,总是让人印象深刻。他是一个死板的、仪表堂堂的完美主义者,性格足够刚毅,能用清教徒的方式做事,那是他期望,或者说坚持认为的,世界上的其他人应该做事的方式。对他来说幸运的,或者可能不幸的是,一生中,巴巴穆库鲁都发现他自己——作为最大的孩子和儿子,作为很早接受教育的非洲人,作为校长,作为丈夫和父亲,作为很多人的供养者——所处的位置能够让他按照自己的意愿,安排他身处的世界以及其中的内容。即便在情况不是这样的时候,比如当他还是小男孩就去传教所的时候,这类顺从时期的最终结果也是比之前拥有更大的权力。因此他已经脱离了考虑其他可能性的必要,除非那些可能性来自他自己。他坚忍地接受了自己的神威。我们满怀敬畏,也接受了。我们过去一直惊叹那种神威多么仁慈。巴巴穆库鲁是好人。我们全都赞同这一点。而且更重要的是,巴巴穆库鲁是对的。这是为什么当他让我记住那天下午他放下工作到老宅来接我所做的巨大牺牲时,尤其当他让我记住他来接我所放下的工作,是那支付我的学费、购买我在他家将吃的食物的工作时,我的心里溢满了感恩之情。

"我不常在下午离开办公室,"他总结道,转向梅古鲁,她已经沉默一会儿了,正双臂交叉地坐着,心不在焉地盯着远处,"是不是这样,梅?"

"千真万确。"伯母回答说。"你应该尽量像你伯父一样努力工作,"她告诉我,"他工作,他从不停止。甚至很难让他找出时间带我去市里买生活用品。"

"就像你伯母说的,"巴巴穆库鲁谦逊地表示认同,"但这不是我们叫你来这里谈话的原因。"

结果发现,巴巴穆库鲁叫我过来,是要确保我知道自己有多幸运,被给予了这个机会,去获得头脑的解放,并最终通过它,获得物质的自由。他指出我得到的这个福祉不是一个个人的福祉,而是一个惠及我不那么幸运的家庭中所有成员的福祉,家人将能够在未来依靠我,就像他们现在依靠他一样。最后,他解释说,在传教所我将不仅能上学,还会学习那些将让父母为我骄傲的行为方式和习惯。我是一个聪明的女孩,但我也必须成长为一个好女人,他说,同等地强调了这两个方面,没有看到其中存在的任何矛盾。

"这是必需的,"他告诉我,"因为没有什么比看到他们自己的孩子组建家庭更让父母高兴的了。我知道这些事还非常遥远,但开始规划你的未来永远不嫌早。"说到这儿,他岔开话题,告诉我他是如何在九岁的时候就开始规划自己的未来的,这个故事我从祖母那里听过无数次了。他以规定好我近期的任务结束了谈话:"做个好孩子,按照我们、你父母告诉你的话做,在学校努力学习,不要让你的注意力被其他事情带偏。我必须跟你说的都在这里了。"他转向我伯母,问她有没有什么应该说而他忘记说了的。她说没有。

巴巴穆库鲁让我离开，他准备回办公室了。

我离开房间的时候，基多进来了，高兴地跟我们大家打招呼，对他父母解释说他在贝克家等贝克先生，这样他们可以安排好第二天回学校的行程，贝克先生回家晚了，所以他耽搁了。"我希望尼娅莎做了我的蛋糕。"他最后说。梅古鲁向他保证尼娅莎做了。"很好，"他说，"因为你永远不知道尼娅莎会做什么。"

我走进我们的卧室，在心底发誓我要像巴巴穆库鲁一样：像箭一样笔直，一样坚韧，一样精准。

"你收拾好后把灯关上，坦布。"尼娅莎困倦地跟我说。她一心想跟我睡前聊天，告诉我灯开着她睡不着，但是她为我留着灯，这样我就不会在不熟悉的房间里踢到床腿，或者在其他什么家具上撞肿脚趾了。她那灯光导致的失眠病并没有触动我，我觉得只有像我这英国化的堂姐一样轻浮浅薄的人才会这样。我沉浸在相信自己拥有的更大美德之中，因而她对我的体贴同样没有触动我；这个美德是她的行为激发的，被巴巴穆库鲁的说教所滋养。我脱掉衣服，一言不发地跳上床。

"灯怎么办？"尼娅莎提醒我。

灯怎么办？开关在哪儿，怎么操作？我是该向尼娅莎承认我的无知，向这个我觉得自己比她高等的人，还是应该置之不理？换换感受，高高在上的感觉真不错，这是自从我踏进伯父家后的第一次，所以我没有理睬堂姐。尼娅莎爬下床，劝我做出努力，不要再像一个乡下人一样，这让我郁闷不已。我知道这个词意味着什么，因为我们有一天在英语课上的一首诗里读到过这个词，老师解释说,乡下人是一种陆禽,看上去有点儿像珍珠鸡。[1]尼娅莎肯定非常生气,我猜,所以这么粗鲁,我几乎就要道歉,承认我的无知了,但是记起来她一直是粗鲁的,不是对我,就是对她父母,于是我打住了。我断定她对人们要求过高了,所以我一言不发。我本想转过去面对墙,以此强调我的不满,但既然我无法承认自己在灯的问题上无知,我不得不认真看尼娅莎怎么做。

尼娅莎非常敏锐。我们那天晚上早些时候聊天时,我还崇拜她的这一点,但是现在这让我生气,让我觉得自己很蠢。

"这是开关,"她说,指着门边墙上一个黑块,"现在按下去了,意味着灯是开着的。如果起来了就是关。"她把灯关掉又再次打开来给我看。

"关掉灯,"我恶狠狠地对她说,"否则你会睡不着。"

她关了灯,爬回床上,用她特有的方式说了最后一句话:"你没有穿睡衣。你得摸黑穿了。"

由于我们在闹别扭,我没有问睡衣是什么。相反,巴巴穆库鲁的谈话在我心里灌注的自命不凡感消散了。我又开始觉得低人一等了。在那个年龄我有点儿自虐倾向,沉浸在自己幻想的缺陷里,直到我真的处于自怨自艾的危险之中。然后我想着我的母亲,以此来责备自己这样自我放纵,母亲坚忍地承受着作为女性、穷人、未受教育者和黑人的苦难,这让我对自己的软弱,对自己如此软弱地屈服于陌生的新环境而感到羞愧。这给了我一记狠狠的内疚之鞭来鞭

---

[1] "乡下人"一词在原文中为peasant,当时坦布可能是误听为pheasant(野鸡),故做此解释。

策自己。我再次坚定了我的誓言，要利用伯父给我的这个机会把利益最大化。

那些天我的很多反应都是这样百感交集，需要反复思索来理清头绪。但是那天诸事带来的活跃和兴奋感已经让我精疲力竭：在能理清思绪前，我就沉沉睡去。我觉得这是为什么我梦到了我的哥哥。

他像往常一样嘲笑着我。优雅地运着球，穿过我们老学校足球场里雨后春笋般涌现的玉米株，他不时停下来摘一根肥硕多汁的玉米棒，塞进嘴里。玉米棒里满是白色玉米汁。传教所教室里的课桌恰好在玉米地的顶端，我从那里看到他在吃玉米，警觉这些奇怪的玉米会让他生病。我轻身一跃，跳到他身边，求他停下来，但是他当面取笑我，告诉我没有人会把我的话当真，因为我在抽烟。当我认识到我的自来水笔事实上是一根长长的香烟时，这场梦变成了一场噩梦。纳莫带着恶意快乐地大喊，告诉我我不会有好下场，我罪有应得，因为我抛弃了我的丈夫、我的孩子、我的花园和我的小鸡。他说得如此不容置疑，我竟对抛弃了这个我从未拥有的家庭感到羞愧。所以当我的丈夫在田地末端出现的时候，我并不惊讶，只是害怕，因为看到巴巴穆库鲁和他那两只恶犬在追踪我，要把我送回到我丈夫那里。然后我记起来我是在学校，于是开始向巴巴穆库鲁解释，但梅古鲁打断了我，说我应该先洗澡。我刚朝浴室走了一半，就意识到我已经醒来了。

那次沐浴的快乐！蒸汽氤氲的热水漫到浴缸的边缘，直到我不情愿地被迫关上水龙头，以免我迈进去时水溢出来。我洗啊，擦啊，搓啊，全身打了三次肥皂，不是因为觉得自己那么脏，只是因为那温暖、湿润和干净的感觉让我非常愉快。哗啦，哗啦，我继续着，水泼出来，泼到蓝色的地毡上。梅古鲁敲了敲门，来看我是否没事儿，我想起来其他人还需要洗澡。我跳出来，拔掉塞子，对自己很满意，因为在没有人教的情况下就搞定了我的第一次沐浴。然后我四处看了看，在水池下面找到一些旧抹布，用它们擦干净浴缸，擦了地板。

我觉得干净、温暖和舒爽，替尼娅莎给浴缸放满水。她对我的这个帮忙千恩万谢，所以我们可以停止吵架了。尽管如此，我还是无法承认自己并不知道睡衣是什么，不过不要紧。通过观察尼娅莎穿的衣服，我在我的衣箱里发现了相似的。那么，这些就是睡衣了。我铺好床，把睡衣整齐地叠放在床角。

等我穿戴整齐，镜中的自己让我顾影自怜。穿着那身校服，我看起来比之前的任何时候都更美，即便制服是蓝色的（现在我知道它并不适合我的肤色了），而且胸前有一个四英寸的尖角褶皱。我吃惊地发现自己其实很漂亮，也对此难以置信，这让我有必要长时间打量自己，从各个角度，在不同的位置，好打消疑虑。尼娅莎洗完澡回来，看到我这样，努力不让我感到尴尬。她慷慨地、真心地肯定了我对自己的观感。

"不错。"她表示赞同，站在我身边看着我在镜中的样子。"还真不错。显出你的腰。总有一天你会有胸。后面有些遗憾，"她接着说，转身离开时开玩笑地拍拍我的屁股，"太大了。不过，如果你穿这件老运动装还能这么好看，你穿什么都会好看的。"

她的所说所为，她的打量、赞许和揶揄，全都让我受宠若惊。来自尼娅莎的任何关注都足以让我快乐难耐，她除了自己那不安分的思绪的漫游和劫掠，很少关注其他事情。我几乎要飘飘然了。我回想起我的玉米地，有那么片刻我相信现在的优渥环境完全是我自己取得的。

早餐的时候食不下咽。我迫不及待地要去学校，每努力吞下一口，喉咙就卡得更紧，我确信自己只用一个早晨就能把学校的全部课程一扫而光。这让人神经痛苦。看着尼娅莎津津有味地吃着她的鸡蛋、培根，喝完茶，拒绝了燕麦粥和吐司，因为吃太多会发胖，我看到的是自己在上课的第一天就迟到了，弄得引人注目。不过上课铃没有呼啸，在尼娅莎吃饭的时候，我还有时间被我的这些亲戚触动，他们吃了肉，而且不仅吃肉，是吃肉和鸡蛋作为早餐。至于在吃面包前烤一下，好像面包不是已经烤好似的，好吧，如果是昨天，我会感到吃惊，但是今天我知道一切都是可能的。

梅古鲁对着我婆婆妈妈，唠叨着对我食欲不振的关心。

"吃吧，我的孩子，吃吧。"她催促我。"否则你会饿得根本听不进老师说的话。你想吃什么？"她问，"要不要我们给你找点乳味稼来配粥？"

"我真高兴我只是你的女儿，"尼娅莎说，"你的殷勤很容易把你的侄女杀死。"

"但她会饿的！"伯母喋喋不休。

"她可能在减肥，因为我告诉她她屁股胖。"

"继续吃，小宝宝！坦布妹妹不胖。别担心尼娅莎那些小题大做。"她建议我道，完全多余地，因为那时除了学校，我没有心思担心任何事情，尤其是毫无意义的事情。

"小题大做，"尼娅莎评论说，"小题大做。现在我想知道是谁在小题大做。"

"小宝贝儿，再不快点儿，你会迟到的。"梅古鲁一边对她说，一边从她的包里摸出一先令给我，这样我可以在课间买点儿面包，一直支撑到午餐。那时候一先令是一大笔钱，能买一条面包，足够一家人吃早餐。这么多钱用来买课间面包让我很不好意思。我想还回去，但是尼娅莎拿起杯子喝干，喝了好长时间来掩饰她的笑，弄得我不便拒绝伯母的礼物让她难堪。我把这枚硬币塞进我的短袜，谢过梅古鲁，向她保证昨晚的一餐我吃得太饱了，午餐的时候我会把钱都带回家的。

尼娅莎吃完了早餐。我们出发去学校，穿着一模一样的蓝色运动衫、短袜和鞋子，背着一模一样的书包。看到我们，你会以为我们是姐妹，如果有人征询我的意见，我的安排也会是这样的。我昂首阔步地走在我那血统纯正的堂姐边上，模仿着她的步伐、她抬头的方式，这样所有人都会看到我们是一家人。

我的再生时期就这样开始了。我喜欢把转学到传教所想成我的再生。短短十四载中我秉持自我本位的信念，其间的生活完全按计划展开，这让我期待自己会在这个阶段取得显著的进步和发展，在我的天性上添加智慧，使我的视野得以清晰，让我的人格充满魅力。简单地说，我期待我的寄居生涯将实现我十四岁的所有幻想，总体上我没有失望。摆脱了家里那些规定和限制了我们活动的必需之事和肮脏之事，我把大量旺盛的精力投入于向心目中年轻的世界女性的形象迈进。现在的我干干净净，不仅在特殊场合如此，而且一个星期的每一天都如此。我面对着自身之外的、很多我模糊想过的事情，那些事情我一直知道存在于另一个世界，尽管所知很不清晰；那些事情让我母亲怀疑我是否还是自己，或者是不是我身体里有某个其他存在。

用这种方式得到认可真好。多数变化并非来自学校里教授的课程，而来自尼娅莎那书目繁杂而众多的图书室。每一本书我都读了，从伊妮德·布莱顿[1]到勃朗特姐妹，而且深受触动。扑进这些书中，我知道自己在接受启蒙，我对这些作者满怀感激，因为他们把我引向那些理性和意愿并不冲突的地方。这是一个向心的时期，我位于中央，万事万物朝我落下。这是一个升华的时期，我是那升华之物。

当我努力向尼娅莎略微描绘我的世界发生的事情时，她笑了，说我读童话读得太多了。她更倾向于现实。她在经历一个了解历史的阶段。她读了许多关于现实人物的书，现实的人和他们经历的磨难，比如南非的境况，她要梅古鲁将其与我们自己的处境相比较，最终当梅古鲁说我们更好一些的时候，她与梅古鲁争论起来。她读了关于海岸东面的阿拉伯人和海岸西面的英国人的书，还有关于纳粹党人、日本人、广岛和长崎的书。她在噩梦中梦到这些事，大屠杀；但她照样继续读下去，因为，她说，如果你确实打算找到解决

---

[1] 伊妮德·布莱顿（1897—1968），笔名是玛丽·波洛克，英国著名儿童文学作家。

方案的话,你必须知道真相。她相信解决方案就在那里。她想知道许多事情:犹太人声称巴勒斯坦属于他们,这是否合理;君主制是不是一种正确的国家形式;殖民地出现之前生命和关系的本质;到底为什么会有单方面宣告的独立,这意味着什么。"所以,"针对我的童话故事和我的再生,她建议说,"能够享受的时候就享受吧。这些事情不会长久的。"她帮助我享受这迅猛的转变,指出哪些书值得读(尽管我并不总是同意她的看法,因为她的口味变得很严肃);在周末拉直我的头发,绑上发带;修理我的指甲,有时不顾巴巴穆库鲁的不满,把它们涂成亮紫色;跟我一起按照梅古鲁的菜谱做出重辣的菜,巴巴穆库鲁和我都不喜欢吃,但她和梅古鲁却大快朵颐。

我不仅在自己的事情上取得了成功,也在别人的世界里取得了成功。上学没多久,我就意识到尼娅莎没有多少朋友。女孩子们不喜欢她说话的方式。我去传教所的时候,她们依然在她背后模仿她的样子,那是巴巴穆库鲁回来三年后了。我以为尼娅莎到那个时候已经丢掉了她的大部分口音,比她自己愿意的还多,我也以为这么长的时间足以让她的同学们习惯。结果却发现,她们不喜欢的不是尼娅莎的口音,而是尼娅莎这个人。"她以为她是个白人。"她们常常嘲笑说,这跟骂人一样糟。"她傲得很。"其他人断言。"她很轻浮。"最心怀恶意的人这样给她定罪。"看看她在周六跳舞晚会上穿的样子!还有她跟乔治(或者约翰逊,或者马赛厄斯,或者琴盖台)在一起的样子!真招摇。做出来让每个人看。"这之后她们就会谈论尼娅莎在舞池里竟然做了或者没做什么,谈话会以某个人说出普遍的看法而结束,说她做什么都不会被罚,因为她是校长的女儿。

我很幸运没有染上这些罪恶中的任何一种。我的英语随着一直以来的阅读,以及跟尼娅莎的交谈,很快变得流利,并且没有口音。我不是校长的女儿,而是他的一个穷亲戚,出身跟其他所有人一样贫穷,如果不是更穷的话。至于男孩子,我显然不感兴趣。不管尼娅莎多么苦口婆心地恳求,她通常都无法引诱我去拜特礼堂参加唱片之夜的晚会。当我暗示尼娅莎邀请我并非希望我的陪伴时,我可能不太公允,但那时我断定自己与其说对她有助益,不如说会让她难堪,因为我在那个时候不跳摇摆舞,部分因为我不喜欢她们在拜特礼堂里播放的西方节奏,而且从未学过跟着节奏优雅地晃动,部分因为我来传教所是为了更庄严的目的,而不是跳舞。尽管如此,尼娅莎总是怂恿我跟她一起去,最后她向我坦白,尽管巴巴穆库鲁无法禁止她去,因为跳舞是学校活动,阻挠他的女儿参加会不合适,但他依然相信这些舞会是罪恶的。她希望展示一个团结的青年阵线,这个阵线坚持舞会并非邪恶的。但我埋头于《柳林风声》[1]之中,告诉她我不会跳舞。

甚至老师们也喜欢我。在不得不离开教室的时候,他们总是让我维持秩序,总是以我的勤奋作为班上其他同学的榜样。尽管如此,我的同学们在第三个学期开学的时候还是选了我做班长。这很让人吃惊,让人吃惊且非常奇怪。尼娅莎、我的老师们、我的同学

---

[1] 英国作家格雷厄姆1908年出版的一部动物童话。

们——我不习惯被如此热切地喜爱。那些日子里唯一不奇怪的事情，是我一直是班里最优秀的学生之一。传教所的标准比鲁蒂维中学高，我们常有测验，但我在那里表现得比在家里还好，巴巴和梅古鲁知道学校功课很重要，所以在我学习的时候并不打扰我。我禁不住对自己感到满意，对事情的进展感到满意，但这是生活中的一种健康的快乐，人们可以做出正面的回应，因此没有人感到不快。总的来说，人们对我也感到满意。

随着我的身体和思想都放松下来，梅古鲁更像母鸡一样对我百般呵护，总是准备着把好吃的丢进我的嘴里，我变得相当丰腴。我开始来月经。一开始我对此非常镇定。与年纪大的堂表姐和年轻的姑婶阿姨们的聚会，以及年纪大的姑婶们和祖母们的问题让我对此做好了准备。因此等我第一次放假回家，母亲给了我兰巴奈的一些旧尿布，那曾是梅古鲁的贺礼，并且教我如何在每个月的那个时候尤其保持尿布和自身干净时，我把它们视作理所当然地接受了下来，等着它们成为自己生理卫生的一个必要部分。如此看来，我来月经的初期应该是平静的，但是当事情发展到在梅古鲁的白色浴室里洗那些碎布，又在冲掉马桶前把它弄得一团糟的时候，事情变得污秽恶心。我因此变得阴郁，爱发脾气。

后来，尼娅莎给了我一些卫生棉条，我尴尬得要死，因为我以为自己做得无人察觉。尽管如此，尼娅莎很心我是否舒服，因此给了我一盒卫生棉条，上面还有说明书让我读。那些说明，还有盒子上线条优美的身体绘图，非常迷人，因为我们在学校没有学过生理卫生。身体内部看起来是否真的如此？我检查了一根棉条，只从外面看，没有拆掉包装，因为我一个都不想浪费，我出声地思忖着把那个形状讨厌的东西塞进阴道的后果，但尼娅莎朝我发笑，取笑我。她说我把自己的童贞失给一根卫生棉条，比失给一个男人要好，棉条不会对它的成功扬扬自得，而男人会把我的失贞添加到他的处女膜宝库里："他们把处女膜戴在腰上，就像戴着作为战利品的敌人头皮一样。"她开玩笑道。说完后，她花了很长时间来让我相信她是在跟我开玩笑，但当最后她来拉住我的腿，我紧张不安地把一根棉条以最小的不适感塞进去时，我很高兴她教了我用卫生棉条。不过还有一个问题：卫生棉条很贵。尼娅莎再次打消了我的顾虑。尽管梅古鲁知道卫生棉条惹人非议，知道好女孩不用它们，但知道我们没有怀孕她会非常高兴，会被说服给我们买棉条。她咯咯地笑着。"不，说真的，"她承认，"拨开表象，妈妈其实相当明智。"我的堂姐啊！让人震惊又疯癫，毫无敬意又桀骜不驯。既然我知道她是什么样的人，我不再小心警惕了。我觉得她也很聪明，尽管我不确定为什么。我甚至崇拜她充沛的精力，尽管我看不到它们被引向何处：尼娅莎拥有一切，应该心满意足了。我的堂姐令人困惑。她不是你可以用理性来剖析的人。

尼娅莎觉得她非常理智。"你必须不断行动，"她说，"参与到这个那个之中，发现一件又一件事。行动，从始至终。否则你会被困住。看看可怜的妈妈。你还能想出更糟的吗？如果不是为了基多，她会彻底疯掉，胡言乱语！"我可以想出很多比成为梅古鲁还糟的事情，并不需要想象它们，因为我看到过。我这样告诉了尼娅莎，她同意了我说的，但说一切都是有关系的，全都归结为同一件事，尽管她并不非常清楚那件事是什么。她斜眼瞥了我一下，这一瞥意味深长，但她什么都没对我说，我们就这样放下不提了。情况依旧，我忍不住猜测堂姐到底看到了什么我没看到的东西。

尼娅莎就是这个样子，执着地去看，去把注意力放到你宁愿避而不谈的事情上；用她的聪慧，把她觉得我们可以摒弃的东西撕成碎片，即便其他所有人都认为它们很重要。像我这样的人觉得她很另类，在无形之中远优于他人。周围的成年人，比如她的老师们，觉得她是一个天才，鼓励她的这个方面。但是她的母亲和父亲对她的变化深感忧虑。我也不认为她深究这个，深究那个，深究一切，会对她有益。我觉得这不安全，但是等我认真地、有条理地审视一切的时候，我记起来在传教所生活的最初的兴奋中，我忘记了的一些矛盾之处。

比如安娜，她是我一月份到达时去交谈、去消磨时间、去放松精神的那个人，但是现在她只让人觉得乏味。事情发生的时候并不显得奇怪。事实上，一切都恰巧相继而来，一步接着一步，是一个自然而然的进程。结果是我不再把安娜视为朋友和同伴，尽管在最初那一天，我更愿意设想与她同床而眠，在仆人活动区那陈旧的棚屋里，而不是与尼娅莎共处一室。想到这些感觉，我几乎对安娜感到歉疚。但我后来记起她已经预料到我会这样了。

梅古鲁总是满面春风，总是高高兴兴，这是另一个费解之处。确实，她有充分的理由心满意足。她是巴巴穆库鲁的妻子。她住在舒适的家中，是一位教师。与她的女儿不同，她对所有这些福气心存感激，但我觉得即便天堂里的圣人也肯定会在有些时候心生抱怨，并且让较低阶的天使们知道这一点。我觉得梅古鲁配得上享福。她偶尔生气但从不发火。她可能有时失望但她从不灰心。我担心她没有多少可以交谈的人，但我猜想这是她受到高等教育的结果，因为在传教所，其他让她可以友好相处的已婚妇女都没有学位，甚至连文学学士学位都没有，更不用说像我伯母那样的哲学硕士学位了。

发现伯母的教育程度有多高的那天，我非常震惊。那是一个星期天。我们像往常一样去教会。我们全都在星期天去教会，甚至尼娅莎也不例外，安娜在能够及时做完清洗工作的日子也会去，这取决于她当时满心虔敬，还是想一个人坐一两个小时，不被打扰。尼娅莎去，是因为她正处于投身宗教的发展阶段：她喜欢有事业，而基督教事业，虽然墨守成规却能够暗地里转化成一种进步的意识形态，对她来说最理想。此外她喜欢唱歌。她曾经是学校唱诗班的忠实成员，直到他们在一次旅行的时候漏掉带上她，因为让校长的女儿看到唱诗班指挥们逍遥自在的画面可不行。

星期天真正发生的是，在九点差一刻，尼娅莎和我穿着蓝色运动服，出发参加读经课。对我来说，主日学校是在中心小学的教室里上，中心学校的每个年级都由一位中学来的级长教。这些级长如果是女性，就在星期天穿白衬衫黑裙子，如果是男性，就穿白衬衫黑长裤。他们都是非常聪明美丽的人，我们梦想着成为他们中的一员。如果一位男级长时髦地系着领带，我们的血压就会升高，尽管我们都是身体健康的少女，我猜测女级长如果敢穿丝袜，或许甚至镂空丝袜，而不是短袜，会对我们班的男孩子们产生同样的效果。

在主日学校我们了解了慈悲、爱和罪，级长们说它们都是不同的，但是如果它们各不相同，那么我想知道，你怎么解释回头的浪子[1]，或者抹大拉的马利亚[2]？赞美诗不那么让人困惑。它们讲的是尊重父母从而延长寿命，以及推开我们的重负。这种务实而平凡的生活态度是我能够很好理解的。然后，在十点差一刻，中学的铃声响起，表明我们的读经时间结束。我们在教室前排成两排，一排卡其色的男生靠墙站立，蓝色的女孩们在他们旁边。我们迅速但安静地鱼贯穿过由严厉的级长们组成的走廊，走到草地另一边，级长们严肃地维持着秩序，履行他们的职责。高年级跟在低年级的后面，这样到了十点，整个学校都在教堂外面集合。我们站在教堂外面，有时会有人检查有无缺失的纽扣，肮脏的领子和袜子，不得体的长指甲或上色的指甲或者口红，有时没人检查，但我们总会在十点过一刻开始排队进入教堂。礼拜在十点半开始。从铃声在十点差一刻响起的那一秒开始，一直到礼拜在十二点半到下午一点之间结束，我们都保持安静。礼拜结束后，我们再次排队出去，住宿的学生匆匆赶往宿舍，好来得及吃午餐。

等住宿生们离开了，我会与尼娅莎会合。我们会站在教堂外面跟朋友们打招呼，交换小道消息，如果是在放假期间，我们不必穿

---

1 the Prodigal Son，《新约圣经·路加福音》中记载的一个耶稣的比喻，即浪子回头的典故，讲述了一个挥霍家业，历经一番苦难，最终回到父亲面前表示悔改的年轻人的故事。
2 Mary Magdalene，一直以一个被耶稣拯救的形象出现在基督教传说里，后说她可能是耶稣在世间最亲密的信仰伴侣，或是未被正史记载的耶稣最忠实的门徒。

校服的时候，就打量和觊觎彼此的连衣裙。

这些时候尼娅莎乐于避开她的父母和他们的朋友，因为他们注定会说一些让人不快的话，比如抱怨她的运动衣太短，或者咕哝着，三年了，她还是没有学会问候长辈的正确方式。他们的评论让她难为情，效果适得其反。因此尼娅莎避开他们，如果做不到，就用一种糟糕的缺乏技巧的方式嘟囔出问候，并以最快的速度逃掉。她的行为让巴巴穆库鲁很尴尬，所以他也宁愿她不要靠近。

相反，我希望跟我的伯父伯母一起站在教堂外面。我希望被认为是他们中的一员，因为我觉得老宅的气息黏附在我身上，让我看上去格格不入。我跟他们一起迎候了几个星期，其间他们跟牧师讨论捐赠的情况和募捐收入的下降，但在那之后，我开始厌倦了，宁愿跟尼娅莎和我的朋友们在一起。有时巴巴穆库鲁特别慷慨，开着老罗孚车送梅古鲁去教堂，如果我们又在恰当的时候现身，他会随后再开车把我们都送回家，在那样的日子里，考验就来了。尼娅莎觉得我们应该前后一致，即便他们开车也该避开他们。但我仍在热衷于坐车，务实地提出我们可以在合意的时候避开他们，不过既然我们需要搭车，在这种时候就不该躲避。尼娅莎赞同这个逻辑，但不同意这个论点的前提，指出她就更愿意步行，不过她还是迁就了我，我们搭了车。

有一次，巴巴和梅古鲁跟我的校长说话，尼娅莎和我站着等他们。校长看到我们站在那里，自然而然开始谈起我们。这让尼娅莎感到被冒犯，因为她不喜欢别人当着她的面，用第三人称提她：她说这让她觉得自己像个物品。我不介意，因为他一直在夸赞我们。

"当然，西高克先生，"他对巴巴穆库鲁满面笑容，"你的女儿们肯定让你非常开心。尼娅莎在中心小学的时候总是名列前茅，我听说她在中学那里还是一如既往。她想给我们拿来个硕士学位，就像她妈妈一样。还有坦布扎伊，这个孩子像她伯父。她非常努力，一直如此。"

他们三个人都对这次谈话以及对他们自己感到高兴。校长很高兴，因为巴巴穆库鲁向他保证，我们的才华出众是他作为小学校长尽职尽责的结果；巴巴和梅古鲁很高兴，因为我们的能力映照了他们自己，表明他们的基因强大。他们笑着，满面春风地谦虚着、坚持着、相互恭维着彼此的成就，一次又一次。

情况正在发酵。"尼娅莎。"巴巴穆库鲁叫道。"你不打算跟你的老校长打声招呼吗，他过去一直教你？他教得真不错，他教得真不错。"他笑着重复道。尼娅莎小心翼翼地走上前，我跟着。笑容从巴巴穆库鲁的脸上褪去。"怎么了，你？你听到萨托姆布先生夸奖你的话了吗？"

那天下午我们坐车回家的路上并不舒服，因为巴巴穆库鲁怒不可遏地明确告诉尼娅莎，如果她不能对他的同事们礼貌些，她就不要指望坐他的车。"我女儿表现得这样，人们会怎么说我？"他质问道。尼娅莎一声不吭。这种糟糕的感觉也跟我们一起来到晚餐桌上。尼娅莎已经把它抛在脑后了，或者置之不理。她对布道的热情印象深刻，但是就一个技术性问题问梅古鲁：让恺撒的东西归恺撒确实非常好，但谁能说什么是恺撒的？恺撒。那么一切都成他的了！像往常一样，我被尼娅莎敏捷的思维所折服，但巴巴穆库鲁却被激怒了。

"嗯，尼娅莎，"他说，"有些事情我想跟你妈妈谈谈。你不知道小孩一直说个不停并不好吗？"我很失望，因为我一直想问梅古鲁，她是不是真的拿到了硕士学位，但那之后我不敢问了。尼娅莎没有再说一句话，也没有吃多少，之后很快就告退了。我担心伯父会坚持让她吃完她的饭，但是除了对她那半满的盘子扫了几眼，巴巴和梅古鲁都没说什么。

"是不是真的，梅古鲁，"那天下午晚些时候，当我去露台读书，发现伯母在那里在她的书上勾画时，我问她，"你真的有硕士学位？"

梅古鲁很高兴听到我的奉承。"你不知道吗？"她从眼镜上方看向我，朝我笑着。我怎么会知道？从来没有人向我提过。

"可是梅古鲁，"我立刻回答，被伯母取得了硕士学位这一想法所鼓舞，"你什么时候说过？"

"你什么时候问过？"她反驳说，并继续道，"是的，我们，你伯父和我，都在南非取得了学士学位，在英国取得了硕士学位。"

"我以为你是去照顾巴巴穆库鲁，"我说，"大家一直这么说。"

梅古鲁哼了一声。"你还指望什么呢？一个女人如果不是要照顾丈夫，为什么要去那么远的地方，忍受所有那些难题？"

梅古鲁比以前任何时候都更加严肃。这种严肃把她从一只甜蜜温柔的鸽子，变成某个更像黄蜂的东西。"那是他们乐于认为我会做的事。"她心酸地继续说。她脸的下半部分，只是下半部分，因为这神情并未传递到双眼，显出愠怒不满的线条。她朝她的书俯下身来掩盖这些线条,为了证明她根本没有不高兴,她发出咯咯的笑声,我觉得她以为自己笑得欢快,但听起来很痛苦。"不管他们怎么想,"她说,"这对他们有很大好处!我没有受到他们所有人的影响——你伯父、你的祖父母、你家里的其他人——依然为了那个学位而学,并取得了学位。你现在能跟我说他们不为我取得学位而高兴吗,即便他们不承认?不能!如果我不工作,你伯父也做不到他现在做到的一半!"

"你肯定赚了很多钱。"我满怀敬畏地吸着气。伯母笑了,说她从来没有拿到过她的工资。我大吃一惊。

"你的钱怎么了?"我问,"你赚的钱。政府拿走了吗?"因为我已经开始明白我们的政府不是一个好政府了。

"你可以这么说。"伯母笑了,强迫自己再高兴起来,但没有成功。她放弃了,取下眼镜,向后靠到椅子上,若有所思地透过露台的拱门凝视着群山和远处。"这就是,"她叹口气,"不得不在自我和安全之间做出选择。在英国的时候,我曾瞥见了我本可以成为的样子、我本可以做的事情,如果——如果——如果事情——有所不同——但是有基多他爸、孩子们和这个家。有谁明白,有谁感激,我所做的牺牲?至于我,甚至没有一个人想过我放弃了什么。"她镇定下来。"可事情就是如此,坦布妹妹!当你有了一个好男人,有了可爱的孩子们,这一切就都值得了。"

就个人来说,我觉得梅古鲁被剥夺了充分发展自己的机会,这是一个巨大的遗憾,即便她接受了这一损失。我完全支持给人机会。

我没有告诉尼娅莎这次谈话，因为我猜她自己已经听过很多次了，她会愤怒地说，"我告诉过你了"。此外，梅古鲁说的事情也合情合理，这些并不意味着她总在抱怨。我替梅古鲁感到难过，因为她无法把她赚的钱用于她自己的目的，她被婚姻阻碍，不能去做她想做之事。但事情并非这么简单，因为她是嫁给我的巴巴穆库鲁，这决定了她的境况很好。如果有必要让自己隐身，梅古鲁做得这么好，你都无法确定她不喜欢这样，如果为了维护他的身份和价值，必须让自己隐身，那么，我肯定，梅古鲁做了正确的决定。

伯父的个性难以捉摸。刚来到传教所时，我很失望。我以为一切会像那美好的旧日时光，像巴巴穆库鲁去英国前的日子那样，打个比方说，他把我们扔到空中、接住我们、给我们糖，我却几乎看不到他，因为他太忙了。当巴巴穆库鲁触手可及时，我们几乎不曾笑过，因为，梅古鲁说，他的心情不好。他的心情不好，因为他太忙了。由于同样的原因，他在边上的时候，我们也不大说话。

尼娅莎那生机勃勃的天性在这清冷的环境中受到摧残，甚至梅古鲁有时也说："我不浪费太多时间做饭。你知道的，做出的食物没有人吃。""那就别做了。"尼娅莎会突然发脾气。要不然就是梅古鲁在餐桌上道歉，说没有给我们买奶油配果冻。"我努力找到一些，"她会激动不安地说，"可我们到那儿太晚了，东西都没了。像往常一样！"尼娅莎并不让步。她让梅古鲁去学开车。"你觉得我会从哪儿弄到辆车？"她母亲反驳道，"你觉得我有钱买吗？"

六

传教所的另一个不同之处是那里有很多白人。传教所的白人是一类特殊的白人,特殊的地方祖母向我解释过,因为他们很神圣。他们过来不是为了索取,而是为了给予。他们在最黑暗的非洲这里执行上帝的使命。他们放弃了自己家乡的舒适和安全,过来照亮我们的黑暗。传教士们付出了巨大的牺牲。这个牺牲让我们对他们感恩戴德,这个牺牲让他们不仅比我们高贵,而且也比其他白人高贵,后者是来这里冒险的,来满足自己对我们的绿宝石的需求。传教士的自我牺牲和兄弟之爱不是毫无回报的。我们待他们如半神。他们身上有着当时白人与生俱来的自满与自尊感,于是接受了这一拔高性的伪装。

如今传教所的白人更少一些。他们被称为外籍人士,而非传教士,能看到他们住在没上漆的砖房里。但是他们像传教士一样被奉若神灵,因为他们是白人,所以他们的到来对我们来说依然是种荣幸。人们告诉我,你被称为外籍人士还是传教士,取决于你被谁和被如何雇用。这一区分虽然是我从可靠渠道得知的,却没在我的脑子里停多久,因为我在跟这些人打交道的时候没看到这种差别。我常问自己他们为什么来,放弃他们更先进的家乡的舒适和安全。这把我们带回到兄弟之爱、奉献和照亮各种黑暗这些问题上。

尽管如此,那个时候——你应该记住那时我还很年轻,非常年轻，渴望崇拜、尊敬我在传教所遇到的所有高贵的人，这无可厚非——那时我喜欢传教士。我尤其喜欢年轻的传教士。他们的皮肤光滑、健康，被太阳晒成古铜色。这消除了我大部分，如果不是全部的对白人的反感，这一反感始于皮肤如纸的多丽丝和她那肤色灰黄、长着棕斑的丈夫。我过去常对那种感觉感到非常内疚。我过去常对无法像理应的那样爱白人而感到内疚和不近人情。因此，看到年轻健康的传教士、发现一些白人像我们一样美丽让我感觉良好。那之后，没花多长时间我就明白，他们事实上更美，于是我能够爱他们了。

由于传教所有很多的白人，我跟他们打了很多交道，但是他们的行为依然很难理解。很早的时候，我就注意到其中的一些传教士无疑更奇怪，就是尼娅莎和基多从英国回来时的那种奇怪。这些传教士，这些奇怪的传教士，他们喜欢讲修纳语，远超过对讲英语的喜爱。当你想练习英语，跟他们说英语的时候，他们总用修纳语回答。这让人失望，像我这样说双语的人也很困惑，因为我们已经培养起了一种本能反应，跟白皮肤的人说话时说英语，我们自己的语言则留着对彼此说话用。这些传教士的孩子们，这些奇怪的传教士的孩子，大多根本不说英语，直到他们在学校里学了英语，就像我们一样，在我们所待的同一间教室，因为他们的父母把他们与我们其他人一起送到传教所的学校。我常常好奇等他们回国了，不得不停止像非洲人一样做事时，他们怎么办。

不过不是所有的传教士都像这样。另外一种，也是绝大多数，都多少更正常一些。他们更随意地说着英语，把他们的孩子送到市里的政府学校，跟他们的同类待在一起。这种安排对孩子们来说肯定少一些痛苦，但对他们的父母来说则更痛苦，因为这些政府学校代表着与传教士们祈祷相悖的一切。我们过去常常讨论这个问题：哪种传教士更好——把孩子送到政府学校的，还是把孩子送到传教所学校的？

我们中学有一个前面那类奇怪传教士的孩子。她叫尼娅拉德佐，一个美丽的名字，在我眼里充满诗意：读起来让人平静。尼娅拉德佐和我一样大，与我同龄，也与尼娅莎同龄。她和尼娅莎是要好的朋友，如果说尼娅莎没有很多朋友，她至少有这个非常要好的朋友。我被允许加入这个两人组，把它变成三重奏，前提是，我猜，我的正常状态不会打破两人间的平衡。

尼娅拉德佐有两个哥哥。一个叫布赖恩，比尼娅拉德佐大一岁。另一个哥哥叫安德鲁，大她三岁。我不常见到这两个男孩，因为虽然他们是在传教所上的小学，他们的父母却把他们送到索尔兹伯里读中学。你可以从尼娅拉德佐的描述中明白，她的哥哥们去的是一所非常特殊的学校，跟我们传教所的学校非常像，黑人和白人的孩子只要愿意，都可以去那里。但另一方面它又非常不同，因为那里的黑人孩子很少，白人孩子很多。想到一个白人的学校，黑人只要愿意就能去，真是奇怪，因此，那里的黑人这么少也让人惊讶。尼娅拉德佐为了解释这一点，告诉我们那儿的学费非常高，以至于想去那里的黑人小孩，只有在他们的父亲能负担得起的情况下才能去，或者即便他们不想去，他们的父亲如果能负担得起，还是送他们去。尽管如此，说实话，我从来没有遇到哪一个黑人孩子不想去那些学校中的一个。除了,当然,尼娅莎。尼娅莎和我常常讨论这个问题。我们一致认为在一所那样的学校里,会比在传教所有更多的"生活",我们用年轻人的方式使用"生活"这个词,指某种有益的东西。说生活,我们指的是书本、游戏、人和文化活动,以及一种意味着将要发生激动的、有趣的、有用的事情的更抽象的生活氛围。尽管我们会谈论,我们知道我们永远不会进一个多种族的学校,因为巴巴穆库鲁已经为了让基多待在他的学校竭尽全力了,那里的学费非常高。尼娅莎说这是看似好事的坏事,因为一旦我们去了那里,我们谈论的"生活"就会吞没我们,我们将不得不反抗这一后果。除了向我肯定后果会接踵而至,尼娅莎对这些后果是什么并不非常明确,我没有追问,因为,尽管她警告我,我依然会愿意去一所多种族学校,我喜欢与这一愿望相伴而生的心怀壮志之感。

巴巴穆库鲁从英国回来那年,基多上小学六年级。这意味着他第二年就要上中学了。巴巴穆库鲁打算让他待在传教所,以抵消他在英国受到的去非洲化影响。但是贝克先生,尼娅拉德佐的父亲,安排了基多参加他儿子学校的入学考试。这位善良的传教士坚信基多应该拥有最好的生活,他亲自开车送我的堂弟去索尔兹伯里,考试是在那里举行的。白人在那个时期对有前途的黑人男孩非常宽容,只要他们所谓的前途是一个和平的前途、一个感恩的前途,接受被给予的一切,不再有更多要求,因此毫不奇怪,基多被那个学校录取了,还获得一份奖学金。尼娅莎认定是贝克先生插手了奖学金的事。为了让他的良心好过些,她说。"跟校长们打声招呼,"她在尼娅拉德佐不在的时候告诉我,"你知道是怎么回事,老爷对老爷:'这个男孩需要钱,老伙计!''啊,他是个好孩子。浪费了太可惜。我们看看能做什么。'于是基多得到了奖学金,贝克先生对当初把他的儿子们送到那里也感觉好多了。真的!他们耍那些花招,来蒙蔽我们的眼睛。真的!"尼娅莎的分析不无道理,因为巴巴穆库鲁并不赞同欧洲规则、让人轻松的选择或者不必要的开销。没有奖学金,基多肯定不会去那所学校,贝克先生则会因为让他的儿子们接受高人一等的教育而良心不安。这一切的结果是基多确实去了这所寄宿学校,等到我去传教所的时候,他已经极好地适应了私立学校的生活了。他养成了私立学校常有的礼貌和任性的习气,并与贝克家的男孩子们成了铁哥们。于是我很少见到他或贝克家的男孩们,除了假期开始或结束时的一两天,因为他们学校的校历与我们在传教所用的校历不同。

那一年是我在传教所的第一年,尼娅莎上中学二年级,所以正在参加她的第一批公开考试。事实上,这是她第二次参加公开考试,因为她参加过小学六年级的标准化考试,但是由于尼娅莎得益于曾在英国参加的一个给天才儿童开设的头脑风暴课程,所以对那些小学六年级考试不屑一顾。尼娅莎天生会低估自己,如果你不了解她,她的做法会让她听起来傲慢自大,她说任何拥有一定常识的人都能通过小学六年级的考试,哪怕他们只去学校学一个星期。中学二年级的考试不一样,她说。这些考试需要真正的能力,将决定她是能继续读中学三年级,还是被淘汰出学校体系。

至少,理论上如此。但是尼娅莎,作为校长的女儿,不必真的担心被学校淘汰。她完全承受得起考砸,只要她表现得不是太糟。即便政府策略性地给中学三年级提供很少的学位,竞争激烈,校长也能为他的女儿在什么地方弄到一个学位。如果她确实悲惨地失败了,他也许能够利用他的影响力,允许她重考。当局认为巴巴穆库鲁是一个好的非洲人。人们普遍认为,好的非洲人生出好的非洲孩子,他们想的也无非是服务自己的社群。因此尼娅莎真的不必担心。

尼娅莎觉得这种情况有很多好笑之处。利用这种裙带关系谋求私利,将意味着巴巴穆库鲁不再品格高洁,而且即便他不珍视他的孩子们,至少珍视他们的教育,更珍视自己被人敬重。尼娅莎不怀好意地威胁说要输掉考试,好看看这一冲突,或者就像她说的,看看她的父亲会怎么做。但是除了尼娅莎,所有人都知道失败是她无法接受的一件事。她学得比我曾看到的努力得多,起得比她通常的起床时间早很多,这样等早餐准备好,她已经全神贯注地学了一个多小时。晚上同样如此:到八点她就拿着书蜷到床上,但是灯很少在夜里一点前熄灭。每个人都认为她过于努力了。她看起来很憔悴,食欲下降得如此之多,全身上下都显示出来,骨瘦嶙峋,但她似乎没有注意。

梅古鲁叫我跟她女儿谈谈,因为尼娅莎非常固执,对母亲的关心很不客气。"那些接头松了!"梅古鲁怜爱地笑着,转动着眼珠,用手做着夸张的手势,表示很容易看出尼娅莎的脑子里发生了什么。

当我真的跟尼娅莎提起她过于劳累的状态时,尼娅莎承认她感到焦虑。"好像什么都得学,而我全都没有接触过。所以我只得不停地读啊,背啊,一直读啊,背啊,确保我全都学进去了。"她用她特有的方式瞥了我一眼,"我知道事情没这么糟糕,但我一直这样想。我忍不住。只要我停下来一分钟,我就会担心得不得了。"

所以只要她允许,我就尽可能多地跟她说话,好让她的注意力从考试上离开。我知道我说过每个人都担心尼娅莎的考试焦虑症,但事实上不是每个人。巴巴穆库鲁就被他女儿的勤奋深深打动。"她还是有希望的,"他满意地评论道,"一旦她决心认真起来,她就做得很好,是的,事实上会做得非常好。"

当然,尼娅莎在第一轮考试中就通过了,总分在整个学校最高,但是我们直到圣诞假期结束才知道。我盼望着那个特殊的假期,超过我通常对假期的期盼。尽管回家是件好事,可以跟母亲在一起,照顾她一小段时间,但我一直讨厌离开传教所,离开我的所有朋友和尼娅莎。但这是圣诞假期。巴巴穆库鲁和家人要回家,巴巴穆库鲁慷慨地同意让我在传教所待到我们都回家过圣诞为止。

这带来很多好处。我不仅会在传教所待得更久,回家的时候有亲戚相伴,因此不用经历伤心的分离,而且也会有机会多看看基多,比我在那之前看到的都多。基多高大、健壮、英俊。他知道怎么别有风味地逗你笑,让你觉得浑身发痒,满面通红,爱上跟他相处的每分每秒。我期待着被我的堂弟撩拨,期待着像其他女孩那样俗丽地撩拨回去。只要我的舌头不打结就好!

贝克先生带着他的儿子们和基多回家的时候,尼娅莎已经结束了考试。她的食欲恢复了正常,她每晚平静地睡五六个小时,而不像考试期间那样只能断断续续地休息三四个小时。她也笑话自己，这么小题大做，并自我辩解说，这是她第一次必须完成某件要紧的事情，第一次必须完成某件有着严肃影响的事情。她在脑海中给每张卷子每个问题的每个部分都估了分，承认她可能只勉强通过。看到尼娅莎的情绪如何影响着我们其他人的感觉，非常有趣。考试期间，整个房子都阴沉凄凉，不过等基多回了家，我们全都觉得敞亮了很多。

基多回来的那个周末是我们学期的最后一个周末。为了庆祝，学生大咖们在拜特礼堂组织了一场"疯狂的"圣诞派对。我们三个去了，尼娅莎、基多和我自己，尼娅莎从派对前几天就两眼发光、神采奕奕，因为她喜欢"发疯"，但不常有这样的机会。在那个特殊的夜晚，她有一点儿闷闷不乐，因为当她盛装打扮好、化了妆、不耐烦地站在后门外面等我们出来的时候，巴巴穆库鲁没有认出她。他以为她是哪位来看看学校是否有就读名额的人。他无法理解，如果是这种情况，为什么她坚称自己是他的女儿。最后他相信了，感到很是不满。他很纳闷他女儿为什么打扮得这么荒唐，以为她要去哪儿，并且告诉她，不管她怎么想，她事实上哪儿都去不了。然后梅古鲁出现了，傻傻地问巴巴穆库鲁，女儿这么好看，他是不是很骄傲。"是我给她买的这身衣服，因为她考试非常努力。"梅古鲁笑容满面，当丈夫心不在焉地指责她有损女儿的体面时，她勉强地继续满面笑容。基多和我认为没这么严重，因为尼娅莎看起来非常有魅力，而这，我们告诉她，正是巴巴穆库鲁反对的。我们开着玩笑，逗她说："是你的错。如果你坚持打扮成这样，你还指望什么?""你到拜特礼堂的时候要小心,否则男孩子们会把你活吞了。"你能看出来她在琢磨是该生气还是该豁达。最终她表现出豁达,加入了我们的大笑,这让基多严肃起来,他告诉她巴巴穆库鲁是对的——她应该十分重视她拥有的一点点体面。可怜的基多!我完全相信他觉得自己有义务以一种常见的、不加分析的男性方式来维系传统,因为当我们拒绝让步,反而笑话他的时候,他又回到了平常那可爱的模样。

这些欢乐伴随着我们走过车道,走上大路,路边苍白的洋紫荆在月光下幽灵般微微发亮,在一个不那么欢快的场合会让人害怕,但欢笑伴随着我们一路走向拜特礼堂,那里老旧的音响设备低保真地传出电吉他和打击乐器的巨响,让我们不再有说话的必要。我们赶快朝着灯光、音乐、人群和舞蹈走去。

我说过我不常参加那些舞会。我宁愿去看辩论赛和电影放映,在那里我能安静地专注于正在进行的事情;舞会,充满吵闹和移动、交际、沸腾着的人群,实在吃力。我不像尼娅莎,她能彻底忘记自己身处何处,于是能够做任何她想做的事,而且通常能做得很好。我总会留意周围。如果是新的、不熟悉的环境,这种意识会让我很痛苦,做出奇怪的举动。在那样的时候,我恨不得钻进地里去,切实让自己不再存在。如果有人遇到我处在这种状态,并不幸地不得不跟我说话,那么他从我这里除了讨好的微笑,或者甚至连敷衍的寒暄都算不上的一连串陈词滥调外,什么都得不到。这样的交谈对我自己和对与我交谈的人来说都是一次棘手的经历,我不知道我怎么会变成这样。如果你记得,我来传教所前在家的时候,还能坚持自己的看法，并且告诉人们我是怎么想的。所以我猜想，尽管我取得了成功，很好地安顿下来，去传教所依然是场剧变，它让我失掉了勇气。不管是什么原因，我变得小心翼翼。舞会将是一场严峻的考验。

在最初的十分钟里，我认定自己将度过糟糕的一晚。我们进去的时候，声音把我的整个身体，从头发到脚尖都烧焦了。这肯定跟那首歌曲的主频率有什么关系，因为它让我觉得几百伏特的电压正嬉戏着穿过我的神经末梢。远远地，我发现了尼娅拉德佐和哥哥们，全都甩着头发，朦胧的脸上笑得露出牙齿，他们伸出手，朝我们压过来。等我回过神来，我已经孤身一人了。安迪[1]已经把尼娅莎占为己有，正在摇着肩膀、跺着脚，热情地与她那波浪状的动作相配合。尼娅拉德佐和基多以一种沉静、有节奏的方式摇摆着，而布赖恩感觉到我指望不上，在他们边上自娱自乐。看到乔斯琳和梅黛在舞厅的另一侧，我推推挤挤地走向她们，迂回着穿过能感觉节奏的躯体，惊险地避过一个健壮魁梧、精力充沛的跳舞者，他在空气中乱抓着节奏，差点打瞎我的眼睛。我挤到她们身边的时候汗流浃背，因为其他所有人都因跳动而浑身温热湿润，整个舞厅也变得又热又潮。但我很高兴我找到了我的朋友们。在这种聚会中看到我，她们与我一样惊讶，她们让我避开了聚会更放纵、更邪恶的部分。我们聚在一起小心谨慎地舞动着、笑着，指出那些厚着脸皮靠得太近的一对对异性。在群体的安全感中，我可以欣赏音乐了，发

---

[1] 安德鲁的昵称。

现它确实具有感染力。我的脚开始自动地滑行、滑翔、轻拍。我身体的其余部分跟着摆动。让我吃惊的是,我发现自己能跳得相当好。我忍不住要炫耀。我轻快地滑向尼娅莎和安迪,演示了一些复杂的步法,并朝尼娅拉德佐、基多和布赖恩飞舞着眼神。

这之后我跟上百人跳了舞。三个年轻人走到我跟前,告诉我他们喜欢我,可是从他们说话的方式,我能看出来他们真正喜欢的是他们自己。我感到满足。我在社交方面表现得非常好,而且我玩得非常开心,但是到了十点我筋疲力尽了,所以基多叫我的时候,我由衷地高兴能离开。尼娅莎像以往一样,想再来一次,继续跳一整夜。她不情愿地离开了,安迪陪她走回家,或者更确切地说,陪她跳回家,因为这一对儿整整一路都欢呼着、雀跃着,交替唱着歌。然后,走到车道顶端时,安迪记起来还有个新舞步一定得教给尼娅莎,而尼娅莎觉得如果她不立刻学会,就会睡不着觉。我们等了一会儿,基多和我,等他们结束嬉笑、腾跃,出了错,又不得不从头再来。安迪说我们也应该学,但是基多变得不耐烦了。"不——可——能!结束吧。"他说。

"我就要学会了。"尼娅莎喊道,但是发现自己跳错了,不得不重新按次序开始。

"我们还是进去的好。"我提议,我的脚因为这些不熟悉的运动而生疼。

"不行,"基多反对说,"客厅的灯亮着。爸爸还醒着。"

"那我们慢慢走过去。"我坚持说,急于上床。

走到车道尽头,我们不耐烦再等了,于是透过客厅的窗帘窥探，想看看巴巴穆库鲁是否在那里，正巧他把帘子拉开几英寸，朝外张望。自然，我们俯下身急忙跑开了，忍住强烈的笑意，庆幸自己多么幸运。当然，巴巴穆库鲁看到了我们，他把后门吱嘎一声拉开，质问道："你们这帮孩子在做什么？"声音洪亮，不允许任何违抗。"过来，立刻进来。"他命令道。我们像小羊般乖乖进去，希望尼娅莎马上跟上，因为巴巴穆库鲁还没有生气，当听到尼娅莎在车道顶端的喊声时，我们的心沉了下去。

"你们这些孩子没有好事。"伯父和气地评论着，开始关门。"这么晚还在外面！啧！这不是正派孩子的做法。好了，尼娅莎在哪儿？"注意到她不在这里，他问。

"她马上来。"基多简短地回答。"晚安，爸爸。"他说，想逃到卧室去，但是巴巴穆库鲁不允许。

"呃，基多！你是不是想告诉我，你就这样把你姐姐留在外面，随她任意而为？"

"不是的，爸爸，"基多回答，让他爸爸别担心，"她在车道顶头。她在跟尼娅拉德佐说话。不会很久的。"

巴巴穆库鲁一言不发地走出屋子。我们逃进卧室。我听到伯父回到客厅，坐下来看他的文件。十分钟后尼娅莎走进来，巴巴穆库鲁很快跟了上来，他非常激动，所以没有敲门，而是直接走进来，因此我很庆幸自己已经穿好睡衣躺在被子里，而不是还在脱衣服。尼娅莎把她刚脱下的连裤袜塞到床脚，拉直了裙子，裙子非常短，并不怎么需要拉直。他们相互瞪着对方。

"呃，尼娅莎，"巴巴穆库鲁开口了，"你能不能告诉我你为什么回来这么晚？"他检视着她，好像她是一笔无法平衡收支的棘手预算。

"我很抱歉，爸爸，"尼娅莎说，"我跟朋友们说话来着。"

"基多和你堂妹在那儿没有朋友要说话吗？"他逻辑清晰地问道，"这些是什么样的朋友，你得在外面待一晚上跟他们说话？好的朋友会知道天晚了，应该回家了。"

尼娅莎不作声。

"回答我，孩子，"巴巴穆库鲁毫不让步，"你没有听到我在跟你说话吗？其他人没有朋友吗？"

"他们有朋友。"尼娅莎嘀咕道，生着闷气。

"那么为什么只有你一个在外面待到这么晚？"巴巴穆库鲁问，然后用胜利的口吻回答，"你在撒谎。你没在跟朋友说话。你在跟贝克家的那个男孩说话。我亲眼看到的。我看到你的！你在做什么？"

尼娅莎没有完全认错，这样做并不明智。"我只是说话。还有跳舞，"她解释说，"他在教我一个新舞步。"

巴巴穆库鲁大为震惊。"什么？你在说什么？你竟敢把这种胡话塞进我的耳朵！坦布扎伊。你出去。我想跟她把这件事情解决了。"

"我没做错什么！"尼娅莎坚持说。

房间里的气氛变得充满敌意，谈话越扯越远。声音越来越高，几乎要爆炸。我急忙爬下床，知道我必须做些什么，因为你能看到他们恨不得杀了对方。我叫醒梅古鲁，不用多做解释，因为我们能听到他们在相互指责、反击、愤怒地控诉、顽固地抵抗,整个走廊都能听到。梅古鲁爬下床,穿上便袍和拖鞋,一直抱怨着她的神经,嘀咕着她房子里的居住者会让她死掉。我们匆匆赶往卧室,遇见基多在走廊里,他看上去很烦恼,不知如何是好。

"这个小傻瓜,"他嘀咕着,"她为什么总一定要跟他犟?"

"没有正派的女孩会一个人待在外面,跟一个男孩,在晚上的那个时候,"巴巴穆库鲁用颤抖的高音坚持着,"可**你**却这样做。我**看到你**的。你觉得我在撒谎,你觉得我的这双眼睛撒谎?"

不幸的是,尼娅莎依然毫无悔色。"你希望我怎么说?"她问,"你希望我承认有罪,是不是?那么好。我**就是**在做那件事,无论你指的是什么。你瞧。我认罪了。"

"不要这样对我说话,孩子,"巴巴穆库鲁警告说,"你必须尊重我。我是你的父亲。凭着这个身份,我告诉你,我——告——诉——你,我不喜欢你总是跟这些——呃——这些年轻男人走在一起的样子。今天是这个,明天是那个。你怎么了,孩子?为什么你的举止不能像一个体面人家出来的女孩?大家看到西高克的女儿老是这个样子,他们会怎么说?"

我宁愿认为尼娅莎的确相信这场冲突已经转向了和解。她笑着说,她认识的男性的数量应该是让她父亲放心的数量。

"你知道我的,"她跟他说,但她显然错了,"你教过我该如何做事。我不担心人们怎么想,因此你也没有必要担心。"她也不了解她的父亲,因为任何了解的人到那个阶段就会退让了。

"别逼我太甚。"巴巴穆库鲁恳请道。基多鼓起勇气,试着帮忙。"他们只是聊几分钟,爸爸。"他说,但被命令闭上嘴。

"你,基多,闭上嘴,"巴巴穆库鲁厉声道,"你听凭你姐姐那样不检点,却什么都不说。闭嘴。"

"基多他爸。"梅古鲁开口了,但是立刻被打断。

尼娅莎在这样的时刻里变得反常地平静。"哦,为什么,"她询问,并不指向哪个特定的人,"既然我自己的父亲说我不检点,我应该担心人们说什么吗?"她看着他,目光要杀人。

"尼娅莎,别说了。"基多劝道。

"基多,我告诉过你待在一边儿。"巴巴穆库鲁提醒他,同时使出浑身的力气,把身体的全部重量都集聚到他打在尼娅莎脸上的那一巴掌上。"永远,"他嘶叫着,"永远,"他重复着,手背打在她另一侧的脸上,"不要这样对我说话。"

尼娅莎倒在床上,她的迷你裙缩到屁股上。巴巴穆库鲁站在她的上方,鼻孔张大吸进足够的空气。

"今天我要给你个教训,"他告诉她,"你怎么能到处给我丢脸?我的脸!像这个样子!不,你不可以。我在这个传教所受到尊敬。我不能有一个这样的女儿。"

尼娅莎完全能够指出,用他自己的定义,他的女儿恰恰就是这样,但她没有。"别打我,爸爸,"她说,向后躲开他,"我没做任何错事。别打我。"

"哎哟,哎哟,哎哟!"梅古鲁呻吟道,"基多他爸,你想用你的愤怒杀死我吗?她只是一个孩子,基多他爸,一个孩子。"

"你必须学会听话。"巴巴穆库鲁对尼娅莎说,又打了她一巴掌。

"我跟你说了不要打我。"尼娅莎说,一拳打在他的眼睛上。

巴巴穆库鲁吼叫着,鼻中喷着气,说如果尼娅莎要像一个男人那样行事,那么凭着他安息在墓中的母亲起誓,他要把她当男人一样打。他们摔倒在地板上,巴巴穆库鲁用两只拳头交替着打尼娅莎的头,让它狠狠地撞向地板,大叫着,或者试图大叫着说他要亲手杀死她,但只是尖叫,因为他的喉咙被暴怒卡住了;尼娅莎,大喊着,扭动着,做着她所能做的伤害。梅古鲁和基多再不能置身事外了。他们不得不抓住他。

"不,基多他爸,求你了,"梅古鲁乞求着,"如果你一定要杀人,就杀我。但是我们的女儿,不要,放开她。求你了,我求求你,放开她。"

巴巴穆库鲁坚持说他要杀了尼娅莎,然后把自己吊死。"她竟然敢,"他说,汗如雨下,他的胸脯因为这个极端的想法而一起一伏,"举起拳头打我。她竟然敢挑战我。我!她爸爸。我告诉你,"他又开始挣扎,"今天她必须死。这个房子里不能有两个男人。甚至基多也不敢,你听到了吗,尼娅莎?甚至你弟弟也不敢挑战我的权威。你听到我说的了吗,你在听吗?你想得救就离开我的房子。永远。否则,"他朝她脸上啐了一口,因为他依然被牢牢地抓着,没法打她,"否则我——就——杀——了——你。"他又啐了一口。尼娅莎从地板上站起来,走出房间。"她走了!她就这样走了。她真骄傲。这是她的问题。她真骄傲。呸!妹妹!她不是我的女儿。"

"好，巴巴，我们听到了。"梅古鲁安慰说。基多什么都没说，但是确保抓住了他的父亲。

"尼娅莎。"她走过我时，我说，但是她没有回答。我跟着她走到下人待的地方，我们在那里坐下来，她抽着烟，用颤抖的手指夹着。我为她感到难过，想着这个场景熟悉得可怕，巴巴穆库鲁把尼娅莎判为妓女，使她成为她女性身份的受害者，就像纳莫去上学而我种玉米时，我觉得自己在家里是个受害者。我看到，这种受害是普遍存在的。它并不取决于贫穷，或者缺少教育，或者传统。它不取决于任何我觉得造成它的东西。有男人的地方就有伤害。甚至像巴巴穆库鲁这样的英雄们也这样做。这就是问题所在。你不得不承认尼娅莎缺乏策略。你不得不承认她的确太容易发怒，意志过强。你不能忽略一个事实，即她应该对巴巴穆库鲁无比崇敬的时候，她毫无敬意。但我不喜欢的是，所有冲突都回到了女性身份这个问题，作为男性对立面的、低于男性的女性。

如果那个时候我在思考上更加独立，我会把事情想清楚，得出结论。但在那个时候，我很容易听凭纠缠不清的想法打着结，任它们松开的末端悬荡着。我不想探索这种想法会导向的危险重重的迷宫。我不想走到那些迷宫的尽头，因为我知道，在那里我会发现我自己，而我害怕在转了这么多让人困惑的方向后，我会认不出自己。我开始怀疑我不是那个自己希望成为的人，并把它视为证据，说明我在什么地方转错了弯。因此，为了让自己回到正确的道路上，我躲避到那个心怀感激的女性穷亲戚的形象之中。这让一切容易了许多。它清楚地划定了我能走或不能走的道路，而且只要待在这些界线之内,我就能够避开那些与自我对抗的迷宫。至少这是最初来到传教所时我的样子。但是在我渐渐喜欢上尼娅莎后——尼娅莎在矛盾中成长,并且喜欢追踪这些矛盾,进而把注意力转向下一批问题,以期找到根本性的解决办法——我不得不改变自己的想法。鉴于在我回到学校之后的那些年,我已经变得满足于让事情自然发生,只要它们不会太影响我的计划,尼娅莎回应挑战的方式常常提醒着我,让我想起早些年我面对生活时的紧张感和决心。我开始对自己变得平淡寡味而感到羞愧,但我不允许自己对这一点感到苦恼,也不坚持马上得出结论。我觉得待在传教所中巴巴穆库鲁的影子下非常安全,我无法理解尼娅莎为什么觉得这危险重重。被舒适地包裹在梅古鲁的关心中,在尼娅莎激励性的陪伴下成长,我觉得有足够的时间去看看会发生什么,去决定需要做什么。我觉得我保存自己力量的做法是聪明的,不像我的堂姐,她把自己烧尽了。我向她提出这一点:她难道不能等一等再提出那些她觉得需要提出的观点吗?但她觉得如果等待,她就会忘记那些观点是什么了。

"事情是,"她让我相信,"你变得太舒服,习惯了目前的情况。现在看看我。我在英国很舒服,但是现在我是一个有肮脏习惯的婊子。"

"但是,尼娅莎……"我开始说。

"我知道,"她打断我,"这儿不是英国,我应该适应。但是当你看到过不同的事情,你会希望确保自己适应的是正确的事情。你不能老是做必需的事情。你应该有某种信念,而我坚信自己不想成为任何人的受害者。任何人那样都是不对的。但一旦你习惯了,它就会看起来自然而然,你就会继续这样下去。那你就完蛋了。你会被困住。它们控制你的一言一行。"

我叹了口气,希望她能把她的香烟熄掉,因为对一个晚上来说,麻烦已经够多了。一切都那么让人不快,但是我什么都做不了。基多加入进来时我很高兴。

"回屋去吧。"他说。

尼娅莎想抽完烟,但是基多很紧张,自然不赞成这个习惯。他把香烟从她那里拿走,把它碾灭了。

"尼娅莎,"梅古鲁在后门恸哭着,"基多,基多,你找到她了吗?"

"她就来,妈妈。"基多大声回答,帮助尼娅莎站了起来。"别再让她难过了,"他告诉她,"她本不需要伤心。"

"那我呢?"尼娅莎悲伤地问,"有谁在乎我需要什么吗?"

当然,我们觉得她在闹别扭。

"你是女儿,"基多正告她,"有些事情你永远不可以做。"

尼娅莎走进屋子时,梅古鲁的脸上写满了宽慰。她本能地朝着女儿张开胳膊,但是女儿以一种石头般的拒绝姿态走了过去。梅古鲁的胳膊垂了下去。

"晚安,尼娅莎。"她说。

整整一个星期尼娅莎都缩在自己的世界里,巴巴穆库鲁则撤出了房子。他甚至不回家吃饭,但他没有瘦多少,所以我知道梅古鲁在我们睡觉,或者在其他我们看不见的时候,在哄他吃东西。他们多么痛苦啊,他们这对父女。尽管巴巴穆库鲁在客厅当着梅古鲁的面用长达一个小时的说教和十四鞭子教训了女儿,因为她十四岁了,他依然很受伤。但我更关心尼娅莎,因为巴巴穆库鲁有梅古鲁照顾,可以从知道尼娅莎错了中得到安慰。大家都觉得尼娅莎之所以闹别扭,是因为她不能随心所欲。但我比其他任何人都与她更亲近,因此我感觉到了她内心正在经历的冲突,坚持自我与屈服认罪之间的冲突。尽管我不能理解她的痛苦,因为对与错之间的区别,什么是有罪的什么不是,那时候对我来说依然非常分明,我非常严格地遵循主日学校对我们的指导,但我担心这种情况给我堂姐造成的影响。她不仅不再跟我们说话,而且变得心不在焉,与我们拉开了距离。她正在退入某个我们无法进入的个人世界。有时,当我跟她说话的时候,除了更多时候不做回答外,她根本不听我说话。一次,我把手举在她眼前晃,她也没有看我,我不得不非常大声地喊,好把她从思绪中拉回来。

梅古鲁看到情况严峻,但不知道该做什么。"你知不知道。"我们单独坐在桌边一起吃午餐时,她跟我说,因为尼娅莎又开始不吃饭了,而基多通常跟贝克家的人一起吃午餐。"你知不知道,"她说,眼泪快掉下来了,这让我极其尴尬,因为如果伯母被悲伤吞没,我不可能知道该做什么,"你伯父在把狗放出来前一直在等你们回来。你知道它们有多凶。所以他没让它们出来。我跟他说,等他们回来后让基多做,他说他宁愿自己来,好确保万无一失。他就是这个样子。他从来都等你们聚会完回来才睡觉,而他总是用这样那样的理由来掩盖这一点。但我了解他。现在他很伤心，尼娅莎很伤心，真的，我的孩子，只有上帝知道这些事儿什么时候结束。不瞒你说，我很害怕，因为你不能轻描淡写地对待这样暴风雨般的感情，你必须对它们温柔小心——但这两个人，他们总是要把对方撕成碎片。"

那天晚上，我和尼娅莎在黑暗中躺在床上的时候，我告诉了她梅古鲁说的话。我说啊说啊，说了很多事情，对着黑暗说话，不知道她是不是在听。我说着我如何竟会比自己的同班同学大出两岁那么多，说着我父亲、纳莫和我的玉米地。然后我转达了梅古鲁所说的话。

她听明白了。"我知道，"她说，"处处都一样。但他没有权力那样对我，好像我是他想泼哪儿就泼哪儿的水。我知道我应该相信、服从，还有其他种种，但他真的没有这个权力。"她痛不欲生地抽泣着。我明白她正对打她父亲时失去的无论什么感到伤心，所以我让她自己待了一会儿，然后爬到她的床上，我们拥抱在一起，就这样睡着了。

第二天早晨梅古鲁发现我们睡在一起，不是很高兴，但她并未介意，因为尼娅莎开始感觉好一些了，所以她什么都没说。我知道尼娅莎没事了，因为她对我说话了，试着用她通常的嬉笑和特有的夸张口吻："谢谢，坦布，你救了我的命。"

第二天她的月经来了，早了九天。

"我希望我做过，"她说，朝我挥舞着一根卫生棉条，"但唯一能够这么快地到达那里的东西就是这个！说实话，即便在我婚礼的那天,只有我保证不去享受它,他们才会满意。"我表示同意。我们不知道自己在说什么,但都被这种如此超前的想法感动了。我们歇斯底里地笑着,但我的开心没持续多久。既然尼娅莎没事了,我开始替我的伯父感到难过,他无法用流泪来洗掉自己的悲伤。尽管如此,我还是很佩服尼娅莎的恢复力。我最崇拜她的,是她自我原谅的能力。我完全肯定,如果我是那个打我父亲的人,我会像巴巴穆库鲁威胁的那样,把自己吊死。

七

我们十二月二十三日回家过圣诞，伯父、伯母、尼娅莎和我。基多避开了回乡，因为他被学校里的一个朋友邀请参加赞比西河谷的狩猎，他朋友的父母在那里有片牧场。这个朋友事实上住在乌姆塔利，这让事情变得容易很多，因为他可以在节礼日，在去赞比西河的路上接上基多和贝克家的男孩们。基多宁愿去奇龙杜也不愿意回老宅，这让巴巴穆库鲁感到失望。他甚至提出可以在节礼日开车把儿子从家送到传教所。但是基多不知道朋友来接他的确切时间，所以这行不通：他根本不能回家。你确实无法责备他不想回家，因为他现在已经年纪太大了——我们全都是——也过于文雅了，不再热衷于吃马坦芭果和南恩尼果[1]，不再热衷于去尼亚马里拉河玩。而且基多在家没有同伴，这会让他加倍沮丧。所以他跟贝克家的男孩们一起过圣诞节，他们则像往常一样，很高兴跟他在一起。尼娅拉德佐，我猜，会跟他们一样开心，因为她觉得我堂弟很酷，温文尔雅，能逗人开心。

那个圣诞节尼娅莎也不想回家，这让我忐忑不安，因为很可能又会有一场血腥的家庭事件。梅古鲁试着劝她，但是连她那时的脾气也不好。"就因为基多不去，你觉得这是你能留下的理由？"她

1　nhengeni"南恩尼果"，津巴布韦的一种类似大酸梅的水果。

气急败坏地问女儿，而且不相信尼娅莎，尼娅莎噘噘嘴，说这与基多毫无关系。"可我们有什么特别之处？"她问，"巴巴穆尼尼好几年没回家了。泰特也不回去。那我们还有什么必要回去操持家务？"

"你是在胡搅蛮缠。"梅古鲁告诉她。她的声音过于尖厉，现在回顾那些日子，我更能够看到隐含的东西。我觉得这是因为她也不想去："巴巴穆尼尼在我们回来的那年回了家，而这只是三年前。至于泰特，用用你的脑子，尼娅莎。泰特是别人的妻子，她怎么能去她爸爸家？"

我觉得尼娅莎只是在挑衅。自从那次可怕的争斗后，她一直十分安静，我觉得她厌烦了这种状态，需要某种刺激，因为事实上，她做不到一个人在屋子里舒舒服服地待两个星期。我觉得，她会在第一天结束的时候就被吓到半死。但尼娅莎哈哈大笑，问我是否听过一句话叫"心安茅屋稳"。"尤其是传教所的屋子。"她挖苦地加了一句，这很奇怪，因为她应该对此感到高兴才是。不过，当她像这样说话的时候，我能看到她一个人就能应付得很好，想什么时候起来就什么时候起来，想吃就吃，想怎么吃就怎么吃，读书、编织、做园艺，或者拜访尼娅拉德佐，全凭心情。

当然，尽管如此，巴巴穆库鲁根本不想听。"我的女儿不会，"他断言，"一个人待在房子里。这种事情永远不会发生。"尼娅莎立刻指出，她不会是一个人，因为除了圣诞日和节礼日，西尔韦斯特都会来花园干活。这让我的伯父伯母非常恼火，连我也不得不记起尼娅莎缺乏策略，设法让自己不生她的气。

我们全都准备好要展开一场大战,巴巴穆库鲁会用威胁和指责,梅古鲁用恳求和诱骗,我则试着向她指出如果她不回家,她会错过什么,这很难,因为老宅里没有多少东西能吸引尼娅莎离开传教所。但让所有人大吃一惊的是,尼娅莎没有坚持。在表明了她的想法之后,她很有风度地让步了,于是我们按照以往的标准,组成快乐的小队,在一九六九年十二月的那个下午,驱车驶向老宅。

巴巴和梅古鲁坐在前排,尼娅莎、安娜和我坐在后面,在大包小包中间。车后座和后备厢里塞满了食物和必需品——半头牛,从四肢切开好能放进去,一磅磅[1]的玉米粉,一打打的长条面包和圆面包,大量人造奶油、糖和茶。还有一包包的奶粉,一瓶瓶的烹调油、橘子汁、花生酱,一听听的果酱,一罐罐的石蜡、肥皂和洗涤剂。事实上,我们待的两个星期里需要的所有东西都有,比这还更多,因为巴巴穆库鲁总是不仅提供圣诞晚宴,还会准备整个圣诞节的供应,好让尽可能多的宗族成员聚在一起,聚得尽可能久。我们没有圣诞老人,但是我们有巴巴穆库鲁。

梅古鲁嘀咕着半头牛的肉太多了,我觉得她肯定在某件严肃的事情上与巴巴穆库鲁有分歧,因为对她来说,嘀咕太不合常情了。但她会与巴巴穆库鲁产生分歧同样不合常情,所以我认定是巴巴穆库鲁作为男人,对这类该妻子做的事一窍不通,所以的确买了太多的肉。

"基多他妈,"他问,没打算掩饰他的不耐烦,"如果我,作为

---

[1] 1磅约等于450克。

一家之主，不能提供食物，谁还会提供？你想让杰里迈亚去牛圈杀掉一头牛吗？你明知道我禁止他杀那些动物。"

"一整头牛肯定太多。"梅古鲁逻辑清晰地指出。"半头也太多了。不过我不愿意的是，每个人都指望我拿出我的全部时间给他们烧饭。你拿来这么多食物，我的下场就是为每个人做牛做马。"她固执地继续道，努力让自己听起来疲惫虚弱，来减轻她的固执。

"这没什么好担心的，"巴巴穆库鲁温和地驳回她的话，"有这些女孩帮你！你会搞定的。尼娅莎！坦布扎伊！你们看到那条河了吗，女孩们？那是我在蒙扒皮的农场做牧童的时候，经常去饮牛的地方。蒙扒皮！他的真名叫蒙哥马利，但是我们叫他蒙扒皮。他真的惯常如此。哈！那个人很残忍，但那时的经历是一次好的锻炼。他是一个好农夫。等我去了传教所，我已经知道怎么努力做事了。因为在蒙扒皮那里得到的锻炼，我成了一个负责的男孩！蒙扒皮！哈——哈——哈！"巴巴穆库鲁轻声笑着，回忆着他的少年时代，开始哼一首歌，一首赞美诗，是他最喜欢的老歌中的一首。他那样用轻松自如的男低音哼歌，是个好兆头，因为自从他和尼娅莎打架，我就没有听过他哼歌了，甚至晚上在他们的卧室里也没有哼唱过歌，如果巴巴穆库鲁在我们上床前，没有来得及回家跟我们一起祈祷，他和梅古鲁就经常在那里做床前祷告。无缘无故地，不同寻常地，巴巴穆库鲁很开心。摆脱了焦虑，兴致高昂，他看起来比他在传教所时的任何时候都更年轻，也更可爱。

当我们朝老宅驶去时，我又做了一遍我第一天去传教所时做过的比较，不过这次倒了过来。我看到的一切使巴巴穆库鲁变得难以理解。就我所见,任何人对老宅大院唯一能有的眷恋之情只能出自忠诚。我无法想象任何人竟然想去那里,除非,像我一样,他们是去看望他们的母亲。这一次,老宅看上去比以往更糟。而最让人心凉的地方,是它原本并非如此。厨房的茅草屋顶那么多地方都剥落了,下雨的时候屋里面很难找到一处干的地方。萨皮剥落的土砖墙上洞口大张,霍兹只让人想起避难所,因此我纳闷泰克索睡在哪里。等去坑厕的时候,我快呕了,这曾经是一个好厕所,是在巴巴穆库鲁的监工下,用他的资助造的,在小屋的下风处。坑厕在建造时挖出深坑,洞口既不太宽也不太窄。在早些年,只要有多余的水,母亲就坚持要我每天冲洗,那时的厕所从未有过味道,它粉色的灰泥墙一直是洁净的粉色。但现在粪便和尿液弄脏了墙面和地面,因此无法找到一处立足,你会忍不住不再费事绕来绕去走到坑口。发亮的圆滚滚的白蛆在粪便里挖洞;墙变成了黄色。大个的青蝇长着令人作呕的橘色脑袋,在我蹲下时恼人地绕着我的肛门嗡嗡叫。

"你为什么不再打扫厕所了?"我责怪母亲,很生气她一直在用她这种一败涂地、毫无自尊的方式,提醒我逃离是火烧火燎的必做之事。

她耸耸肩,给了我一个忠告:"如果你想打扫就自己打扫。"

我确实打扫了坑厕,在尼娅莎的帮助下。不是我要求她的——我太羞愧了,开不了口——而是她跟我意见一致,觉得坑厕必须打扫,于是我们就这样做了。但它永远不能真正地卫生、干净了,因此尼娅莎和我重回灌木丛中方便,就像坑厕造起来前那样。我思考了一小会儿，然后决定没有必要为拒绝使用我们的厕所感到不安，因为我们到家后的那一天，巴巴穆库鲁穿上一条旧的卡其布裤子，让我父亲和泰克索帮他修理霍兹的一处屋顶，尽管他并不睡在那儿。

我和母亲关于厕所的谈话发生在我们到达后的第四五天。我们到达的那天，当车轮转动着在杧果树树荫下停下时，迎接我们的是令人沮丧的沉寂。确实有人出来欢迎我们了，却只是内蔡和兰巴奈，穿着破破烂烂的连衣裙，与其说穿了不如说光着身子，她们的大腿、她们的胳膊，甚至她们的头发和脸都因为干燥而发灰。蓬头垢面地，她们拥抱了我们，首先用胳膊抱住巴巴穆库鲁，然后梅古鲁、尼娅莎、我，最后是安娜。"你们来了，巴巴穆库鲁。你们来了，梅古鲁。你们来了，尼娅莎姐姐。"如此继续，直到我们全都按照礼仪被拥抱过。

"是的，是的，我们到了。终于，"巴巴穆库鲁笑了，问我的妹妹们其他人都去哪儿了，"你爸爸在哪里？梅尼尼不在这儿吗？"

他在钥匙环上找到后备厢的钥匙。我们在后备厢旁严阵以待，准备等后备厢一开就扑向行李，把它们拿进屋里去，因为巴巴穆库鲁不喜欢浪费时间。

内蔡告诉我们，母亲躺下了，因为这些日子她身体不大好。但是内蔡不知道父亲在哪里。他早晨晚些时候跟泰克索离开了老宅。他们可能去地里了，但她觉得不像，因为他们没有要求给他们送吃的，而且不管怎样，他们前天刚插完秧。"所以，我觉得他是去串门了，跟泰克索一起。"她最后说道。

巴巴穆库鲁大为震惊。"你说什么？"他难以置信地问，"我听你说泰克索！杰里迈亚跟泰克索一起去了！我告诉过泰克索离开我家，带那个女孩离开的。你说泰克索还在这儿？"

"是的，我们还在这儿，穆瓦拉姆[1]，"露西娅喊道，从霍兹里漫不经心地走出来，"泰克索和杰里迈亚去商店了。他们说他们口渴。"

巴巴穆库鲁宁愿跟内蔡说话。"房门开着吗？"他问她，当她告诉他因为我母亲在里面休息，所以开着后，他要她去确保房门大开，因为我们要拿进去很多东西。巴巴穆库鲁交给内蔡的任务让她立刻神气活现，她跑开了。

"即便你这么不理睬我，"露西娅继续说，"也不意味着我不在这儿。不管怎样，穆瓦拉姆，或许你可以明白地告诉我：你想我去哪儿？我们都知道我回不了家。当初他们送我来这儿，是因为在那个地方没有吃的，也没有工作，不是吗？事实如此，你知道的。因此你想让我去哪儿？至于跟泰克索一起离开，哈——哈——哈！我知道你是在开玩笑，巴巴穆库鲁。我去泰克索家做什么？"

我希望露西娅闭上嘴。她的事情相当棘手，对巴巴穆库鲁无礼于事无补。露西娅是我母亲的妹妹，比我母亲小好几岁，是一个野女人，尽管——或者可能正因为——她很美。她像我母亲一样很黑，但跟我母亲不同，她的皮肤看上去总是透着光泽，因此她有资格嘲笑其他女孩使用的亮肤霜。"不伦不类！"她笑了，"不！我不

---

[1] mwaramu，在修纳语中多指代妻子的姐妹，本文用作指代姐夫、姐夫的哥哥、姑父等男性亲属。

会用的。我宁愿全身的颜色是一样的。"结果,她的皮肤没有变差或干裂,还总是发着光,很健康。

我母亲家非常穷,甚至比我们自己家还穷。我父亲娶我母亲的时候,我外公的牛圈里连一头牛都没有。正因为如此,一些人认为我外婆的头两个孩子是女儿是种福气。"否则,"他们乐观地推断说,"如果他生的是儿子,那些儿子怎么娶老婆?看看现在,女儿们能带来牛,牛让老人可以在地里工作,家庭就会兴旺,等儿子们到了娶妻的年纪,那时候他们已经积攒好了卢拉。"聪明的人和愤世的人并不认同。"谁知道呢?"他们反驳说。"如果早点儿有儿子,他们可以帮助老人干农活。这个家会比现在更宽裕。而且,"他们意味深长地补充道,"一个男人不知道女儿们会变成什么样子!"

就这样,争论在我母亲的村子里继续着,远在国家的西北方,直到我父亲拜访一个远房亲戚的时候,看到了我母亲,让她怀了孕,被迫把她带回自己家。事情这样发展真是不幸,因为,在这些情况下,我外公不可能为女儿索要非常高的彩礼,因此我母亲的婚姻没怎么改善她家的处境。就是那时候我外公的女儿们得到了放荡女人的名声。"至少大女儿做了值得尊敬的事,跟着她的男人去了,"村民们说着,然后惊恐地拍着手,摇着头,"可是看看那个露西娅!哈!一点儿没有女人的样子。她跟什么人都上床,跟所有人,可她一个小孩都没生下来。她被魔鬼附身了。更可能她自己就是女巫。"于是,可怜的露西娅既因为她的不育,也因为她的巫术被指责;所以,十九年后,当我母亲送话回家,说她失去了第一个活下来的孩子，将度过一个困难的妊娠期的时候，我的外祖父母高兴万分地把我的小姨露西娅打发走，让她来照顾她的姐姐。

同一时间，泰克索叔叔，巴巴穆库鲁的一个远房表弟，从甘丹匝拉来帮农活。我不肯定是谁向谁求欢，但泰克索到来很短时间后，露西娅就怀上了他的孩子。自然，人们说她是故意这样做的，好骗个丈夫。但露西娅知道泰克索在家有两个老婆，他并不喜欢她们，而这就是为什么，尽管泰克索极其讨厌劳动，当巴巴穆库鲁建议他来帮我父亲的时候，他还是迫不及待地来了。巴巴穆库鲁直到后来，依然单纯地相信泰克索是来帮助家里摆脱困境的，好用我伯父付给他的钱付清他娶第二个妻子的花销。问题只出在第二个妻子那里，因为她的家人不断提醒泰克索他还未支付的款项，而他第一个妻子的家人则接受了他们的补偿打了水漂。但巴巴穆库鲁错了。事情的真相是泰克索想脱身。他不喜欢成为一个丈夫，露西娅知道他既不想，也负担不起，更不可能第三次变成一个丈夫。泰克索也不想工作，但非常正确地相信我父亲不会让他做事，所以他同意来老宅，他觉得，我猜，这里的负担会相对轻些。

露西娅经过了那些年跟男人打的交道，变得非常精明，她否认腹中的孩子是泰克索的。相反，她推给了我的父亲，尽管这不可能是真的。我父亲尽可能不惹巴巴穆库鲁生气，明智地不让自己享用露西娅性感的身体，直到她已经怀孕之后。露西娅从这一自我控制的壮举中，已经推断出我父亲在毅力上比泰克索略高一等，也因此，会成为一个更好的父亲。从我父亲这一边来说，他很被娶露西娅做第二个妻子的想法吸引。尽管她是在赤贫中长大的，但不像我母亲，她没有十五岁时就嫁入贫困家庭。她的灵魂在这个方面不受约束，在经过生活的历练后得出了自己的结论。结果，她是一个比我母亲大胆得多的女人，而我父亲，既然已经通过让我母亲气馁证明了他的身手，不再觉得女人的大胆是种威胁，想到拥有一个像露西娅这样的女人让他感到兴奋刺激，就像拥有了呼风唤雨的能力，让雷暴在指挥下噼啪作响，电闪雷鸣。

露西娅尽管历经苦难，却不知怎么做到了让自己保持丰腴。有人说，或许正因为男人们，因为她的绝大多数苦恼来自跟男人们的调情，那些男人并不想跟她成家，但他们通常都很有钱。而且露西娅很强壮。她可以无须休息地独自种完一整亩地。总之如果你不太仔细地审查她的过去，她是一个比我母亲有着诱人得多的前景的女人。而且，当然，我母亲总是坚称那些关于她妹妹的谣言不过就是谣言。不管怎样，露西娅在几百英里外的地方生活，因此我们那时对她所知甚少。我父亲发现她称心合意，此外提出，那个孩子可能是个男孩，既然目前他只有女儿，这会是件好事。

他指出我母亲和露西娅是姐妹，会和谐共处，并提醒巴巴穆库鲁说，由于露西娅是个干活的好手，把她一直留在家里，会很有用。

但是即便有这些好处，巴巴穆库鲁也不考虑让一个重婚者待在自己家中。他很奇怪我父亲不知道这种事情是有罪的，会招来上帝的愤怒，惩罚整个家族。"这种事情不会发生在我家，"他做出裁定，"泰克索必须离开，带着他的女人离开。"与上帝的愤怒相比，我父亲对巴巴穆库鲁的愤怒要害怕得多，后者他有过体会，而前者他没有，因此他万般不愿地允诺会确保泰克索离开，并且带走露西娅。

可露西娅却还在这儿，热情地拥抱着梅古鲁，告诉她自己多么高兴再次看到她，感叹着距离她们上次见面，已经过了那么久。"那是三月，不，四月，你带坦布扎伊回家的时候。"然后她滔滔不绝地说啊说啊，说时间过得多么快，我母亲看到梅古鲁会多么高兴，责备我伯母没有来得更经常一些。梅古鲁大度地，虽然有点儿机械地笑着，熟练地把自己从露西娅的拥抱中解脱出来，看上去又非常自然，因为她仍然抓着露西娅的胳膊，摇着它，一直向露西娅保证，她像露西娅和我母亲一样，很高兴看到她们。露西娅友好地用胳膊搂住梅古鲁的肩膀。

"梅古鲁卡[1]，"她开始说，把我伯母朝家里推，此时巴巴穆库鲁已经能够从震惊中恢复过来，打开后备厢，我们其他人卸着后备厢的行李，"梅古鲁，你们来真是天意！我都快疯了，真的，就像你看到的这样！我疯得都要扯掉衣服了。但愿你知道我不得不忍受什么，忍受这些男人。你知道这些男人疯了，是不是，梅古鲁？"

"呃——露西娅。"巴巴穆库鲁用他最不容置疑的声音缓慢地说道，通常只有在拜特礼堂集会，告诫男孩们不要抽烟、饮酒，不要在女生宿舍过夜，或者是对尼娅莎说话的时候，才能听到他用这种声音。"呃——露西娅。"巴巴穆库鲁重复道。

尽管露西娅开始跟梅古鲁说话的时候，已认定巴巴穆库鲁与她

---

1 Maiguruka "梅古鲁卡"，即"梅古鲁"，ka 为象声语。

无关,但即便是她也不能无视声音中的威严。她停下来,转过身。"露西娅,"巴巴穆库鲁第三次缓缓说道,但并不过分,"这是不是你来的那个地方的做事方式,不跟人打招呼,而且在有很多东西要拿到屋里的时候径直走开?"露西娅张开了嘴,但梅古鲁更快。

"啊,亲爱的老爹,"她笑道,"女人一谈话就打不住!我们只有开始做饭的时候,才会想到要吃的东西!"她第二次从露西娅那里挣开,迅速地、如释重负地走向汽车。

"你不用操心,梅古鲁,"露西娅说,"泰克索和杰里迈亚回来的时候,会把东西都拿进来。"但梅古鲁一边轻快地说她想看到她的东西都安全地收好,一边继续把箱子从后备厢里拎出来。露西娅知道她遭到了拒绝,大度地接受了。

"如果你这样说,梅古鲁。"她让步了,把一袋十五磅的玉米粉甩到头上,握拳抓住另一袋。除了巴巴穆库鲁,我们全都在包裹的重压下跌跌撞撞地走向屋子,包括兰巴奈,她拿了一条面包。"哟,"兰巴奈呻吟着,一只手搭在臀部,另一只擦着额头,"哟。我累了。"多亏她给了我们一个理由,我们用笑声摆脱了拘束。"你累了,"我逗她,把她甩到我的背上,"哎呀,你在做什么呢?嘿?让你这么累,嘿?你在做什么呢?"

"欢迎,欢迎。"母亲从相邻的屋子里病恹恹地叫道,提醒我们她在那儿。"所以你最后终于爬上了台阶,"我走进昏暗、发霉的病房时,她干巴巴地评论道,"我听到你一直在笑,说了好长时间的话,纳闷你什么时候会记得那个生下你的人。"

我赶紧分辩。"我们在把东西拿进来。"我告诉她,把兰巴奈放了下来,这让兰巴奈发出不满的声音,然后我跪在母亲所躺的快散架的考雅床垫旁,去拥抱她。

"内蔡说你身体不好有一段时间了。你哪里痛?"我问,注意要合乎礼仪,以免让她更失望。我吃惊地发现,当我跟巴巴和梅古鲁相处得如此得体、如此自然的时候,跟母亲相处合宜变得多么困难。我的思绪飞离了母亲和她的痛苦,她说这个痛呈现为无法定位的全身疼痛,她觉得这对她怀着的孩子来说是个不好的征兆。我猜想:如果我变得更习惯于我的伯父,我会不会不再遵从他,就像尼娅莎那样,然后我把这个想法从脑海中驱逐出去,因为它太可怕了。

"来了——来了——来了,梅尼尼,"梅古鲁在客厅大声说,"我们能进来吗?巴巴穆库鲁来看你了。"

"进来,进来,梅古鲁。"母亲回答道,声音里的力气远超过你觉得一个病人应该有的。她坐起身,靠在墙上,这样人们不会发现她在倚靠着什么。"你们终于来了。"她欢迎着我的伯父伯母,与他们拥抱。这次他们很正式,只把手放在彼此的肩上。"我们还以为今年的圣诞节会很冷清。"她继续虚情假意地说,因为她真正想说的是饥饿,或者起码是没有好吃的。

"你怎么会这样想,梅尼尼?"巴巴穆库鲁亲切地安慰她,环顾四周想找个坐的地方,最后他在床边坐下,那床是他六月份买给我父亲的,他当然没有想到我母亲心里肆无忌惮的讥讽。"不回家过圣诞,梅尼尼!哈——哈!这永远不会发生。"

"我们怎么知道?"我母亲不客气地继续说,把她声音里的恼怒用笑声掩盖住,"我们估计传教所会比我们这个小小的老宅更舒服。你不觉得吗,梅古鲁?"她说,把她的虚情假意转向我伯母,后者坐在光秃秃的地板上,腿朝前伸出,在脚踝处交叠。"梅古鲁!"我母亲大吃一惊,"你干吗坐在地上?不是还有椅子吗?坦布,去给梅古鲁拿把椅子过来。"

"不用,梅尼尼,我很舒服。"梅古鲁客气地拒绝,于是母亲坚持要梅古鲁至少拿一个垫子,但我已经把椅子取来了。我们全都盯着那把梅古鲁坚决拒绝坐的椅子,想着该拿它怎么办。母亲建议巴巴穆库鲁坐在椅子上,说那样会更舒服,但他宣布床最适合坐了。母亲非常沮丧,因为伯父和伯母都不坐那把椅子,事实上没有人坐,那把木制餐椅实际上是厨房的椅子,椅背处只掉了一根横档。最后,不管她是否有意无礼,尼娅莎从地上站起来,本来她是坐在她母亲边上的。

"好吧,我坐这儿会更舒服,哪怕其他人都不觉得。"她宣布,让自己安坐在椅子上。我觉得尼娅莎的举动很不得体,比她能够做到的要欠文雅很多。我母亲对尼娅莎的没礼貌感到很高兴。

"你就是这样做事儿吗?"她满怀恶意地抓住时机,"你坐到椅子上,却懒得跟我打招呼!"

"尼娅莎,去问候梅尼尼。"巴巴穆库鲁命令道。

"尼娅莎,去问候梅尼尼。"梅古鲁同时命令道。

尼娅莎从椅子上跳起来去拥抱我母亲,后者享受着她的胜利,并进一步巩固战果,大声惊呼尼娅莎已经长成这么一个大姑娘了。

"乳房已经相当大了。"她宣告着掐了一只,梅古鲁尴尬地抽动着脸。"我们什么时候能看到新郎啊？"母亲拿她的侄女打趣。

巴巴穆库鲁很坚定。他克服了对这类生理细节的天生反感，认真地回答我母亲的问题。"我们的尼娅莎，"他叹了口气，真的感到悲伤，"她是那种给我们找女婿的人吗？不，她不是那种人。就算她找到了，也会遇上养牛的问题——那个男人会很快把牛要回去的。"

"好了，巴巴穆库鲁，"我母亲神采飞扬地说，"她是你的女儿，不是吗？什么能阻止她找到一个好丈夫？"

尼娅莎不喜欢被用第三人称讨论，她也不喜欢这类谈话继续下去，因为她觉得有关她丈夫的问题是一个私人问题，等她觉得想要了，她会去考虑。她的脚开始拍打地板，我屏住了呼吸。在这样的时候，尼娅莎很容易说出脑子里出现的第一个东西，而那些东西常常是灾难性的。

露西娅也对这种绕来绕去的谈话感到不耐烦了。"给您请安，穆瓦拉姆。"她打断谈话，开始了正式的问候。原则上她不应该开始问候。她的地位这么低，她应该等比她地位高的人先开始问候彼此的健康，然后再开口。但这些年人们对这类事情不那么严格了，作为露西娅，作为一个声名狼藉的人，她可以这样做而不受惩罚。这些请安，以及对人们遭受着什么样的不适和疼痛的问候，让我想起母亲的病况。我仔细地查看了她，但她看起来根本没有病。事实上，她看上去比我上一次见到她时的样子强健得多。我希望她没有患上什么消耗性疾病，这类疾病在早期阶段于不知不觉中发展，结果却迅速摧毁身体，最终万事皆休。

"给您请安,梅尼尼,给您请安,露西娅梅尼尼。"尼娅莎局促不安地缓慢说道,她手心凹陷着拍手,发出声响。

巴巴穆库鲁看着他的女儿,眉毛上挑,嘴唇拉直,显出赞许的惊异神情,然后记起他正在做的事情,又把表情调回到常见的严厉轮廓。

"行了,"母亲说,对她英国化的侄女表达的这一小小关注非常满意,"我们的女儿真是长大了。我跟你说,巴巴穆库鲁,不管你怎么说,你总有一天会有一个好女婿的。"

格拉迪丝泰特和托马斯巴巴穆尼尼,以及他们的家人,那一年终究还是来家里过圣诞节了。我们不知道他们改了主意,所以他们的到来相当出乎意料,彻底搅乱了对睡处的安排。尼娅莎、内蔡、兰巴奈和我自己都受到非常糟糕的影响。我们的第一夜,家族其他人到来前的那一夜,我们被允许睡在主屋的客厅里,这是一次激动人心的奇遇。我们进入到节日的气氛中,忘记我们正在把自己塑造为精通世故的年轻女性,我们把椅子向后推,让它们靠到墙上,把毯子铺在桌子下面,给自己造了一个舒服的小屋,我们在里面叽叽咯咯、嘀嘀咕咕直到深夜。但等托马斯叔叔和格拉迪丝泰特来后,客厅让给了托马斯叔叔和他的妻子。泰特和她的丈夫住进了泰克索和露西娅的霍兹。他们如果在主屋里的话会更舒服,但这不可能。鉴于她在父权体系中的地位,当有更私密的屋子时,我的泰特不可以睡在像客厅这样的公共空间。我的父母出于形式上的礼节,坚持要泰特住到他们在主屋里的房间。同样在形式上,泰特拒绝了。不过圣诞节终究会很舒适,食物供应充分。每个人都能做到客气、慷慨。

所以巴巴穆尼尼住在客厅,所有未婚女性,包括露西娅,都睡在厨房。我们至少有八个人睡在那里,在团聚期间睡了整整两个星期。我很舒服,因为我从小到大都睡在厨房里,可尼娅莎在最后一个人不再说话前,无法入睡。她说,幸好她已经习惯了烟草的烟雾,否则厨房里的烟雾会让她不舒服。这是实情。厨房烟雾弥漫,因为我们在屋子中央的平炉上烧饭。炉灶之一是地上的一个凹坑,三组铁质的三脚架把它围住,锅子平衡地放在上面;另一个凹坑用光滑的大石头围住,石头同样起平衡的作用,这让我们能够同时用不止三口锅烧饭。如果你没有习惯,在这个炉子上烧饭会是一件棘手的事,因为如果你没有恰好让锅子保持平衡,就很容易把锅子打翻;或者,如果你不当心,会让炉中一部分的热量影响到另一边锅子的烧煮。虽然高高的圆锥形茅草屋顶被设计成让烟升起、透过茅草渗出去的样子,却没有烟囱。除了一个长方形的小洞外也没有窗户,这个小洞大约八英寸长,五英寸宽,高度在墙的中间,正对着门。它让我警惕地想起所有在空气中四处悬浮的、让人窒息的一氧化碳,所有那些我们吸进去的引发炎症的氧化物,那时它们已经让我父亲患上了长期哮喘和支气管炎。尽管那时我们不这样想,但未订婚的年轻男性有更好的待遇。我的穆瓦拉姆,泰特的丈夫,在那一年开始了一项小规模的运输业务,开着他的半吨卡车回家。男孩们在晴朗的十二月夜晚就睡在车的后面。

那个假期,我意识到在我们家里,有些东西不再是它们应有的样子了,尽管我称之为假期,事实上却并非如此。那时老宅里有四家人，如果你把泰克索和露西娅算进去则是五家，一共十个成年人。泰特带来她最小的四个孩子——两个刚学步的婴儿、一个七岁的女孩、一个九岁的男孩，还有一个做杂务的女孩。托马斯巴巴穆尼尼有两个男孩，分别是五岁和七岁左右，一个八岁的女孩，还有一个表妹，他妻子家的，大约十六岁，住在我叔叔家，帮忙做家务。算上尼娅莎、安娜、内蔡、兰巴奈和我自己，老宅里总共有二十四个人，这意味着要一日三次填饱的二十四只胃。二十四具身体需要人每天从尼亚马里拉河打水供养。二十四个人的衣服要尽可能经常地清洗，泰特最小的孩子还穿着尿裤。现在，这种工作都是女人的工作，在那里的十三个女人中，我母亲和露西娅因为怀孕有一点儿使不上力，不管怎样一定程度上不能干活。泰特，由于在父系家族中有一定地位，不能指望她会做很多，还有四个只有十来岁，甚至更小。因此梅古鲁、尼娅莎、三个帮忙的女孩和我，从早到晚马不停蹄。

　　清晨开始于起大早为大人们烧洗脸水。我们没有足够多的搪瓷盆——我们需要十只但仅有两只，这意味着一次只能两个人洗，因此整个过程实际要花几个小时。早餐只有在人们洗去睡意后才能吃，所以等到火生起来、水烧热、大人们洗好，通常已经十点多了。然后我们开始早餐——一片片切得厚厚的面包，抹上黄油，就着从一只巨大的搪瓷壶里倒出来的茶一起吃，壶壁黄色和绿色相间，里面还加入了牛奶和水一起煮沸。面包和黄油！我宁愿吃鸡蛋和培根！我们在厨房沏茶，因为梅古鲁起床梳洗后做的第一件事就是把她的多佛炉点燃，而这一旦做好，安娜和我姑姑的女孩们就开始把肉切碎、煮熟，准备下午餐了。

大人们吃早餐的时候，我们把孩子们聚在一起，喂他们吃饭。孩子们吃饭的时候，我们有时会想办法抓几口吃。但更多时候，为了确保屋子里没有人饿着，我们不得不等到其他所有人吃完，安排好内蔡和她的小堂表姐妹们在达拉边上的搪瓷盆里洗碗之后再吃。然后我们打扫院子，清洗女厕所和屋子。这之后就该去尼亚马里拉河了，因为虽然巴巴穆库鲁在他到家后打开了水箱的锁，但不能指望它满足二十四个人的需要。

我们轮流去尼亚马里拉河，或者尼娅莎、安娜和我，或者另外两个女孩，这倒不是个太苦的差事，因为拿着空水鼓去外面走走是很怡人的。路上有好几个老宅，每家都有着充足的这种或那种果树，我们跟住在老宅里的各家都相处友好，或者多多少少联系密切。因此尽管我们家里有杺果——一种橘色的、弧形的品种，非常甜美多汁——还有胡特果，我们还是喜欢在一路走到河边时，人们给我们的桃子、番石榴和桑葚。虽然洗衣服和汲水、挑水这些差事本身让人疲倦，但我们并不觉得非常繁重，因为在等衣服晒干的时候，我们可以洗澡、在岩石上晒太阳。觉得危险的时候，我们就发假的求救信号，纯粹为了感观上的乐趣，大喊有好色的男人从山脊处偷看我们，我们会尖叫着跑向衣服，把身体遮盖起来。

有时我们及时回来，赶上在两点到三点之间吃的下午餐，有时我们赶不上。不过不管什么时候回家，都会来得及烧下一顿饭，或者洗前一顿的碗。梅古鲁比其他任何人都更辛苦，因为作为年长者的妻子，以及拥有最好的烧饭技能的人，还有饭食的供应者，她被期待监管所有的烹饪工作。这是一个永无休止的工作,委托给别人是不明智的,因为她必须确保食物可以维持到假期结束。多出来十三个人要吃饭——而且我们一大堆人每天早晨吃掉七条面包和半磅黄油,更别说糖了,因为(除了尼娅莎这个鲜明的例外,她相信苗条比丰腴更具有吸引力)我们喜欢我们的茶像糖浆一样——要满足这样的胃口,梅古鲁不得不严格控制食物的配给,这让我母亲气急败坏。她把这件事报告给泰特,说梅古鲁想把食物留给自己的家人。牛奶还不是个大问题,两头牛正在产奶,男孩们认真地履行挤奶的职责,因此我们总会有一罐奶,温热、多泡、未经消毒,倒进茶里。还有很多肉,因为巴巴穆库鲁买了半头牛,但保存它们是个噩梦。巴巴穆库鲁给他妻子买了一只煤油冰箱,但容量远远不够放下所有的肉,随着阴凉处的温度在七十八到八十五华氏度[1]之间浮动,没有放进冰箱的肉很快开始有味道,最初几天隐隐约约,然后就越来越持久了。这招来了苍蝇,给伯母和我带来种种苦恼:我们想象它们迎风在腐臭的气味中嗡嗡叫,从厕所直入厨房,举办它们细菌滋生的欢宴。

肉变绿了,但我们不能浪费。这种状态下的肉烧好后,味道非常冲,把你所有的胃口都倒了,这倒是件好事,因为那时肉的味道已经很糟了,而如果期待着吃肉却不能吃,情况会更糟。我们恳求梅古鲁让我们开始吃冰箱里的肉,但她毫不动摇地拒绝了:她不会让我们碰的。她把那块肉看得非常紧,那块新鲜的肉。在我们到达

---

1 约为 25 至 30 摄氏度。

后的第三天或第四天，泰特小心翼翼地把一口绿色的肉吐到手里，用她的手帕包起来，脸都变绿了，她建议梅古鲁将来要更加负责。"真让我吃惊，"泰特说，"穆科玛能吃下这样的肉。"这让我伯母，这个好女人，也是一个好妻子，且对这一身份感到骄傲，陷入一阵可怕的恐慌。她开始一天两次地特别烧一罐冷冻的肉给家长们吃，因为是他们计划和建设着家庭的未来。

一个迫切需要考虑的事情是泰克索和露西娅的事情。一天晚上，一九七〇年的新年刚刚拉开帷幕，巴巴穆库鲁就召集了一次家族达勒[1]，由家长们参加——三个兄弟，也就是巴巴穆库鲁、我父亲和托马斯巴巴穆尼尼，还有他们的妹妹——以及被指控的男人。

"我不想重复这件事的细节。"达勒在屋里组成后，巴巴穆库鲁庄重地开始了，家长们严肃地围着餐桌坐着，审视着泰克索，当他们在直背椅中转过身，用他们威权的全部冲击力刺穿他的时候，泰克索缩进沙发的一角，在即将降临的正义的威胁下僵住了。"我不想再费力，"巴巴穆库鲁解释说，"去重复那些事实，因为既然我们之前全都听说了，并且对发生之事达成了一致意见，再说一遍只会占用时间，不会让我们比现在更进一步。事情是这样的：露西娅在她姐姐的要求下来这儿——我们的梅尼尼，你们知道，她正在怀孕——以便在她身体不好的这个阶段帮助她。另一边，杰里迈亚在这儿找到我，让我给他找个人，帮他在地里干活，因为自从——自从——已故的那个人走后——我们都知道我谈的这件伤

---

[1] dare"达勒"，族长会。

心事——自那以后,这里有太多活需要杰里迈亚一个人做,自那以后就缺劳动力。我必须说,当杰里迈亚找到我提出这个要求时,我非常高兴,因为这让我看到他对家庭的发展开始上心了。所以我非常高兴地找到我们的叔叔本杰明,他告诉我,我们的堂弟泰克索正在找工作,好能够付清娶他妻子的卢拉。这对我们所有人来说都很幸运,也是为什么你们会看到泰克索来这里,跟杰里迈亚一起干活。没有任何问题。我们好好地谈了这件事,在一些事情上达成共识,泰克索就是这样来的,那时我们家这里的一切都快乐祥和。在我这方面,我曾向本杰明塞库鲁[1]保证,我会密切关注——呃——呃——泰克索。"巴巴穆库鲁在这里中断了他的叙述,直接向泰克索讲话:"泰克索,你知道,所有涉及杰里迈亚和我们家这里的事都要来找我这个一家之主,但你没有。你第一次跟露西娅做了那样的事时,你一声不吭。然后,当我们发现发生了什么的时候,你被告知——我曾派杰里迈亚告诉你,而你无视杰里迈亚之后,我在这里亲自告诉了你——我亲自告诉你,你必须回去,回你家去,但你没有这么做。你为什么违抗我的命令?"

"我要走的,穆科玛,"泰克索嘟囔着,"可露西娅拒绝了。她拒绝离开她姐姐。"

"露西娅这么固执,你为什么不通知我?"巴巴穆库鲁质问道。泰克索垂下头。

---

1 Sekuru "塞库鲁",叔公,在修纳语中可指父亲或母亲的父亲,母亲的兄弟,祖母的兄弟和其儿子。

我们,女人们和小孩们,达勒开始的时候都在厨房。我们都知道正在发生的事情,我母亲和梅尼尼们威胁要用相当暴力的手段,来反抗这个体系。

"你们见过这种事吗?"我母亲发问,她的身体在泰特、托马斯巴巴穆尼尼和他妻子到来后大大恢复了。"你们见过这种事吗,"她恶狠狠地、雄辩地嚷道,"召开一个听证会,被指控的人却缺席?他们是不是说我的妹妹故意让自己怀孕?泰克索是不是会这样告诉他们,而他们则会相信?啊哈!他们在指控露西娅。她应该在那里为自己辩护。"

"是的!"佩兴丝梅尼尼表示同意,她结婚刚八年,依然保留着足够的个性,不会觉得赞同我母亲就是对托马斯巴巴穆尼尼不忠。"我们都知道听证会不是私事,"她继续道,"可看看我们嫁进来的这个家!我不明白他们为什么害怕来到大庭广众之下,而他们做的每件事都不许人声张,遮遮掩掩。藏起来。甚至不让我们知道,好像我们是孩子。他们觉得我们会诅咒他们吗,诅咒西高克家的人?我们的孩子不姓西高克吗?"牢骚和不满继续着,我母亲和姨婶们相互煽风点火,直到露西娅愤怒得按捺不住了,她喜欢战斗,乐于在战斗中表现得凶猛激烈。

"对你们来说没什么。"她激动地说。"他们没有讲关于你们的谎言。他们在败坏的不是你们的名声。我是他们在谈的那个人。我是他们在那里审判的人。不是吗,梅古鲁?"她问,要把梅古鲁拉进她们已经在厨房里建立起来的狂热的姐妹团结之中。"你怎么说,梅古鲁?他们是不是想败坏我的名声?所以我们怎么办,梅古鲁?

我们都指望你给我们谋划谋划。"

露西娅这样不放过梅古鲁，真让人难堪。梅古鲁觉得露西娅应该承受她那多产欲望的后果，或许也为她感到难过，但依然宁愿不被卷入这些肉体的或世俗的事情之中，尽管她不想让这个倾向过于明显，因为这意味着她把自己置于我们其他人之上。现在，由于露西娅坚持要梅古鲁表明立场，站到众目睽睽之下，我们陷入了一种非常微妙的处境。

那个厨房里需要的是梅古鲁的超然与露西娅的领导力的结合。每个人都需要稍稍拓宽视野，停下来，考虑其他选择，但事情太切身相关。它太辛辣地、太尖锐和折磨人地刺痛了女人们心目中敏感的自我形象，这些形象事实上不过是投射。但是，女人们被教导要把这些投射看作自己，现在哪怕开始意识到，那些把她们作为一个群体、作为女人、作为特定一种人区别对待的事实本身不过是迷思，就让人害怕；要承认一代又一代的威胁、攻击和漠视已经让这些迷思深入人心，分裂她们所面对的现实，梅古鲁们的或露西娅们的现实，也让人害怕。因此两个立场非但没有拓宽我们的视野，非但没有带来一种包容性的拓展和成长，反而滋生了恐惧，让退缩成为必要。每个人都更坚决地退回自己的角色，并在这样做的时候，假装在进步，却事实上开始自我保护，建立起捍卫她们幻觉的最后一道孤独而无望的防线。

梅古鲁变得非常疏离。"这事跟我没有关系，"她耸耸肩，不经意地把嘴角撇向下，"我属于他们的族谱吗？我不属于，我是被带进来的。让他们解决他们自己的问题，至于那些想掺和进去的，很好,随他们的便。我不想介入我丈夫家族的事务。我只想安安静静,上床睡觉。"

梅古鲁的话让我母亲和姨婶们受到了冒犯,招来一阵窸窸窣窣和嘀嘀咕咕,但随着她继续说下去,抗议平息,转变为难以置信。等她说完,厨房里一片静寂。然后我母亲发出了长长的、带着敌意的笑声。

"呵——呵——呵!"她笑着,拍着手,"哎呀!女孩们,你们会说这个人是跟我们其他人一样的姆卢拉[1]吗?她说得好像她就生在我们丈夫们的家庭似的,她像他们一样自视甚高。你们听到她说的了,女孩们,不是吗?难道你们不好奇她今晚为什么来这里吗?告诉我们,梅古鲁,你知道那些正在发生的事情,今晚你跟我们一起待在厨房想做什么?"

"可是,梅尼尼,"梅古鲁平静地回答,"你为什么问?你很清楚是你叫我来这儿的。我在等着你告诉我为什么。至于正在发生的这件事,你们都知道——我告诉过你们很多次——我不是生在我丈夫家的,因此我不感兴趣。泰克索不是我的亲戚。他跟露西娅做了什么跟我没有关系——露西娅也不是我的亲戚。如果他们给自己招来麻烦,那么就得看看他们能做什么。但他们做什么与我无关。"

露西娅肯定被梅古鲁的拒绝伤透了心,但她没有表现出来。"你说得完全正确,梅古鲁,"她坚强地表示同意,"完全正确。如

---

[1] muroora "姆卢拉",妯娌,修纳语。

果那边的那些人明白,我也不是他们的亲戚,他们就不会这么随便地谈论我,把谎言堆到我的名字上了。"

"好吧,"梅古鲁说,她准备离开,以免被更深地拉入讨论之中,"就像我说的,我要去睡了。晚安,欣加宜妈妈梅尼尼、佩兴丝梅尼尼、露西娅梅尼尼。我们早晨见。"

"晚安,梅古鲁,我们早晨见。"露西娅回答道,不过应声的只有她一个人。

"她真骄傲。"梅古鲁离去后我母亲谴责道。她转向我。"看看你的梅古鲁是个多么骄傲的女人,"她嘲笑道,"又骄傲又无情。你觉得她在乎你吗?永远不会!你不是她的亲戚。你身体里流的是我的血,不是她的。"

"可是妈妈,"我温和地抗议道,希望停止这场谈话,因为尼娅莎跟我们在一起呢,"可是妈妈,梅古鲁只是如实相告,告诉我们她的想法。"

"为什么她的想法跟我们其他人不一样?她觉得她跟我们不同。她觉得她完美无缺,所以可以为所欲为。首先她杀死了我的儿子——"

"妈妈!"我吸了一口气,情不自禁地转向了尼娅莎,我希望我没转身,因为我不希望尼娅莎看到我眼中的羞愧。我也不希望看到她眼中的痛苦和困惑。

"姐姐!"露西娅告诫道,"控制住自己!你干吗说这些伤心事来让自己难过?尤其是你知道这不是真的!"

但我母亲的情绪很糟,我们没有办法阻止她。冒出来的这些想法早就在她脑子里生根发芽了。

"哈！你！"我母亲嘲笑道，朝她的妹妹怒吼着，"你觉得你能叫我克制住自己，你！呵——呵——呃——呃！这才是让一个女人发笑的东西！什么时候，露西娅，你就告诉我，什么时候，你控制过你自己？你甚至懂这句话的意思吗，你这个一到来就跟我丈夫睡在一起的人？还跟泰克索睡在一起。你们可能在那儿，你们三个一起，先是杰里迈亚，尽情享受，然后泰克索，然后继续。所以不要跟我说控制自己。你什么都不知道。"我们以为她说完了，但她只不过停下来喘口气。"而且，"她继续道，"我怎么没控制自己了？我只是说了我的想法，就像她一样。她确实跟我们说了她的想法，不是吗，有谁说什么了吗？没有。为什么没有？因为梅古鲁受过教育。这是你们都不吭声的原因。因为她有钱，来到这里，四处炫耀着她的钱，所以你们听她说，好像想把她嘴里吐出的话吃进去。而我，我没有受过教育，是不是？我只有贫穷和无知，所以你们希望我闭嘴，你们说我不该说话。哼！我是又穷又无知，我就是这样，但我有一张嘴，它会一直说，不会保持安静。今天我说出来了，我要再说一遍：她是一个巫婆，一个巫婆。你们听清我的话了吗？她——是——巫——婆。她偷其他女人的孩子，因为她自己只能生两个，而且你不能把那两个叫作人。他们是正派父母的耻辱，不过梅古鲁不是正派人，因为她首先杀死了我的儿子，现在她又把坦布扎伊从我这里带走。哎呀，是的，坦布扎伊，你以为我没看见你跟在她屁股后面转的样子吗，"她用力地朝我唾了一口，"为她做所有的脏活，做她说的任何事？你以为你妈妈很蠢，看不到梅古鲁用她的钱和她的白人做派,让你反对我吗?你现在觉得我脏,我,你的妈妈。就在几天前你跟我说我的厕所脏。'让我恶心',这是你的原话。如果你想要的是肉,我没法给你,如果你这么贪心,会为了肉背叛你自己的母亲,那就去找你的梅古鲁。她会给你肉。我将靠蔬菜维生,就像我们大家都习惯的那样,而且我们活下来了。所以你还想要什么?你有你的生活。到你的梅古鲁那儿去吃香肠吧。"她坐在那里,双臂紧紧抱在胸前,嘴巴挑衅地朝前噘着,不让我们改变她的想法。

"啊呀——哦,姐姐,"露西娅安慰她,毫不在意她决绝的态度,"你怎么能说这种胡话?一旦孩子生下来,你安顿下来,你就会笑话自己了。不过现在冷静。否则你会伤害到你自己的。事情结束了,不是吗?"

"哼!"母亲哼了一声,"结束!等我看到纳莫站在我面前,那时,只有那时事情才结束。"

"你知道,露西娅梅尼尼,"佩兴丝梅尼尼沉思道,"我觉得欣加宜妈妈梅古鲁说的有点儿道理。"

"你知道什么?"露西娅厉声说,她的耐心并不多,而且必须留给她姐姐。"你的哪个孩子死了?"佩兴丝梅尼尼被有效地喝止住了。"过来,姐姐,"露西娅再一次转向我母亲,哄着她,"我们不否认你很悲伤,但让愤怒结束吧。过来,让我们去听听他们在那间屋子里说我们什么。"

但母亲依然毫不让步。"不,"她说,"我已经没兴趣了。"

"不过等故事传出来了,你会感兴趣的,"露西娅并不放弃,

"你会希望你曾亲耳听到。"

"露西娅,露西娅,"母亲叹了口气,"你觉得我是个小孩子吗?经过了这些年,经过了所有这些事之后,你觉得我还是一个小孩子,会被屋子里的无聊之事搞得心烦意乱吗,我十九年里每天都经历,都看到的无聊之事?不,我不会被影响了,但这件事很要紧,它关系到你。所以我们到屋里去吧。"

她沉重地站起身,在做这个努力前用手和膝盖让自己保持平衡。这两个姐妹离开了厨房,我母亲靠在门框上让自己站稳,因为怀孕,她的重心无法预测地偏离。佩兴丝梅尼尼跟着她们,因为也没其他什么事儿要做了。

我也想去,去听听讨论情况,但我担心我的热心会显得对尼娅莎不忠。我确信她会建议我不要参加,但当我四处张望,想把我的想法告诉她时,我找不到她了。她什么时候离开的?她听到了多少?最后一次我看她时,她在石蜡灯光下面毫无表情,我意识到她并不理解,并且被我母亲说的事情深深伤害了。但她没有悄悄离开,这让我松了口气;我不必为了留住我的堂姐,而在解释中背弃我自己的母亲。这一次又错了,我判断错误,当我们确实谈到它,就像大多数事情我们最终都会谈论一番一样,尼娅莎把脸遮起来,说没关系;说我母亲让我们看到她遭受的痛苦,正像梅古鲁经常展示她的痛苦一样。当我对此提出质疑,挑衅地让她告诉我,梅古鲁生活在所有可能环境中最好的环境里,所有可能世界中最好的世界里,怎么可能遭受痛苦时,尼娅莎让步了。她嘟囔说,有些事情是无法解释的。这类事情只能被看到。但这是后来发生的事了,很久以后，在我们回到传教所后。在那个时刻，在那个夜晚，我担心母亲会在我能做些什么之前，被她的痛苦压垮。因此我去了屋子那里，想把我的注意力从这件事上移开，去看看发生了什么。

就在泰克索解释说露西娅拒绝离开她姐姐的时候，梅古鲁进了屋子。

"是的，"他正说着，"是露西娅的错。呃！那是她干的，你们的那个露西娅。她拒绝离开，完全拒绝。她知道自己已经怀孕了，但她就是拒绝离开。"

"我能过去吗？"梅古鲁在门口问，行着屈膝礼，以一种尊敬的、无声的拍手方式将两手合在一起。

"基多他妈，"巴巴穆库鲁严厉地申斥道，"我们在这里听一个非常重要的案子。坐下，跟我们一起听。"

"有这么重要吗？"梅古鲁提出异议，恭敬地弓着背，穿过房间，"我们对此一无所知。"

"基多他妈，"巴巴穆库鲁坚持道，声音极轻微地有些断断续续，"我邀请你坐下，听这个案子。"

"非常好，巴巴。"梅古鲁接受了，把腿在身下交叠，坐到地上。

"我相信这没有必要，"泰特这位女性家长裁定道，"梅古鲁操劳了整整一天。或许她最好去睡觉。"

"如果她累了，她怎么会不说出来？"巴巴穆库鲁暴躁地质问泰特，对梅古鲁则仁慈地允许她离开。梅古鲁接受了这一许可，继续朝卧室走去。男人们看着她的背影。

"可惜啊,"托马斯巴巴穆尼尼同情地说,"她太累了,甚至累得无法坐下听听。不过确实。梅古鲁太操劳了。是啊,她确实非常操劳,为了让这里处处舒适。"巴巴穆库鲁很高兴,让这件事过去了。

我们其他人站在外面窃窃私语,听着这些发生的事情,在谈话激烈的时候,从窗户那儿往里窥视,我们以为没人会注意。

"把你正跟我们说的话说完,泰克索。"巴巴穆库鲁命令道。

"好的。"泰克索继续说,朝我父亲投出乞求的目光,后者保持着作为家长的不动声色和严厉。"好的,"泰克索哆嗦着,"我刚才说的是这样的。她就是拒绝跟我走。呃!我告诉她,穆科玛说我们必须离开,而她大笑!她就是大笑,说如果穆科玛要求,她可以跟穆科玛走,因为他是她的穆瓦拉姆,但她不会跟我走。呃!她就是这么说的,穆科玛,我以我一九五九年去世的祖母的名誉发誓!她就是这么说的。"

"我明白了。"巴巴穆库鲁宽宏大度地说。此时露西娅在朦胧的月光中无法抑制地笑岔了气。"你说的并不奇怪,"巴巴穆库鲁继续说,"可以理解,因为众所周知她是一个不知分寸的女人。但你为什么不汇报这件事?"

"我害怕,穆科玛,真的害怕,"泰克索哆嗦着,"你知道人们怎么说她吗,说她走在黑夜里?"这个指控是泰克索的败笔。巴巴穆库鲁清清嗓子,用毫不妥协的目光盯着他的堂弟。泰克索失掉了他的优势,但他继续气势汹汹地说:"她做出可怕的威胁。我们知道她是什么样的人。她会去做的。呃!她会去做的。她可能就是对杰里迈亚穆科玛的孩子们施巫术的那个人,这样他就会娶她。她想要杰里迈亚,不是我!"

告诉露西娅不要进屋根本没用,所以我们甚至都没尝试。她迈进屋子时,我们只是看着她,她的右眼映现着黄色的煤油火苗,闪闪发光,朝着泰克索危险地闪闪发光,他则聪明地向后缩进沙发角落里。"笨蛋!"露西娅愤怒地哼了一声,双手叉腰,俯身逼向他。"笨蛋!"她猛地转身面向巴巴穆库鲁,所以现在她的左眼闪闪发光。"看看他,巴巴穆库鲁!看看他想藏起来,因为我来了。"当泰克索只需要对付露西娅的后背时,他看上去勇敢了一些,不过他的缓刑只有片刻。"如果你跟我有一腿,"露西娅向他提议,"站起来,让我们把事情弄清楚。"她两步就到了他边上,双手一把抓牢他的两只耳朵,拉得他站了起来。

"松开我,松开我。"他呻吟着。我一直认定我看到笑意在族长们的脸上掠过,不过这可能是我的想象,因为我自己在笑。我们外面的人都笑了。接下来的事情我记得很清楚,我父亲从椅子上走下来,露西娅警告他坐在椅子上,如果他想保住泰克索的耳朵的话。然后巴巴穆库鲁让我父亲坐下,他很明智,让露西娅说话。

于是露西娅说了。"告诉我,巴巴穆库鲁,"她用朋友的口吻问,她的双手放在腰的高度,因此泰克索弯成了两段,"告诉我,巴巴穆库鲁,你会说这是一个男人吗?一个男人能这么胡说八道吗?一个男人说话要有道理,不是吗?所以这个能是什么?"然后她拧着他的耳朵,看看他会说什么。"让我告诉你,巴巴穆库鲁,"

她继续真诚地说,"梅古鲁在她的卧室里睡觉,她是唯一一个肩膀上长着理智的脑袋的人。她很明白不要插手跟她无关的事情。"

"哦,露西娅,"巴巴穆库鲁命令道,运用他那在假期刚开始时非常管用的强制性语气,"哦,露西娅,控制你自己。不要做任何会让你羞愧的事。"

"我有什么应该羞愧的?"她反驳道。"我只是要这个泰克索,"她摇着他的头以示强调,"我只是要这个泰克索不要再对我的事胡说八道。泰克索,你可曾看到我骑在一只鬣狗的背上?你看到过没有,喂?回答我。"她狠狠地拧着他的耳朵,很享受。

"没,"泰克索呻吟着,"我从没看到。"

"那你在胡说八道什么?哈!你们让我恶心,你们很多人。"她把泰克索丢回到沙发上,他坐在那里搓着他的耳朵。"我要离开你的这个家,巴巴穆库鲁,我要带我姐姐一起走,"她告诉我伯父,"但是在那之前,巴巴穆库鲁,我要告诉你为什么我曾拒绝离开。是因为这个男人,这个杰里迈亚,是的,你,杰里迈亚,他娶了我姐姐,他有一双留情的眼睛和一双懒惰的手。不管他看到了什么,他都要得到;可他不想为此努力,不是吗,杰里迈亚?我为什么要费心告诉你们?你们知道的,你们所有人;你们知道的。所以我怎么能离开,留下我姐姐一个人跟着这个男人?他自她十五岁起,除了苦难什么都没给她。当然不能。这不可能。至于泰克索,我不知道他觉得他能给我什么。他能为我做的一切,我自己都能做得更好。所以,巴巴穆库鲁,别担心,我会走的。马上走。没有什么能让我留下。但我要带着我姐姐一起走。"

他们想跟她谈谈。他们希望她坐下，冷静下来，理性地讨论这件事，但是露西娅受够了，她回到外面加入我们。族长们把头凑到一起，小声商量着，因为现在他们知道我们在听了。我想象着所有可怕的后果。

"露西娅，"我悄悄说，"如果你带妈妈离开，我只能离开传教所了。我会不得不回来照看爸爸和孩子们。"

露西娅笑了。"别担心，"她安慰我说，"这是一场暴风雨。会过去的。"

屋子里，巴巴穆库鲁对我父亲惹来这个麻烦感到万分为难，大为光火。

"杰里迈亚，"他责骂道，"看看你的不负责任给我们带来了什么样的麻烦。现在该做什么？你让我们很头疼，得想办法解决你的事情。这个问题很严重。我们需要一个稳妥的解决办法。"

"嗯！"泰克索表示赞同，从他脸上的表情看，似乎还在疼痛难忍，"我们需要一个好办法来打败那个女人。她很恶毒，不正常。她不受控制。"

"泰特，你怎么说？你应该知道怎么对付女人最好。这种情况我们做什么好？"托马斯巴巴穆尼尼恭敬地问，可是泰特拒绝了这一荣耀。

"不，托马斯，"泰特说，"我能做的只有这么多，这件事超出了我的能力。或许她这次怀的是泰克索的孩子，但杰里迈亚永远不该对她做任何不能公开做的事。解决办法是杰里迈亚要理智行事，可他从来不善于如此。"

"或许需要某种药,"泰克索建议说,"来治好杰里迈亚穆科玛。嗯!治好他。这样他就不能被那个女人影响了。"

我父亲由衷地表示赞同,而且有他自己的想法。"他说得对,真的。是的,他说得对。可是需要的不止是给我吃药。家里处处都出了问题。穆科玛总是说,说如今尼娅莎很难对付,有时梅古鲁也如此。你也说目前的资金状况不是非常好,不是吗,穆科玛?什么时候?就在前天,你说你希望你有钱买一辆拖拉机。但在所有这些麻烦开始之前,是有钱买这些东西的。别误会我,穆科玛,我不是说你吝啬。我只是说这些日子我们出了问题。呃——呃——哦!我们出了问题。泰特甚至有两个女儿怀孕而没有丈夫,大儿子打老婆打得那么厉害——上次她还进了医院,不是吗,泰特?然后是托马斯担心他最小的孩子,他有点儿像白痴。嗨——啊——啊。这些是很糟糕的不幸。它们并不单独发生。它们来自什么地方。这很明显。它们是被送过来的。必须要让它们回到它们来的地方,直接回去!这是要找一个好灵媒的问题。需要一个好灵媒来恰当地举行仪式,用任何东西——啤酒、献祭的牛,什么都行。我们必须召集全族,除掉这个恶魔——"

"杰里迈亚。"巴巴穆库鲁难以置信地高声打断了他。"我没听错吧?我听到你说你想把酒和——哦——和巫医带到这里——带进我家!今夜,杰里迈亚,"他悲伤地说,"你让我失望。每次你说话,愚蠢的事情就从你的嘴里冒出来。当然,我的弟弟,你知道你说的事情是不可能的。我不允许这种事情在这里发生。"

"但是,穆科玛——"泰特开口了。

"够了,"巴巴穆库鲁打断了她,"杰里迈亚说的不行。我不会考虑的。但我有一件事想告诉你们。"每个人都在椅子里专注地坐好。"别以为我没有考虑这些事情,"巴巴穆库鲁说,"别以为我没有看到杰里迈亚描述的这些事。啊,是的,我看到了。这些不幸已经在我脑海里很长时间了。我们不能否认,这些问题伴随着我们。但与其说它们是某人送来的恶灵造成的,我一直认为是因为我们在做着什么不该做的事,或者因为我们没有在做什么应该做的事,它们才这样降临。我们就是由此被审判,以及被祝福的。所以我一直在想这些事情能是什么,想了很久。在反复思考之后,我记起了我们的妈妈,我们的妈妈一直坚持杰里迈亚应该在教堂举行婚礼。是的,杰里迈亚,甚至到现在,在我们的妈妈过世了这么多年之后,你依然生活在罪恶之中。你没有在教堂里,在上帝面前结婚。这是一件严肃的事情,所以我一直攒着钱,每次攒下那么一点儿钱,给你和梅尼尼举行婚礼。我希望你们知道我一直在思考这些事情,但我们会在其他什么时候商讨细节,因为现在很晚了。"

我一有机会,那是第二天早晨我们准备早饭的时候了,就把屋子里发生的事情详详细细地告诉了尼娅莎,就像我在这里写得这么详细——包括争吵、商讨、结论。她对露西娅感到满意,这让我大吃一惊,因为当露西娅在边上的时候,尼娅莎不大搭腔,说得很少。她被我父亲的解决办法和结婚的想法逗乐了。她也对拟议中的净化仪式很好奇,承认对这些事情的一无所知让她很不好意思,问了我种种细节,那些我并不非常确定的细节,因为我们不再经常举行这些仪式了。我对这一点非常自豪，因为我对老宅外面的世界看得越多，就越相信我们把旧做法越远地抛在身后，我们就离进步越近。我很奇怪尼娅莎对我们祖父母们和曾祖父母们做的事情如此感兴趣。我们对此有过很多讨论，但我相信自己是对的，因为巴巴穆库鲁自己选择了举办一次婚礼，而不是一次净化仪式。当我用这一显示出进步性的证据来反驳尼娅莎时，她变得非常恼火，做了一通告诫，说把基督教的道路看作进步的道路是很危险的。"一个国家被殖民，"她严厉地说，"已经够糟了，但当人民也被殖民的时候，那就完了！真的，那就完了。"这也结束了我们的讨论。尼娅莎说她比我接触的事情更多，所以有理由去思考这些，但现在既然我也遇到这些问题，我应该自己把它们想清楚。我对自己应该想什么完全一头雾水，但我尽责地保证去这样做，然后我们把早餐端到屋里，梅古鲁在里面摆好桌子的时候，泰特在客厅坐着。

"啊，梅古鲁，"泰特说，"我跟你说，那个女人几乎要杀了我，就差那么一点点。我都要笑死了。那个露西娅！哎呀！那个露西娅疯了。还有穆科玛的表情！你真会以为露西娅是光着身子进来的！"泰特抹着眼里笑出的泪。"基多他妈！要是你在那儿，你会笑死的！"

"我听说了，泰特，我听说了，"梅古鲁轻轻笑着，"可他们是自找的。他们不该跟露西娅这样的女人掺和在一起！"她们的脸都皱了，抑制不住地咯咯大笑起来。

"那么我们会办一场净化仪式还是一场婚礼？"泰特问，她的胖脸颤抖着，摇着头，"告诉我们，梅古鲁，用哪个治杰里迈亚的放纵更好？那些男人，哎呀！那些男人！"

八

我不认为伯父对我父母的安排是什么好笑的事。对我来说,那场婚礼是一个严肃的问题,严肃到连我的身体都以一种非常令人担忧的方式做出了反应。不管什么时候我想起这件事,不管什么时候,我母亲穿着贞洁的白色纱缎一尘不染的形象,或是(最最可怕的)我自己成为甜美的、傻笑着的伴娘的形象一旦在我脑海里扑闪,我的皮肤上都会起可怕的鸡皮疙瘩,我的肺在喘不出气的压力下皱缩,连我的肠子也威胁要让我知道它们的看法。不管什么时候我想起巴巴穆库鲁,这种身体反应也开始出现,这让我处境艰难。我自然对他很生气,他设计了这出情节,让我父母、我家和我自己都成了一个大笑话。同样自然的是,我不能生他的气,因为对巴巴穆库鲁生气无疑是有罪的。巴巴穆库鲁是我的恩人,实际上就是我的父亲,他也非常好,应该得到所有爱戴、尊敬和服从。所以我压住了怒气。我不允许关于婚礼的想法在脑海中徘徊,因为它们有着非常严重的、罪恶的后果。为了转移注意力,我把心思放在其他事情上:想着不下雨的日子里去尼亚马里拉河的旅程;做着回到学校的白日梦,这不再需要等很久了;加入尼娅莎最近做土罐的狂热中。在巴巴穆库鲁去英国前的日子里,我们经常做土罐,那时我们还小,技术不大好,所以罐子总是斜向一边,而且粗糙。但如今,我们做的陶器更小、更精致,配上精美的图案,那是我们用细树枝画在湿黏土上的,每画一下都把树枝蘸进水里,好确保线条流畅。我们让罐子风干,然后放到梅古鲁的多佛炉里烘烤。小时候做的陶罐总是裂开,但我们现在专业得多,大多数都完好无损,这让尼娅莎无比高兴,因为她对这个爱好非常认真。她说等她回到传教所,她会给罐子画画、上釉,用它们盛纽扣、首饰和笔。

就我所知,人们要么只在很小的时候做土罐,假装自己已经长大,或者在长大后做,因为他们必须有罐子来存水、马喝乌,以及类似的东西。可那时我们用两加仑和五加仑的水鼓盛水,我从来没看到谁做一只真正的哈圽[1],尽管我们屋子里有好几只。所以做这些罐子绝对是尼娅莎的狂想,不是我的,虽然她非常在意确保它们不开裂,虽然她在设计和勾画图案时一丝不苟,但对我而言它们不管怎样都没有多大关系,只是用来打发时间的。

我希望这一消遣可以压住怒气,那股蠢蠢欲动的有罪的怒气,但这并不简单。麻烦在于我不是所有时间都在制作土罐,或者去尼亚马里拉河,或者想着学校。有时我一个人没有什么事情要做,除了防止赛得粥烧煳了,或者感到温暖、困倦、放松,昏昏欲睡。在这些时候,我会忘记有些事情不该去想,思绪就会在这种朦朦胧胧的伪装下爬回来,它们不会惊扰到我,而可以久久盘桓,消磨掉我的戒备,让我焦虑失眠,却不知道确切的原因。

渐渐地,我不得不对自己承认我不喜欢给父母举行婚礼这个主意。但我不能理解为什么自己对结婚这个主意有着如此强烈的抗

---

[1] hari "哈圽",陶制罐。

拒，这个能让我父母不再生活在罪恶之中的主意。当我顺着这个思路想的时候，我知道自己肯定是什么地方错了，因为我这个年纪已经能够清楚地理解，罪恶是应该避免的。我在传教所的那些日子里，罪恶对我来说成了一个刺耳的概念，在传教所，我们每个星期天都风雨无阻地去主日学校、去教堂，每次都被教导，罪恶绝对是必须避免的。

它必须被避免是因为它是致命的。我能看到它。它无疑是黑色的，就像人们教给我们的那样。它有鲜明的棱角，与其说是圆的不如说是方的，因此你知道它的边界在哪里。它就像一个掠食性真空，把不够谨慎的人拉入其中，永远不放他们出去。现在巴巴穆库鲁说这就是我父母待的地方，这意味着我和我的妹妹们也如此。我无法把自己或者妹妹们与罪恶连在一起，所以我一字一句地对自己解释主日学校教我们的那些东西，以此来消除自己的疑虑。我劝自己说，罪恶是那些很久以前的人，在公元前或公元初，对彼此犯下的。然而巴巴穆库鲁这么确信我的父母在犯罪，竟然想为他们操办婚礼，一场要花一大笔钱的婚礼。这是一个复杂的问题，太复杂了，我想不到出路，所以我再一次把它抛到脑后。我希望它会消失，让我与尼娅莎一起享受剩下来的假期，因为已经没剩下多少时间了。

泰特是第一个离开的。这引起对睡觉地方的又一次调整，男孩们搬进霍兹。巴巴穆尼尼在泰特离开的第二天走了，巴巴穆库鲁在第三天。尼娅莎那天也走了，留下我情绪低落、闷闷不乐，因为在三个星期后新学期开始前，我再也见不到她了，想到要在没有她的情况下度过，这些日子对我来说长得可怕。尼娅莎对我来说独一无二、至关重要。我不喜欢很长时间不能跟她谈那些让我担心的事情，因为我知道，她会用她的多角度思维，把问题的核心挖出来，用一种言之有理的方式展示给我，不仅如此，她所用的方式也暗示着，存在的问题无须担心，我们只需要扩大寻找解决方案的范围。那些日子里有很多事情让我担心。在我脑海深处那些较少触及的地方，我对自己这方面无处不在且令人萎靡的茫然状态感到羞愧，尽管对外我会激烈地否认。在意识里，我认为自己的方向是明确的：我在获得教育。等学习结束，在嫁入一个新家，在巴巴穆库鲁振兴家业的伟大事业完成之前，我会找到一份工作，安下心来，耕耘于此。那时事情对我来说都规划得清清楚楚：这些是目标，这是我们实现目标的方式。巴巴穆库鲁是我的试金石，他让我看到这是真的。所以我应该安心上学，取得好成绩。我应该安心为我描绘的生活做好准备。但是尼娅莎的活力，有时是狂风暴雨般的骚动不安，有时是充满信心的平静，不过总是伸展着，伸展得甚至比我想伸展的还远一点儿，她的活力开始向我指出，除了解放自己和家庭这样耗费精力的愿望外，还有其他的方向可以选择，还有其他的难事可以为之努力。尼娅莎留给我前进的印象，总是在前进，朝着某个她很久以前见过并接受了的状态前进和奋斗。尽管我很担心，尽管我对她目标的实质并不明确，我还是想跟她一起去。我不想被留在后面。我如此年轻，时间是用小时计算的，半个小时都很重要，因此我不想离开我的堂姐整整三个星期。

知道没有她我会不知所措，我忍不住想问巴巴穆库鲁自己是否可以跟他们一起去传教所，但最终我决定不问了，因为我知道他会拒绝，而且他很有理由这样做。田间、菜园、家里都有很多活儿要干。而且，当然，我不能抛下我的母亲，她身体不好。

我们全都来到院子里，我父亲、我母亲、泰克索、露西娅、我的小妹妹们，还有我自己，与他们挥手道别，每个人都笑着、说着，说我伯父一定要早点儿回来，也一起带上梅古鲁、尼娅莎和基多。然后我的亲戚们上了车，车滚滚驶出院子，驶出了视线。我们不由得叹了口气，奇怪的是，我们都觉得如释重负。

"噢！穆科玛在这里真好，真的好，"父亲评论道，"但也让你感到压力，让你肩负重任！"

"是的，"泰克索点点头，色眯眯地瞥着露西娅，"迪娅！再没什么好害怕的了。你今晚要不要回霍兹来？"

"如果你把我的手砍掉，或许可能，"露西娅反驳道，"那时你可能会派上用场。"

"可你还有手，你还在这儿。所以你在等，不是吗？只是等着回到霍兹。"

露西娅很小心不要被激怒。"你知道为什么我在等？为了我姐姐，不是吗？一旦我姐姐决定了她想要什么，你就不会再在这儿看到我了。"

我父亲和泰克索觉得这很有趣。他们不顾伤到露西娅，尽情地笑着。

"我听到的是什么！"泰克索咯咯笑着，"这个女人觉得她能离开。就像这样。哎,露西娅,你说你会去哪里?你不是在等我带你去我家吗?"

那些男人!他们从未意识到露西娅是认真的。她的笑,就像她的脾气,发自内心且来去很快,但从不浮于表面。她想了很多,露西娅确实如此;尽管她取笑自己,说思考对她来说是一个缓慢、痛苦的过程,因为她的头脑没有经过学校的训练去快速地思考。达勒后的那些天,对于是否离去她想了很多,但是她知道她的行动会有什么后果,而且对此并不感到害怕。因此她等着我母亲做出决定,是否也离开。由于在一生的大部分时间里,我母亲的想法首先属于她的父亲,然后属于她的丈夫,从未属于她自己,她发现很难做出一个决定。

"露西娅,"她叹了口气,"你为什么一直拿这个问题来烦我?我怎么想重要吗?从什么时候起我怎么想变得重要了?所以为什么现在它应该开始变重要?你以为我想被那只老狗弄得怀孕吗?你以为我想大老远地跨越这个我们祖辈的国家,只为了生活在肮脏和贫穷之中吗?你真以为我想要那个孩子,那个我为了他长途跋涉却离开我的子宫仅五年就死去的孩子吗?或者想让我儿子被从我身边带走?所以我要不要一个婚礼,或者要不要走,能有什么不同?全都一样。我已经忍受了十九年,我能再忍受十九年,如果需要,还可以再来十九年。现在离开我!让我歇歇吧。"

于是露西娅留下来继续照顾她的姐姐,而且因为她的躯体有着她并不感到羞耻的欲望,她搬回来跟泰克索住在一起。她不给自己找借口。

"一个女人总得跟什么住在一起，"她接受现实地耸耸肩，"哪怕只是一只蟑螂。蟑螂还更好些。它们很容易被赶走，是不是？"

但我对她很失望，失望、不赞同，也害怕她会再开始跟我父亲睡，从而大大加重我们的那份罪恶，这样就需要远不止一次婚礼来涤罪了。我催促她做点儿什么，做点儿有益的，相信她做得到。我确信露西娅能搞定其他女人搞不定的事，但她不让我烦她。

"别担心那些跟你没有关系的事情，"她平和地建议道，"等时候到了，等走比留下更合适的时候，我就会走，不是吗？无论带着姐姐还是不带——哪一种都是最好的。别问我什么时候走，待在什么地方。目前我还不知道。"

所以家里的生活重新回到往常让人筋疲力尽的那一套——日出而作，去河边，去地里，上床，没有尽头，一成不变，无尽折磨，除了下雨的时候，那时情况甚至更糟。下雨时我们挤在厨房里，每打一次雷，我们就祈祷下一次闪电会放过我们。一天，正当电闪雷鸣的时候，泰克索从马格罗沙回来，头发从中间以下烧焦了。露西娅对这个场面极为开心。"要是直接把你的头拿掉，"她笑着说，"或许会长出另一个来，不会比你现在的这个更糟！"然后我请泰克索帮我修补厨房上面的茅草，他拒绝了，于是露西娅帮了我，尽管她跟泰克索一样睡在霍兹里，而且由于她怀了孕，不像她预期的那么敏捷。

当巴巴穆库鲁来接我的时候，他注意到屋顶的状况好了很多。"你这个活儿干得不错，杰里迈亚，"他评论说，"等雨停了，你可以让泰克索再给它铺上些茅草。他来这儿就是做这个的。"

"哈！是的，穆科玛，"我父亲表示赞同，"那可是个活儿！你真该看看我们！拿着一条条树皮和化肥袋上到那里，把塑料系在洞上。哈！那是个大活儿，一个大活儿。"

露西娅和我无法掩盖我们的笑意。

"看，杰里迈亚，"巴巴穆库鲁对我父亲的劳动感到高兴，表扬道，"你好好干活儿的时候，连你女儿都高兴。"

返回传教所的过程很平静。生活在那里继续着，仿佛没有中断过。梅古鲁对我婆婆妈妈，安娜不引人注意。甚至尼娅莎也恢复了通常的桀骜不驯，这让我松了口气，但让巴巴穆库鲁的神经大为紧张。他喜欢平和安静，可当他试图让尼娅莎平和安静的时候，他们总是走向激烈的大声争吵。尼娅莎并不在意这些吵闹，因为，她说，它们扫清了隔阂，让她和她父亲更好地相互理解，因为如果没有这种冲突和深层不满的相互宣泄，他们永远连交流都没有。证明这些争斗具有治愈效果的，她相信，是巴巴穆库鲁不再打她了。可我能看到伯父对他的女儿越来越感到失望。事实上，这对我来说变得非常尴尬，因为我变得比以往安静多了，也更让自己不引人注意，哪怕对我自己。在尼娅莎身边，我是女性礼仪的典范，主要是因为我几乎不说话，除非别人跟我说，然后不管被问到什么问题，都只怀着最大的敬意回答。最重要的是，我不质疑任何事。对我来说，为什么事情应该这样做而不是那样做，并不重要。我简单地接受了事情就是如此。我不认为我读书要比洗碗更重要，我理解短裤不应该挂在浴室里晾干，那样谁都会看见。我不跟梅古鲁讨论安娜离开的条件。我不关心自由斗士被称为恐怖分子，不要求证明上帝的存在，我也不认为传教士们，还有罗得西亚的所有其他白人，应该待在自己家里。由于所有这些我不去想或不去做的事，巴巴穆库鲁认为我是一个女儿应该成为的那种少女，并且不失时机地把这种观点灌输给尼娅莎。她非但没有因这些比较而生气，反而表示赞同，说我除了有点儿没骨气（这一点她觉得能被矫正），是的，我是一个模范的淑女。如果她更了解她父亲一些，或许她会做出不同的反应。她没有意识到他多么深切地觉得，有一个尼娅莎这样的女儿是场不幸。她并不认为自己是个不幸，因此无法知道她父亲有多么失望。她很认真地接受了梅古鲁对巴巴穆库鲁的坏脾气所做的解释——他很忙，他有很多工作——基于这个原因，她原谅了他，所以她并不太苛刻地评判他，并且不顾她父亲的意愿保持自己的本性。

然后，在三月初，我母亲生下了孩子。她来到传教所的医院待产，毫无困难地产下一个健康的七磅重男孩。露西娅想在她姐姐待产时跟她在一起，因为我母亲在怀孕的大部分时间里身体都不大好，露西娅不能肯定真正生产的时候会顺利。但梅古鲁宁愿不要露西娅在边上碍事，保证会亲自照看我母亲。可能纯属巧合，孩子在一个周六早晨的九点一刻降生，露西娅从十二点的那班公交车上下来，来到巴巴穆库鲁家，挥着棕榈叶，唱着"你好，你好"。这可能是巧合——我不知道。不过我知道就算孩子一出生，巴巴穆库鲁就给行政楼打电话，消息也来不及送到家里，露西娅也不可能及时到车站，赶上十二点的公交车。

总之，露西娅来了，她是整个村子里最早来的唯一一人。到了晚上，巴巴穆库鲁的房子里挤满了姑姨们、堂表姐们、姑姨们的堂表姐们，还有祖母们，他们去过了医院，路过巴巴穆库鲁家，也来祝贺他。巴巴穆库鲁躲进了办公室，但是亲戚们留了下来，唱着她们的全套产后祝词；跳着舞，喝着茶，那是梅古鲁成加仑地煮的，她们抱怨着没有公交车经过，好带她们回想去的地方。或者如果有公交车，她们叹气道，也没钱买票。她们觉得她们会不得不在传教所过夜了，但是等巴巴穆库鲁回了家，就在晚饭开始前，他开车把她们分几批送回了家。只有露西娅留了下来，在我母亲卧床的最后几天陪她。露西娅的肚子比十二月时大了许多，她充分利用了这段时间，由于在圣诞假期几乎没有得到我伯母的支持，她把精力集中在了我伯父的身上。

"你知道吗，巴巴穆库鲁？"她情绪低落地开始了，谨慎地用了巴巴穆库鲁这个更庄重的称呼，"你知道吗，巴巴穆库鲁，泰克索不是一个好男人？"

巴巴穆库鲁喜欢在矛盾发生的时候就找出症结，无法相信即使在一月的会议之后，泰克索还继续制造麻烦。他催促露西娅告诉他泰克索做了什么，但是露西娅只悲伤地叹了口气，留巴巴穆库鲁干着急。"家里有些事情让我们担心，巴巴穆库鲁，可我说不出是什么。或许是我们的生活方式。老宅的生活方式让我们很难去做有用的事情。"然后她就什么都不说了。

第二天午饭时间她又开始了。她无视巴巴穆库鲁的沉默，也不让梅古鲁有机会利用这个宝贵的时间询问一下婴儿的状况，继续她的申诉。

"我不是来你家找麻烦的,巴巴穆库鲁,"她严肃地对他说,"我已经告诉你了,巴巴穆库鲁,我为什么来——来照顾我姐姐,是不是?可我发现我反而带来了麻烦。如果有可能回我父亲家,我会去的,可是等我到了那里,我能吃什么?而且不管怎么说,我姐姐需要我照看她。那些人说亲戚是帮手,他们并没有撒谎,巴巴穆库鲁,而且我姐姐在她这些困难的阶段需要帮手。不过我能明白,我住在你们家,并没有像我希望的那样帮到她。"她停下来,专心地吃了一会儿饭。"你知道我在想什么吗,巴巴穆库鲁?"她继续道,盯着她的盘子,努力保持镇静,"我在想如果我能找到工作,在这个地方的随便一份小工作,如果我能在穆塔萨的牛圈那里找到一份小工作,就不会再有这些问题了。我住在家里的这个问题就能解决了,我姐姐也会有帮手了。"

巴巴穆库鲁什么都没说,只是嚼着嘴里的最后一块肉,当一块肉塞在牙缝里时,他让尼娅莎给他找一根牙签。他花了很长时间才把这块讨厌的肉粒弄掉。"嗯,露西娅,"他最后说,那时露西娅的脸俯向盘子,脸上显出她已经失去了希望,"嗯,露西娅,你说的话不错,可是你能做什么工作呢?"

"呀,巴巴穆库鲁!"露西娅毫不畏惧地笑了,"你在开玩笑,是不是?你没看到我有多壮实吗?我做不了需要教育的事情,但其他事情都行!其他什么我都能做。"

巴巴穆库鲁不再说话了。为了打破沉默,梅古鲁问了些关于我母亲和婴儿的问题。露西娅让她放心,他们两人都快乐而健康。她预计我母亲第二天就能离开，她们会尽快一起回家。

第二天，巴巴穆库鲁把我母亲从医院里接了回来。尽管露西娅迫不及待地要回家，梅古鲁也没有劝她们留下来，巴巴穆库鲁却有其他安排。露西娅想赶下午的早车，可巴巴穆库鲁说他会看看什么时候他能开车送她们回家。"你没看到我车库里有两辆车吗？"他问，"你们干吗要坐公交车？"他去了办公室，梅古鲁去上课。等梅古鲁四点回来，我母亲和露西娅依然在客厅里歇着。梅古鲁叫安娜晚餐多烧些肉。晚餐时间到了，可是巴巴穆库鲁没有回来。

"梅古鲁，"母亲问，给我的小弟弟喂着奶，"你觉得我们今晚能回家吗？"

"我怎么知道你和你的巴巴穆库鲁怎么安排？"梅古鲁笑道，"等他回来我们就知道了。"

直到我们全都上了床，巴巴穆库鲁才回来。那天他没有送我母亲回家，第二天、第三天都没有。

"梅尼尼一直想知道她们什么时候能回家。"第四天，梅古鲁探问道。

"啊，是的！我说过我会送她们。"伯父记起来了。

第二天午餐的时候，他回了家，看上去很是得意。肯定有什么非常美妙的事情发生了，连我们都能看出来，因为巴巴穆库鲁的脸色不常反映他的情绪。所以我们等着，希望他会把这件大事跟我们分享。

"你收拾好了吗，梅尼尼？"饭吃到一半的时候他问我母亲，"我想我今天下午可以送你回家。"

"可买东西怎么办？"梅古鲁反对道，"来得及两件事都做吗？"

"我们稍后再管那个，"巴巴穆库鲁打发了伯母，他让我母亲做好准备，因为他想午餐后就动身。但当露西娅也站起来的时候，巴巴穆库鲁叫住了她。

"露西娅，"他淡淡地说，"嗯——如果你想帮助梅尼尼，没问题。不过你本人不能走。我给你找了件事做。不费劲。一份小工作。在女生宿舍。你在宿舍那儿帮忙烧饭。我今天带你去那儿。"

"噗噜噜噜！"露西娅拖着声音高声喊叫着，尽管我不知道她是怎么做到在脸上挂着这么大的笑容的。"噗噜噜噜！"她尖叫着，用手捂住了嘴。"你听到没有，姐姐，你听到没有，姐姐？"她朝我母亲欢呼着，强调着每一个字。"巴巴穆库鲁给我找了份工作。他给我找了份工作！"她在巴巴穆库鲁面前跪了下来，使劲地拍着手。"谢谢你，萨木莎[1]，谢谢你，吉赫瓦[2]。你做了一件伟大的事。真的，没有你我们活不了。国外那些地方，你去的那些地方，没有让你忘记我们。没有！它们让你能回来制造奇迹！"

我母亲尖声叫喊着奔过来。"这就是为什么他们说教育就是生命，"她喊着，"我们不是全都因巴巴穆库鲁的教育而获益吗？"她在露西娅身边崇敬地跪下来。然后轮到梅古鲁在地板上跪下。

"谢谢你，巴巴，谢谢你给露西娅梅尼尼找了份工作。"

这是一个醉人的场合。我的第一个本能反应是加入正在膜拜的女人们当中——我的嘴已经噘起来准备高声号叫了。

---

[1] Samusha "萨木莎"，指一家之主。
[2] Chihwa "吉赫瓦"，一种宗族图腾。

"你敢。"尼娅莎发出嘘声,在桌子下面踢我。我的嘴不噘了,可是要赞美巴巴穆库鲁的仁慈的冲动不可遏制。

"谢谢你,巴巴穆库鲁,"我尽可能平静地说,好不要让尼娅莎失望,"给露西娅找了份工作。"

我被把露西娅拉出苦难的这一手催眠了,更被这一手所代表的力量迷住了。随着赞美的声音越来越高,巴巴穆库鲁变得谦和、平易近人了。

"起来,起来。别谢我。露西娅才是那个要做事的人!"他大声说。

所以露西娅再未回老宅住,尽管那天下午她确实跟我母亲一起去了,去取她剩下的衣服和她不多的其他东西。在兴奋中,母亲在传教所留下一顶石灰绿的童帽和一只亮粉色的编织婴儿袜,这些是她在我弟弟诞生时收到的。

我是如此被巴巴穆库鲁打动,无法不去崇拜他。那天晚上我们准备上床睡觉时,我就是不禁第无数次告诉尼娅莎巴巴穆库鲁有多么神奇,他有多么好、多么仁慈,才会这么关心露西娅,而由于所有这些,他多么应该得到我们全部的爱、忠诚和尊敬。可她告诉我,我对情况的判断是错误的。所有处于巴巴穆库鲁这种位置上的正派之人都有义务这样做。

尼娅莎看待事物的方式使她很难被巴巴穆库鲁打动。这种方式基于历史。那时这一切在我听来相当疯狂,我很难在巴巴穆库鲁与露西娅之间,在过去、现在与未来的事情之间,做出像尼娅莎那样大幅度的思维跳跃。即便如此,我还是尽力去理解,因为尼娅莎非常具有说服力,也因为我喜欢思考。我喜欢锻炼我的头脑。尼娅莎说的事情总会让我思考。我就是这样开始,小心翼翼地,思考我们的过去造成的影响,但我无法像尼娅莎那样想得那么远。我只是没有准备好接受巴巴穆库鲁是历史的产物;或者优势和劣势都是早就决定了的,所以露西娅不能真的指望因巴巴穆库鲁的慷慨而得到许多;以及只有巴巴穆库鲁这样的人继续履行他们的社会职责,这种好处才真的是长期的;还有像露西娅这样的人应该自己振作起来。

这一切看起来遥不可及,与露西娅现在有了工作这件事毫无关系,我们能看到的是她以前没有工作,现在的一切则全都来自巴巴穆库鲁的仁慈。我不喜欢看到巴巴穆库鲁的卓越美德以这种方式被尼娅莎的洞察贬低,所以毫不让步。

"我们知道他是在做他该做的,"我固执地说,"但我们还是应该感谢他。"

"感谢他,是的,"尼娅莎耐心地表示赞同,"但别把他弄成一个英雄。看看可怜的露西娅!她到来后就一直卑躬屈节,好让爹爹帮她摆脱困境。那类事不该是必需的。真的不该是。"

最终我们把话题交给露西娅,她在更快乐的新环境中变得越来越平和了。

"但是你,尼娅莎,你真的疯了!"她大叫道,"巴巴穆库鲁想被人求,所以我求了。现在我们都得到了我们想要的,不是吗?"

她满足地把双臂交叠在她六个月的身孕上,告诉我们她晚上要去一年级的班级听课。她非常骄傲。她以前没上过学。她给我们看她的课本，宣布她已经能感到自己的头脑开始更高效地思考了。于是露西娅先去女生宿舍煮了一大锅赛得粥，然后在晚上去一年级上课，我母亲则在老宅毫不热切地等着她的婚礼。

婚礼计划在九月的最后一个星期举行。巴巴穆库鲁想更早一些。他急于让他弟弟尽可能早地涤清罪恶，可是有太多的事情要做。破烂不堪的小屋需要修葺，大屋不得不扩建，好容纳参加婚礼的宾客。旧厕所停用了，刷得干净洁白的厕所取而代之地造了起来。

当家里做着这些准备的时候，结婚礼服在镇里缝制。我将做伴娘，露西娅也是。尼娅莎婉言谢绝了这一殊荣，理由是她要忙着组织规划。所以只有我们两个做伴娘，露西娅和我，我的妹妹们做花童，她们对将要举行的婚礼兴奋万分。不过，尼娅莎的态度令人失望：我需要她在道义上的支持，因为我对婚礼的疑虑还没有消除。但我什么都没说，准备工作继续着。

八月初的一个周六早晨，巴巴穆库鲁把我母亲和妹妹们从家里接来，在回来的路上接上露西娅，她此时已经拥有了母亲的身份。他们来到巴巴穆库鲁的住处，我们全都挤进罗孚车，驱车去位于萨库布瓦镇的一家小小的裁缝店。这个店非常小，不比一个小货摊大，又暗又脏，以至于你会纳闷裁缝怎么能留心缝制，怎么能保持衣服干净、图案紧凑。每个角落都有灰，每个表面都有一层层的油垢，除了她用来裁剪的桌子。一片片布料和图样纸散落各处，从一个本要用来装残屑的大木箱子里溢了出来。只有一本图样书，但是裁缝向我们保证,我们只需要描述想要的样式,她就会做出一模一样的衣服。尼娅莎急于坐下来,用铅笔和纸勾勒一些时髦的服装,但巴巴穆库鲁在这种女性场所感到不自在,也没有时间等待,催促我们从书里随便挑个什么。我们翻阅标着"婚装和晚礼服"的部分,讨论着——是露西娅、尼娅莎和我讨论,因为我母亲不感兴趣——直筒型和喇叭型礼服、四分之三袖或长袖、短的少女服相比长礼服,哪个相对更有吸引力。等我们做出决定,巴巴穆库鲁很不满意地发现我们不得不自己买布料,需要很多码以及不同的花式,买布料和制作衣服的花费会非常高。梅古鲁被叫进来帮忙。巴巴穆库鲁希望我伯母把她的结婚礼服借给我母亲,但这不可能做到,因为,梅古鲁指出,我母亲尽管很瘦,却仍比她当年的块头大很多。然后巴巴穆库鲁要求梅古鲁把她的结婚礼服改制,这样就适合我母亲了,于是梅古鲁一个星期没有跟我们说话。到最后他们达成了一致。梅古鲁将把她的面纱借给我母亲,监督布料的采购和礼服的缝制。梅古鲁同意得足够爽快,但你能看到她并不心甘情愿。

"我们结婚的时候他都没有现在一半儿大惊小怪,"她对她女儿透露说,"我只有一个伴娘和一些茶点。没有晚宴。当然我不在乎——这没什么问题。可是你等着看你的婚礼会怎么样吧。我打赌那时他也不会这么上心。"

幸运的是,尼娅莎那时没有考虑过结婚,所以这种威胁没有让她惊慌。

"别担心,妈妈,"她安慰说,"买东西的时候我会帮你。"

最终尼娅莎不是帮助梅古鲁买东西,而实际上接管了一切。巴巴穆库鲁担心时间流逝，衣服却没做好，几次让梅古鲁保证负责采购布料，但她总是忘记。最后，在绝望中，他特地带梅古鲁去镇上买布料，但在能买布料之前，梅古鲁想起几个重要的账目需要支付，这就花了整个下午。然后，当然，还有生活用品。梅古鲁满载一周的所需而归，却忘了买布料。尼娅莎借口为她自己的衣服挑布料，拉上了梅古鲁和我。布料用了一个下午就买好了——桃红色的乔其纱给伴娘，浅琥珀色的给花童，还有几码的白色缎子和蕾丝给新娘。我们买了很多布料拿给裁缝，在那里，尼娅莎决意我们原先挑选的老旧式样与买的布料不合，于是她绝对享受地，以最艺术的方式，指导裁缝哪个袖子缝在哪个胸衣上配上哪个裙子，以便做出想要的衣服。我们在婚礼前一周取回了衣服，它们很美。我试穿了一件。它完美合身。尼娅莎说我穿着它看上去棒极了[1]。"太——太——太——太棒了！"她说，所以我完全明白了她的意思。尼娅莎很高兴，对衣服，对我穿上后的效果，对办婚礼这整个想法。她觉得离奇有趣。

"你看起来会非常甜蜜，"她逗我，"为了你妈妈的婚礼打扮得花枝招展，如花飘逸。真的！"她咯咯地笑，"我等不及了。我要很长一段时间都看不到这么甜蜜的事情了。"

甜蜜。甜蜜到招来笑意和咯咯地笑个不停。那是尼娅莎对我父母的婚礼的看法，它很伤人。尽管我知道她称其甜蜜的时候是心怀善意的，但还是伤人，因为真相比这糟得多，因为事实上整个表演

---

[1] 原文为 gorgeous，那时坦布应是还没习得这个英文词语，所以根据尼娅莎的语气明白了她的意思。

都荒谬可笑。这整件事情让我父母沦为笑星、戏子。我不想看到他们这样被贬低，我当然也不想成为其中的一员。所以我不可能赞成婚礼。我的一半大脑承认这一点，但在另一半，罪恶的黑影重新出现，扩大到恐怖的程度。我无法无视它。随着准备工作达到高潮，人们除了婚礼什么都不谈了，没有办法假装它不会发生。我不得不想着它，想着我不想参加婚礼这一事实。这场婚礼把我的家人弄成笑料，并让我在这个世界上存在的合理性被质疑。我知道我不得不做出决定、采取某种行动，但我不像尼娅莎：我不能直接走到巴巴穆库鲁那里，告诉他我是怎么想的。所以我欺骗自己说婚礼是一次出色的安排，正是我父母需要的。我告诉自己我父母年轻时被剥夺了结婚的荣耀和典礼，而现在巴巴穆库鲁慷慨地给了他们补偿。要努力说服自己，我必须把事情夸张到相当疯狂的地步。我甚至毫不动摇地坚称，我父母迫切地期盼着这个时刻，但这没有用。我就是不相信这些谎言。我父亲一直有点儿享受演戏，这是一个作秀的机会，所以他会很好。他会度过一段美妙的时光，扮演着新郎的角色，也能应付过去，可我母亲的情况完全不同。她曾疲惫地告诉我，这样还是那样都无所谓，连露西娅也对这事一反常态地冷淡。"事情发生了，"她说，"那么我们就把它做好。否则人们会笑话的。他们不会让人失望的。所以我们要把它做好，不是吗？"

露西娅的态度是明智的，我也试着效法。可是到了这个阶段，白色蕾丝、誓言和面纱的好处和坏处，在我的脑海里激烈交战，搅得我一连几个晚上无法入睡。然而我什么都没说，甚至没对尼娅莎说，她会让我下定决心、坚持我的原则，当我承认自己做不到时，她会说我懦弱。无路可逃了。衣服做好了，还有鞋子和长袜，真正的长袜，让我们的桃红色高跟凉鞋看起来更加雅致，万事俱备，整装待发了。我在这场喜剧里的角色已经确定和预演，但我依然不想参加。这件事对其他人来说没问题，我对自己嘟囔着；他们不是我父母的女儿。我观察尼娅莎，她依然觉得事情好玩儿，还有梅古鲁，她回到了热心的样子，忙碌着她承担的那份准备工作，婚礼将会成功举办，她说，她的甜心老爹不会失望的。我看着日子越来越临近，依旧什么都没说。

"呃，坦布扎伊，"巴巴穆库鲁在婚礼前那个星期四的晚餐时对我说，"我明天带你回家，下午，跟露西娅一起，这样你能帮帮那边的准备工作。"

"绝对不要带上我。我不想参与你愚蠢的婚礼。"我想大叫。但我安静而礼貌地说："好的，巴巴穆库鲁。这会让事情对每个人来说容易得多。"

我绝对出了什么问题，否则我会为自己说点儿什么。我知道自从来到传教所，在许多问题上我都没有表明立场，但自始至终我都觉得，那是因为没有理由要这么做，到了合适的时候，我就能够表明立场。

来到传教所、继续我的学业、取得好成绩，这些才是要紧的事情。既然这些事情按照计划进展了快两年，我以为模棱两可的情况不再存在了。我以为事情会继续黑白分明，由巴巴穆库鲁来划定界限，他几乎像任何人类所能希望的那样神圣。通过他、因为他，黑将始终彻底阴暗，白将永远清白，哪怕还有尼娅莎，她奇怪的性格让她在黑或白中投射出阴影和纹理。我的含糊和我对伯父的尊敬、他之所是、他所成就的、他所代表的，以及他因此想要的，已经阻碍了我批判能力的成长，榨干了我童年时常常用来确定自己立场的力气。这是在暗中发生的，在与尼娅莎的许多比较中获得的赞许对情况造成了不少破坏。这是一个让人困惑的处境。如果我没能勇敢地面对自己的父亲，我就不会来到巴巴穆库鲁这里，然而现在我无法告诉我的伯父，这场婚礼是个闹剧。我仍然不能为我的软弱负责，而是希望用痛苦来掩饰它。我听凭悔恨刺穿我，用它那剃刀般锋利的一片片刃。母亲是对的：我不正常；我不听自己父母的话，但我会听巴巴穆库鲁的话，甚至在他让我嘲笑我父母的时候。我有什么地方不正常。

学校星期五下午放学时，那个我将回家准备婚礼的下午，我逃走了。我去了宿舍，跟我的朋友们在一起，白天的其余时间和大半个晚上都待在那里。乔斯琳和梅黛很高兴我跟她们待了这么长的时间。梅黛对此尤为高兴。她毫无顾忌地告诉我，跟尼娅莎待在一起这么久，我变成了一个自命不凡的人。尽管如此，到最后我不得不回家。我回到伯父家时晚餐已经结束。门上了锁，但幸运的是狗没有被松开，这很好，因为我就不会被乱咬了，也因为这意味着伯父还在办公室。尼娅莎睡得很熟。我不得不绕到屋子后面，敲我们卧室的窗户，好让她来给我开门。整个过程弄出非常大的动静，我绊倒在木材上，并且不得不在窗上敲了足足五分钟来叫醒尼娅莎，弄得梅古鲁从她的卧室出来看发生了什么。

"坦布扎伊！"她着急地训斥道，在走廊上截住我们，"你去哪儿啦？你伯父对你非常生气。"

我能感到自己在皱缩。我最终找到足够的声音来回答时，已经变成了地板上一个非常小的点。

"有作业，梅古鲁。一套练习我没有在课上做完。"我干巴巴地撒着谎。

"可你应该说一下，"伯母激动地说，"看看现在发生了什么。巴巴穆库鲁生气了。"

尼娅莎察觉气氛不对，所以保持着安静。她一言不发，直到我脱了衣服，关了灯，爬上床，然后她只说了晚安。我觉得好了一点儿。我不想被迫做出解释。

第二天早晨，也就是举行婚礼的早晨，我发现自己无法起床。我试了几次，但是我的肌肉就是拒绝服从我发给它们的半心半意的命令。尼娅莎很担心。她觉得我病了，但我更清楚是怎么回事。我知道我起不了床，是因为我不想起床。但是，当然，我没法把这告诉她。看上去像瘫痪似的仰躺在床上盯着天花板要更容易。

尼娅莎跟我说话。她费尽心思哄我起床，但我越来越从她那里游离开去，直到最终似乎出离了自己的躯体，站在靠近床脚的某处，看着她努力劝我起来，而我却不理睬她。我饶有兴趣地观看着，揣测接下来会发生什么。这很让人兴奋。梅古鲁进来，说巴巴穆库鲁来了。这有些让人震惊，我几乎要起身，但游离的躯体最终决定待在床脚，多看会儿这出不同寻常的大戏。接下来，巴巴穆库鲁走入房间，没有敲门，看上去气得可怕。床上的身体甚至都没抽动一下。与此同时，那个能动的、警觉的我，那个在床脚的我，自鸣得意地笑着，觉得自己已经去了他够不到的某个地方，庆幸自己这么聪明。

"她病了吗？"巴巴穆库鲁问。

"我觉得如此。"梅古鲁皱着眉，把一只手放在我的额头，凑近我的脸端详着。尼娅莎坐在我的头边，温柔地叫着我的名字。然而，巴巴穆库鲁没有时间这么细致入微了。

"梅，"他指示梅古鲁，"把这女孩儿弄起来，梳洗好。立刻。"他说我忘恩负义，说我不尊重他。"她变成了一个坏孩子。我在这儿太惯着她了。她知道她在我家不是因为她自己，而是因为我的仁慈和慷慨。她必须起来，立刻。"

巴巴穆库鲁做出这种表态的时候，总是非常绝对。尼娅莎为此受到的折磨比我多得多，但这正是我所需要的。这是某个我能确定并做出回应的具体的东西。眼前的场景变得不那么清晰了。我听到他们在很远的地方说话，当我溜回我的身体时，距离迅速消失了。我发现自己又能说话了，于是开口，尽管我的心在狂跳，当我的声音恢复时，它听起来又尖又细。

"我很抱歉，巴巴穆库鲁，"我说，"但我不想参加婚礼。"

当然，这样做完全是错误的，它显得是算计好的，这激起了伯父火山爆发般的怒气。我试着解释我为什么不能去，但这没用。

"你过了太多舒服的日子了，"伯父发怒了，他的声调逐渐升高，在最高音处断掉，"我做了一切能为你做的，可你却违拗我。你不是一个好孩子。你必须起来穿好衣服，在半个小时内准备好。基多他妈，来。我们吃早饭。"

他转身离去。梅古鲁让到边上让他过去,迟疑了片刻好像要说话,然后转念一想,跟着她的丈夫出了房间。

巴巴穆库鲁不可能留我一个人待着。"坦布扎伊,"他回来警告我,"我告诉你!如果你不去参加婚礼,就等于说你不想再住在这里了。我是这里的一家之主。在这间屋子里,任何挑衅我权威的人都是邪恶之物,一心要摧毁我所缔造的东西。"

他威胁了种种事情,不再给我买衣服、不再付我的学费、送我回家,但这些都不再重要了。巴巴穆库鲁不知道在婚礼这个问题上我经受了怎样的痛苦。他不知道我的思想如何奔突和旋转,最终分裂为两个割裂的实体,彼此就应该做什么展开了漫长的、可怕的争论,声音洪亮,就在我的脑子里,一个近乎疯狂地坚持去,另一个同样近乎疯狂地拒不考虑去。我知道我并不邪恶,为了确定自己的选择,我已经经受了所有恐惧,因此当尼娅莎问我去不去时,我能够平静地告诉她:"不。"但我同意我已经丧失了受惠于巴巴穆库鲁的仁慈的权利。从橱柜顶上拿下我的手提箱,我开始打包我的东西。然后我记起它们不是我的东西,我把它们放回原位。这之后没有其他什么要做的了,所以我站在房间的中央。

尼娅莎望着我。"如果这件事这么重要,你应该早点儿告诉我们,"她说,"真的,坦布,你该早点儿说。我做伴娘好吗?如果你只需要坐在那里,是不是好一点儿?"

我没有回答。在我看来,她属于巴巴穆库鲁和他的信仰,而我不是。是的,尼娅莎,我痛苦地想,我们能换掉伴娘的衣服,因为这自始至终都是一个笑话。现在这个笑话结束了。你告诉过我它不会持续。"他不会送你回家的,"尼娅莎安慰我,"天哪,不会!只要想想人们会怎么说。"

我的处境很艰难。她这样说的时候,我感到一股冲动要跳起来为巴巴穆库鲁辩护。梅古鲁叫她。她离开了卧室,几分钟后我听到汽车启动的声音。

他们告诉我婚礼取得了巨大的成功。整个村子出动来看巴巴穆库鲁的弟弟结婚。他们期待得到应有的款待,没有失望。每个人都对这一盛事的风雅留下深刻印象。人人都在说,新娘戴着白纱、穿着高跟鞋,跟所有人一样开心,她一生中头一次被一位身着柔和桃红色的健壮侍女悉心照料,在圣坛上与等在那里的我父亲结合,他穿着崭新的西装和鞋子,风度翩翩。我父亲风度翩翩!这是一个让我发笑的看法。巴巴穆库鲁杀了一头牛,更不用说各种各样的山羊和绵羊了,所以有大量的肉供每个人享用。此外,露西娅透露说,四周有这么多人,不可能阻止若干葫芦的啤酒找到去路,滑下若干人的喉咙,这使欢乐提升到狂欢的程度。将其推向高潮的是,巴巴穆库鲁在展示礼物的时候,宣布把这栋房子给他的弟弟作为结婚贺礼,这为他赢得了所有人的爱戴,除了梅古鲁,可能还有尼娅莎,而且,在他和梅古鲁造访时,为了不让我母亲在她的新房子里感到不便,他说会给他的妻子造一栋更大、更好的房子。当我看到照片时,我确信自己早就该离开。但在下定决心之前,我并没有看到照片,所以这个决定至少是我自己做的。

婚礼后的那天,也就是星期天的晚上,巴巴穆库鲁把我叫到客厅。他跟梅古鲁坐在一起,他坐在面朝壁炉的扶手椅上,她坐在沙发上。我坐在第一次来到传教所那天,我第一次跟巴巴穆库鲁开会时所坐的那个座位上。但这次我的感觉完全不同。我很害怕接下来要发生的事。

巴巴穆库鲁平静地、威严地与我长谈,告诉我他为我做了这么多,我却变得这么叛逆,他有多么失望,他近两年来都把我作为遵守孝顺美德的例子,让他任性的女儿效法。巴巴穆库鲁说我必须为我的忤逆受到惩罚,尽管他不喜欢打我,因为我已经到了被当成大人对待的年纪,但我的行为表明我还没有成熟,打一顿或许会加速这个进程。我挨了十五鞭,因为我在四月长到了十五岁。由于我罪行严重,安娜被放了两个星期的假,由我接管她的工作。

我坚定地干着这些杂活,怀着一种深深的、感激的、受虐狂般的喜悦;对我来说,这个惩罚是我新获得的身份的代价。我把这个秘密告诉尼娅莎的时候,她不为所动。"如果没有人惩罚你,"她质问我,"会怎么样?我猜你会惩罚你自己。真的,坦布,我相信你会。"她对我所受惩罚之严厉大为光火,一力主张去问巴巴穆库鲁他是想教育我,还是想杀了我。她坚持要帮助我,尽管帮助是被禁止的,而且她就这样做了。她在四点起床,帮我打扫客厅并准备早餐。要不然她就会在我清扫的时候烧下午饭,这样我们午餐的时候全部要做的就是准备赛得粥了,还有加热其他饭菜。我们下午从学校回来时,她会帮我洗完碟子、烧晚饭,在其间打扫卧室。如果我由着她,她会帮我做完这一切,但我现在非常害怕巴巴穆库鲁,害怕自己竟敢忤逆过他一回,所以求她不要帮我,看到我多么心烦意乱，她同意不帮忙。事实证明，我没有被家务压垮。到了受罚的第二天，当前一天的混乱清楚表明，在新的体系下生活会不舒服，我醒来后发现西尔韦斯特正在打扫客厅。他还替我摆好了桌子，等我从学校回来，早餐的碟子已经洗干净，饭已做好，刚端上桌。我不知道发生了什么。我很害怕巴巴穆库鲁会发现，会让西尔韦斯特停下来。然后我觉得或许是梅古鲁让他这么做的，所以这是被批准的。可我不敢开口问，以免说错了话。西尔韦斯特也把他的想法藏在心里，所以我一直不知道发生了什么。当然，巴巴穆库鲁发现了，或者也许他早就计划如此。不管怎样，他未加置评，我放心地接受了帮助。

在我受罚的第一周的第一个周六，尼娅莎决意，如果西尔韦斯特能在日常生活事务上帮我，她至少能在洗衣服这样的大事上帮忙。安娜在星期二、星期四和星期六洗衣服。上学的时候，我只能在周六找到时间，所以一周积累下来，到周六有很多衣服要洗。尽管任务艰巨，我向尼娅莎解释这是我的惩罚，如果她把这事变成她的，她也会受到惩罚。

"我很抱歉剥夺了你的乐趣，"她回嘴说，"但我还是要洗衣服。"

正当我们清洗衣服，与白色衣物战斗的时候，这些主要是我伯父的衬衫和内衣，因此必须洗彻底，露西娅来造访，抱着小法拉伊，他出生八个星期了，但看上去比这更大些，因为他的体格非常大。

"现在是在洗谁的衬衫？"她开玩笑说，"不是穆瓦拉姆的，安娜会洗那些衣服。那就是有了男朋友。告诉我他们的名字。"

"不是男朋友，"尼娅莎用可怜巴巴的语气回答说，"我们在受罚。"她脸上表现出一副悲哀的神色，使得惩罚变得非常滑稽，逗得我们哄堂大笑。

"也很对，"露西娅同意，"看看你们做的那些破事。看看你们。还笑！我知道你们俩。你们无法无天！"然后她严肃起来，想知道我们为什么受罚，于是我解释说，事实上受罚的是我，尼娅莎只是帮忙。我也告诉了她是什么招来惩罚，既然事情已经迎刃而解，我发现它很滑稽，但露西娅并不喜欢我刚才说的话。

"老祖宗！"我说完后她惊呼道，"不过这个世界依然有疯子，不是吗？"

这类谈话让我不舒服，因为巴巴穆库鲁在我头脑的下意识中如食人魔一般。我隐隐觉得他可能突然出现，做什么可怕的事情，比如如果他听到露西娅这样说话，会夺走她的工作。

尼娅莎没有这种顾虑。"就是，"她嘲笑说，"好像孩子们就一定要参加他们父母的婚礼似的！"这样看来，事情就不会让人感到害怕了。因为大笑，我们变得有气无力，但露西娅噘起嘴唇去了客厅。梅古鲁过去跟她打招呼的时候，她有些粗鲁。

"巴巴穆库鲁在这儿吗，梅古鲁？"她只不过象征性地握了握手，说了一两句话问候了梅古鲁，之后问道。梅古鲁看出了迹象，变得警惕起来。

"怎么了，梅尼尼？我看你不高兴。"

"别操心了，梅古鲁。这事儿涉及的是巴巴穆库鲁。"

"你肯定吗,梅尼尼?"

"我肯定,梅古鲁。"

"除了基多他爹,你不能跟任何人说?"

"除了巴巴穆库鲁都不行。"

露西娅的态度惹怒了梅古鲁,她通常不会留下客人不理,但这次她离开了,直到巴巴穆库鲁回来。等最终巴巴穆库鲁到了,露西娅也对他很不客气。她相当直言不讳地告诉他,我不应该受到这么重的惩罚。"你有没有问过她是怎么想的?"她质问道,"你有没有问过我姐姐,她是否希望她的女儿到场?甚至这场婚礼。你有没有问过我姐姐,她是否想要这场婚礼?这孩子不肯去那儿,我看不出对你有多大的伤害。"

有什么事情发生了,或者是露西娅,或者是巴巴穆库鲁,让他对她有了耐心。

"我明白了,露西娅,"他解释说,"你觉得坦布扎伊受罚是因为她伤害了我。事情不是这样的,露西娅,但孩子们必须听话。如果他们不听话,那么他们必须接受教训。这样他们才会养成好习惯。你知道这非常重要,尤其对女孩子来说。我妻子就不会像坦布扎伊那样违抗我。"

"好吧,巴巴穆库鲁,"露西娅说,她打算离开了,"或许一旦你娶了一个女人,她就有义务服从你。可我们中有些人还没有结婚,所以我们不知道该怎么做。这是为什么我能够坦白地告诉你我的心里是怎么想的。这样更好,这样明天我就不会在你背后捣鬼,想到什么就说什么。"

巴巴穆库鲁在她不在时夸了她。"那个人，"他朝梅古鲁轻笑着，"她自己就像个男人。"

"我觉得她是对的，"梅古鲁试探着说，"或许坦布扎伊受的惩罚已经够了。"

巴巴穆库鲁又轻笑了一声。"基多他妈！别跟我说你会听露西娅的。你知道她想到什么就说什么。至于坦布扎伊，如果我们听凭她继续已经开始的行为方式，我们会宠坏她。她必须受到教训。她必须完成她的惩罚。"

"你难道忘记了，巴巴，"梅古鲁并不放弃，"她的哥哥死在这栋房子里？等她告诉父母她是怎么受罚的，她父母会怎么想？真的，这次的惩罚对一个孩子来说太重了。"

"好了，怎么了，梅？所有这些都没有必要提了。坦布扎伊是我弟弟的女儿，我是她的父亲。我有权教训她。这是我的责任。"

梅古鲁接着说了一大堆事情。"是的，她是你弟弟的孩子，"她说，"可是说到拿我的钱供养她、她父亲，还有你的整个家族，把钱浪费在荒唐的婚礼上，这个时候他们也是我的亲戚。让我告诉你，基多他爹，我受够了我的家成了你家族的旅馆。我受够了给他们当家庭主妇了。我受够了在我自己拼命工作来支撑的家里，我却什么都不是了。现在甚至露西娅都能走进来，告诉我她跟你讨论的事情我无权干涉，在这里，在我家里。我烦死了，基多他爹。告诉你，我受够了！"

我们能够听到他们在争吵。尼娅莎，她拎起一满筐的衣服要拿去晾，也停下来听，忘记了她正做的事，把干净的衣服又轻按进脏水里，不得不假装它们还需要漂洗一次。她大为震动。我也是。我们以前没有听到过巴巴穆库鲁和梅古鲁吵架。

"基多他妈，"巴巴穆库鲁息事宁人地说，"这些话不好。"

"是的，它们不好，"梅古鲁不顾一切地回嘴道，"可是如果它们并不适合说，那么它们也不应该发生。可它们在我家这里发生着。"

"不是的，基多他妈，"伯父安抚她，"不是像你说的那样。"

"正是像我说的，"她毫不退让，"我什么都不说的时候，你就以为我喜欢这样。所以今天我告诉你，我不开心。在这栋房子里我再也感觉不到开心了。"

巴巴穆库鲁觉得他已经受得够多了。"那哪里让你高兴你就去哪儿。"他厉声说，离开去他的办公室了。

"我觉得她不会走，"我们在黑暗中躺在床上时尼娅莎说，"可谁知道呢。她以前从没走到这一步。"她谈论她母亲时，声音里有一丝敬畏，是我以前没有听到过的。

"可你不可能希望她走，"我小声说，"没有她你怎么办？"

"我不知道，"这位女儿承认，"但离开对她来说是件好事。"

我不说话了。尼娅莎对离去这件事一无所知。她只是被带到不同的地方——到传教所，到英国，回到传教所。她不知道你的什么重要部分会被留在身后，不管你怎么用力地试图把它们取出来，希望能把它们带着走。

"你长大了，"尼娅莎说，就好像她听到了我在想什么，"你长大，你就得付出。你必须如此。没有其他选择。我们全在努力这样做,你知道的。我们所有人。不过如果一切都为你安排好了,就很难了。如果一切都被处理得好好的,就很难了。甚至是你思考的方式。"

让我们大吃一惊的是,梅古鲁真的走了,第二天一大早,坐汽车。她不是趁着黑夜溜走的,而是完全公开地打好行李箱,穿上她的旅行装,吃了早餐,然后离开了。巴巴穆库鲁仍在觉得委屈,我觉得,这就是为什么他听凭她离开,但是尼娅莎有不同的说法。她认为巴巴穆库鲁只是不相信梅古鲁会这样做。会这样做,能这样做,这没什么两样,她说。关键是他不相信。她说,巴巴穆库鲁希望他的妻子在走到汽车站前就打退堂鼓,或者,最迟,在汽车开动之前。尼娅莎说,事情如果是这样发展的,就会对巴巴穆库鲁有利,因为他就能一直提醒他的妻子,她曾经试图离开,却失败了。不幸的是,她跟我说,巴巴穆库鲁不得不一直等到梅古鲁上了那辆汽车并且已经走了之后,才能发现他是否做对了,而到那个时候,想做什么都太晚了。

不管情况是否如此,我记得梅古鲁在下定决心、毫不啰唆、执行她的计划的时候,她身上有某种大气和坚定。甚至尼娅莎都感佩不已。她走到门口与她母亲拥抱道别,可是梅古鲁只想离开,一直冷冰冰的。尼娅莎感到受伤,但是足够大度,没有对她母亲心生嫉妒。"我猜这是一个女人的单人秀。"她悲伤地说。

就个人而言,我觉得尼娅莎被如此突然地抛弃,却不感到苦恼,有点儿不正常。尽管如此,尼娅莎并不明白我说的是什么。她不认为她的母亲抛弃了她。她认为在人们抛弃女儿与拯救自己之间，存在着差异。梅古鲁做的是后者，她女儿需要她的时候，还能找到她。"我们会活下来的，"尼娅莎向我保证，"不管怎样我们能搞定的。"

我不这么肯定。搞定巴巴穆库鲁不是一个孩子能办到的事儿。梅古鲁的离开就是证明。而尼娅莎仍未测试过巴巴穆库鲁的灵魂的特性，觉得巴巴穆库鲁跟她一样，处事灵活，最终会做出有益的调整。结果她只考虑了她母亲的解放，并因此感到安慰。

"我告诉你为什么，坦布，"她解释说，"有时我觉得自己被那个男人困住了，跟她完全一样。可现在她做到了，现在她从中解脱了，我知道这是可能的了，所以我可以等。"她叹了口气。"但事情不是这么简单的，你知道，真的不是。事实上不是他的问题，你知道的。我真正指的不是人。万事皆如此，各处皆如此。所以你能逃到哪里？你只是孤身一人，而各处如此。所以你能逃到哪里？我不知道，坦布，真的我不知道。所以你会怎么做？我不知道。"

这是真的。这是一个可悲的真相，梅古鲁的遭遇是场悲剧，因为即便有什么地方去，她也无法去，因为她的一生投入都在传教所，即她的丈夫和两个孩子。我们努力不因这个认识而灰心丧气，可它沉重地压在我们心头。我们需要得到安慰，于是我们通过为梅古鲁编造出越来越异想天开的选择来相互安慰。

"她会回到英国，再拿一个学位。"我说。

"她会在大学教书。"尼娅莎反驳说。

"她会成为医生。"

"她会开始自己创业，"尼娅莎提议，又叹了口气，"或许她曾经能这样做。可是现在太迟了。"可怜的尼娅莎。她无法克服无望感。

如果巴巴穆库鲁对梅古鲁的离开感到不快，那么他把它隐藏得很好。他还像往常一样：在我们吃早餐前起床离开，回来吃午餐和晚餐，然后回到办公室，直到我们已经上了床。如果基多没有在那天晚上打来电话，在我伯母离开后的星期四，我不知道会发生什么。是尼娅莎接的电话。梅古鲁很好，基多告诉我们。她去看了他。她跟她哥哥和他家人一起待了一段时间。她不知道要待多久。等她觉得自己足够强大了，就会回来。

尼娅莎对梅古鲁去了她哥哥家并不高兴。"一个男人！她总是投奔男人，"她感到万念俱灰，"没有希望了，坦布。真的，没有了。"她也不希望她母亲回来太早。很难说她到底想不想她回来。她觉得梅古鲁离得还不够久，觉得如果巴巴穆库鲁对她的思念更久一些，他会更重视她。由于这些原因，她犹豫不定是不是应该转告基多的讯息，但是当然她必须转告，所以她不睡觉等着父亲，一直到他一点钟回了家，这比平时晚了一点儿，好告诉他基多说的话。

"谢谢你。"女孩复述了讯息后，男人咕哝了一句，继续向他的卧室走去。

尼娅莎上了床，但是在我们能够入睡之前，绿色的轿车呼啸着开出车道，车灯光泻入我们卧室片刻，然后退进了黑夜。巴巴穆库鲁在第二天早晨八点回来了，带着他的妻子。

梅古鲁只离开了五天，但这个改变对她有好处。她笑得更多了，更少言不由衷了，不大对我们婆婆妈妈了，更愿意或者能够去说一些明智之举了。尽管她依然叫巴巴穆库鲁亲亲老爹，她的大多数小儿用语消失了。

"真是浪费，"尼娅莎注意到这个变化，遗憾地说，"想象一下，如果有合适的环境，她会是什么样！"然后她坦白她感到一阵少有的罪恶感，因为在内心深处，她很高兴母亲回家了。

九

有一天，我记得是第三个学期的后半段，因为那正是在我们的七年级考试前夕，修女们来到了传教所。我们都在努力地专心学习。课程已经结束了，因为，老师说他已经把教学大纲里的全部内容都教给我们了，现在要靠我们把他教授的东西牢牢嵌入脑海。所以我们不再上课，而是进入复习阶段。桑亚蒂先生把我们分成几组，打发到室外，带着按蚊的生命周期、布尔人的起义日期、不规则形容词的普通级、比较级和最高级这些资料，希望我们回到教室里的时候，能够把它们死记硬背住。脑子忙着记忆所有这些知识，所以当修女开着她们闪闪发光的康比面包车驶进学校的时候，我们不大可能非常关注她们。可这是一所清教传教所。我们几乎对修女一无所知，除了她们作为属灵的、纯洁的生物，把虔诚的、日日祷告的生活奉献于服务上帝。我们知道，这就是罗马天主教会比我们更高贵的原因：它创造了这种美德。所以，当修女来到传教所，我们看到的不是她们嘀咕着轻柔的祝福，出于精致的天性，天使般地滑过草地的样子，反而是穿着时髦的上衣和裙子，走着、笑着，用低沉的鼻音说着话，跟我们的美国传教士如出一辙的形象时，我们感到万分失望。

由于性的问题并不使我着迷，并且我们不管怎样都没有办法判断她们的贞洁，看到她们那样走近，发现她们有多么普通，心中关于她们的大多数神话都破灭了，至少是重要的那些部分。不过不全都是失望。她们在桑亚蒂先生炫耀我们的才华时慈祥地笑着，这一部分没有辜负期待。当然，我第一个被选出来背诵一首诗。"哈姆林镇在不伦瑞克，在著名的汉诺威市旁。"我开始背，在班级里引起一阵崇拜的吸气声，他们知道我很聪明，但不知道有那么聪明，聪明到背下这么长的一首诗，一首他们以前从来没有听过的诗，而且背诵得那么好。我以一种迷狂的速度含糊不清地背着诗行，因为你背得越快，就意味着背得越流畅。然后我们为修女们跳舞，围成圈，唱着歌，拍着手。这之后我们给她们演了一出戏。她们全都非常喜欢。

　　她们让我们做一次测试，我们觉得不公平，因为我们没有得到通知，没有准备。桑亚蒂先生说我们不必担心，因为考的是综合知识和综合能力，但这只让我们更加困惑。综合知识还好，可是综合能力是我们没有学过的科目。它听上去陌生、复杂、极其困难。桑亚蒂先生告诉我们修女是从她们自己的传教所，不远千里来给我们做这次测试的，他把所有七年级 A 班的女孩都赶进教室，回答关于路易莎·梅·奥尔科特和《小妇人》的问题，回答七颗橡子乘二十三颗橡子乘四十八颗橡子乘零颗橡子的问题，以及在一组长筒胶鞋、胶套鞋、雪地靴和室内拖鞋中找出不属于同一类的项目的问题。

　　考试结束后，修女们希望跟我们聊一聊。我们一个接一个被带进去见她们。那之后我们事实上对她们留下了深刻的印象。我们觉得她们非常亲切，可以说是神圣，如此地关注我们，她们对我们很有兴趣,因此问了我们各种问题,关于我们的父母、我们的朋友、我们在空闲的时候喜欢做什么。我很高兴人们觉得我的背景有趣,尤其是白人。我觉得我也应该跟她们讲讲巴巴穆库鲁,让她们看到我的家族中有一支是进步的,可是她们对我自己的父亲和我在老宅的生活更感兴趣。

结果发现,修女是来录取我们的。当我们意识到自己参加的是入学考试时,出现了很多兴奋的讨论。有一两个女孩认识一些天主教徒,她们小声告诉了我们修女们的邪恶行为。据说她们是这样做的:她们把你带到学校,在上完高中二年级后,她们就劝你接受神职。她们的做法并不特别隐晦。她们会提供更高的学位,并清楚表明,拒绝是极其有失体面的表现。在这种处境,许多女孩觉得培养起见习修女的习惯是切实可行的,可她们大多数人发现这并不适合她们。誓言甚至更让人难堪,女孩们常常怀上孕来避免发誓。这些是广泛流传的对修女们的指控,可它们并没怎么驱散掉吸引力,那是在女修道院读书这一前景散发出来的最诱人的吸引力。而且不是随便哪个女修道院,而是一个多种族的女修道院。一所培养有前途的年轻女子的久负盛名的私校。那所女修道院就在村镇外边,但是另一边,在南边,你每天穿着打褶棉裙上学,星期天则穿着定制的两件式亚麻套装,戴着手套,是的,甚至戴着手套!我们全都想去。这是完全自然的。可那里只提供两个入学名额,两个名额给全国所有七年级的非洲女孩。竞争激烈而危险。我们不再像曾经那样相互喜欢了,以免他人获得机会,然后等她的地位和声望提高了,我们就会不得不忍受妒忌之痛。我们觉得这不公平,这是真的;不过，那次考试哪里都不公平。其他人都没有为测验做准备，而我自从来到传教所，就一直在准备。我有尼娅莎的各式各样、千奇百怪的图书可以阅读，不得不应对她那热衷实验的性情、她对另一种可能性的坚持、她对把现实转化为可能的激情，不得不应对所有这一切，这些都是我在纯智力层面所做的准备，不是因为我觉得理应如此，而是因为它很有趣，而且我爱我的堂姐，崇拜她，在差不多两年里应对着这些智力挑战，我无论在综合知识还是综合能力的掌握上都远超过我的同伴。所以毫不奇怪，我在那次入学考试中表现优异，从而赢得了与那个时代的精英交往的特权，以荣誉录取的方式被接纳进他们的文化的特权。

当然，那时我没有理解自身处境的严峻，我与那些人打交道的唯一经验是与慈善的多丽丝和传教所里热情的传教士们的交往。可是尼娅莎了解他们，感到担心。当我告诉她我多么激动，我会有怎样的经历，这是一个怎样的机会，我打算如何最大限度地利用这个机会时，她无法掩饰失望，甚至根本不打算掩饰。她觉得从这样的机会中获得的坏处要比好处多。她挖苦说，这会是一个极好的机会，让你去忘记，去忘记你曾是谁、你曾是什么样、你为什么会那样。她说，这个过程被称作同化，这是为早熟的少数人设计的，如果放任自流，这些人可能会成为麻烦，而其他人——嗯，事实上，谁会关心其他人呢？所以他们营造了一个小小的空间，你在里面被同化，这是一个荣誉空间，你可以加入他们，他们则能够确保你行为规矩。我在这样一个处境中会感到很舒服，她厌恶地评论道，看看我跟巴巴穆库鲁相处得有多好就知道了。但是，她坚持说，我们不应该占用那个空间,真的,而应该拒绝。对我来说,这意味着不去修女们的传教所。"你会落入他们的圈套。"她说,指出我在传教所会学到更多有用的东西。

如果她没有说到最后那段关于在传教所学习的内容,我可能会相信她,但所有人都知道欧洲学校有更好的设施、更好的教师、更好的家具、更好的食物,什么都更好。认为我们传教所的一切都能比他们的更好,显然是荒谬的。此外,一旦你被他们的一所学校录取,你就能持续学习,直到考完高级程度考试。你不必担心一路上每个阶段的淘汰考试。事情就是这样,事情将会这样。如果你足够聪明,你就能钻过任何能找到的漏洞。就我来说,我打算抓住出现在我面前的一切机会。对此我相当肯定,我坚定不移。最切近的机会就是这一个,去女修道院。我会去。我对自己有把握。我不像尼娅莎那样对一切持怀疑态度。我怎么可能忘记我的哥哥、玉米、我的母亲、厕所和婚礼?所有这些都是我母亲背负的重担的明证。去女修道院是一个机会,可以通过进入一个负担较轻的世界,来减轻身上的重担。我会抓住这个机会。我会减轻自己的重担。我会去。如果巴巴穆库鲁让我去的话。

尼娅莎依然没被说动。"事实上,坦布扎伊,"我结束了对自己意图的慷慨陈词后,她严厉地说,"总会有哥哥们、玉米棒、以及累得打扫不动厕所的妈妈们。不管你去不去女修道院。只到那里去是远远不够的。"这是尼娅莎的典型风格,这种固执的理想主义。可是她作为我那富有的伯父的女儿,她承担得起。而我,必须抓住任何来到我面前的机会。

巴巴穆库鲁的意思是，给我的机会已经够多了，从另一层面来看，他同意尼娅莎说的，这个经历对我没有好处。他在他那正对着壁炉的扶手椅上，告诉我为什么我不能去女修道院。

"这不是钱的问题，"他向我保证，"尽管我依然会负担不少开销，但是你有奖学金，所以会减轻主要的经济负担。可是我觉得即便那么一点儿钱，也可以用在更好的地方。首先，现在家里有了那个小男孩。每个月我都存下一点儿钱，非常少的一点儿，每个月非常少的一点儿，这样等他到了上学的年龄，一切就能供得起了。就像你知道的，他是你们家唯一的男孩，所以必须给他做好准备。至于你，我们觉得我们提供了很多了。等你读完高中四年级，你就能够选择自己的人生方向了，不管你选择的是什么。总有一天你会赚钱的。你会有机会嫁给一个体面的男人，组成一个体面的家庭。在我们为你所做的一切中，也包括为你的未来生活做好打算，而我从自己女儿的行为中观察到，让年轻女孩与这些白人有太多交往，拥有太多自由，并不是一件好事。我看到过这样做的女孩，她们没有成长为体面的女人。"结婚，原则上我绝不反对。抽象地说，我觉得这是一个非常好的主意。但令人恼火的是，它总是以这样或那样的形式突然出现，把它的触手伸来，束缚我，在我甚至还没有开始认真思考它的时候，威胁着要破坏我的生活，甚至在我能把它称为我自己的生活之前。巴巴穆库鲁关于结婚的一番话让我心凉了。我在我的睡衣上找着绒毛，等着这段话结束。"这个，"伯父继续说，"是我要告诉你父亲的：如果他希望送你去上那所学校，要是他能弄到钱，他可以这样做。就我个人而言，我不认为这是值得花的钱。梅,"他总结说,转向我的伯母,"你有什么想说的吗?"

"是的,巴巴。"梅古鲁在沙发上清楚地柔声说道。我揪着毛球的手突然停了下来。我不可置信地听着。

"你有话说!"巴巴穆库鲁发出惊呼,然后镇定下来,请她继续,"随便说,梅。怎么想就怎么说。"

梅古鲁停了一会儿,双臂交叉,向后靠在沙发上。"我不认为,"她用她那柔和的、舒缓的声音轻松地开始说,"坦布扎伊去那所学校会学坏。你难道不记得,我们去南非的时候,所有人都说我们放荡,说我们这些女人。"巴巴穆库鲁对这种直言不讳皱了皱眉。梅古鲁继续说:"那时的问题不是与这个种族或那个种族的人交往。人们对受教育的女性有偏见。怀有偏见。这是为什么他们说我们不得体。那是在五十年代。现在已经是七十年代了。我很失望人们还是相信同样的事儿。经过了这么长时间,我们已经明白这根本不能说是对的。我不知道人们说的荡妇是指什么——有时她是走在街上的某个人,有时她是受过教育的女人,有时她是一位成功男人的女儿,或者她只不过很漂亮。放荡还是得体,我不知道。我只知道如果我们的女儿坦布扎伊现在不是一个体面的人,她永远都不会是,不管她到哪儿去读书。如果她是体面的,那么这所女修道院不可能改变她。至于钱,你自己说她拿到了全额奖学金。可能你有其他理由认为她不该去那里,基多他爹,可这些——体面的问题和钱的问题——是我听到的,因此我要说的就是这些。"

梅古鲁又停了一会儿,松开胳膊,双手在大腿上握紧。

巴巴穆库鲁清了清嗓子。"呃,坦布扎伊,"他试着问,"你有什么要说的吗?"

第二天,巴巴穆库鲁带我回家过圣诞节假期。妹妹们看到我非常兴奋,因为我在学业上的优异表现让她们惊呆了。"欢迎,欧洲的贵客。"她们问候我,我腼腆地否认了这个称呼,不是因为我不想要,而是因为巴巴穆库鲁没有把它给我。

那天我伯父没有待很久。没有时间来讨论我上学的问题。父亲在巴巴穆库鲁面前总是兴高采烈,祝贺巴巴穆库鲁把我的头脑塑造得这么巧妙,让白人都被这个结果打动了,可是巴巴穆库鲁拒绝被牵着走。"我们还没有决定该拿坦布扎伊怎么办。等我圣诞节那天来这儿的时候,我们再讨论。"

这给了我希望,希望梅古鲁的话产生了一些效果。我急不可待地等着圣诞节,但当圣诞节到来时,它并没有把我们的亲戚带来老宅。梅古鲁断然拒绝再一次在圣诞节为一个二十多口人的家庭做饭。所以,在圣诞季的十多天里,巴巴穆库鲁在老宅和传教所之间开车来来回回,有时带上梅古鲁和尼娅莎,更多的时候一个人来。我们一直没有看到基多,因为他总有其他安排。我母亲对梅古鲁不想待在老宅暗自高兴,尽管她自然不得不客气地表示抗议,在我伯父和伯母每次离开回传教所时,都邀请他们留宿。她对她的房子和多佛炉感到非常骄傲,无法忍受它们被原来的主人使用。严格地说,实情是梅古鲁在老宅已经没有厨房了,许诺给她的房子还未施工,这可能是她如此固执地拒绝在家过圣诞的原因。梅古鲁没有了厨房的另一个结果是,食物不再像她负责饮食时那么可口,也不再那么充裕。如果泰特和托马斯巴巴穆尼尼那年来过节，我们就可能遇到严重的食物短缺问题，不过在节日开始前的一个星期左右，他们送话说来不了了。梅古鲁的房子的地基是在一月中旬开工的。

伯父和父亲在新年前夜讨论了我的未来。他们是在家里讨论的。我不得不偷听。

"可能让她的性格变得更坏……这些白人，你了解的……你永远不会了解。"巴巴穆库鲁沉思道。

"不了解，"父亲承认，"你怎么能了解这些人？你永远不会了解。白人！不，你永远不了解。"

"另一方面，"伯父继续道，"她会得到一流的教育。"

"啊，是的，穆科玛，一流。一流。"父亲兴奋地说。

"我不希望她去那所学校……"巴巴穆库鲁说。

"为什么，穆科玛？她干吗要去那儿？你的传教所是一流的。"

"……因为我告诉你的那些理由，"伯父继续说，"不过，考虑到对这个女孩来说，这是一个接受罗得西亚的最好教育的好机会，我想她一定不该拒绝这个机会。我决定让她去。"

我父亲单膝跪下。砰——砰——砰。"我们感谢你，基兰多[1]，我们感谢你，万分感谢，吉赫瓦，"他吟诵着，"真的，没有你，我们无法生存。没有你，我们的孩子无法生存。一家之主，如同君王，我们感谢你。"

事情就是这样解决的。我将朝向我的解放再向前迈出一步。离

---

1 Chirandu "基兰多"，对莫约图腾男性的赞美之名。

开苍蝇、臭气、田地和破衣烂衫的又一步；离开食难果腹，离开肮脏和疾病，离开我父亲对巴巴穆库鲁的卑躬屈膝和我母亲长期的病痛与倦怠的又一步。我也离开了我爱的尼亚马里拉河。

这一解放的前景和它可能的代价让我晕眩。我不得不坐下来，坐在通向房子的台阶那里。然后我感到全身发麻；接着感觉好多了。付出会得到补偿。我所需要的我会随身带着，其余的我会抛弃。能让我的妹妹们穿上漂亮的衣服，能供养我的母亲，让她再次丰满起来、充满活力，能让我的父亲不再每次出现在巴巴穆库鲁面前时，都把自己弄得像个傻瓜，这就值了。钱能为我做到这一切。有了我将拿到的进入女修道院的这张门票，我就可以赚很多钱。

"别，"巴巴穆库鲁在说话，他满面红光，堪与石蜡的火焰媲美，"别谢我。是坦布扎伊努力学习，赢得了那份奖学金。"

我不再听了，而是让想象占了上风。我看到自己漂亮整洁地身处一座白色的房子里，穿着暗红色的涤纶打褶裙、运动夹克，戴着手套和帽子。这是一幅美丽的画面，如此迷人，我必须立刻把它描绘给母亲。她在厨房里，因为尽管有了多佛炉，她更喜欢用老灶。她说在它边上她觉得更舒服。所以她坐在那里，经常如此，就像我这次发现她时这样，一个人坐在草垫上，给丹布德佐喂奶，他现在九个月了，她用一只手扶他坐在她的大腿上，用另一只手索然无味地舀起她的赛得粥和酸奶晚餐。

"我以为你不想吃饭了，"她对没有等我一起吃饭表示歉意，"把食物拿到屋子里花了你好长的时间。"

我洗了手，坐到她身边，食不知味地吞下几口赛得粥，把它们在手指间压弄，就这样良久：我听到的消息已经让我丧失了食欲。我几乎难以相信自己的幸运，把巴巴穆库鲁的决定告诉了母亲。

"唉——呀——哇，"我说完后，她最终痛苦地叹了口气，"告诉我，坦布扎伊，那个男人是想杀死我吗，用他的仁慈杀死我，把我的孩子们养胖，只是为了把他们带走，就像家畜们养肥了，只是为了宰杀？告诉我，我的女儿，等你回到家里，变成一个完全白人做派和想法的陌生人，我，你的妈妈，该跟你说什么？你会说英语，从头到尾都是英语。嘿——欸，妈咪这个，嘿——欸，妈咪那个。就像你的那个堂姐。我看到过这样的事发生——在这儿，我们家里，我们看到了这样的事发生。真的，那个男人在召唤噩运，让诅咒降到我的头上。你在传教所活了下来，所以现在他必须把你送得更远。我受够了，我告诉你，我受够了那个男人把我与我的孩子们拆开。把我与我的孩子们拆开，控制着我的生活。他说什么，我们就马上照办。去戴面纱，在我这个年龄，去戴面纱！想象一下——去戴面纱。如果我是个女巫，我要诅咒他的脑子变坏，真的，我会这么做的，然后我们看看他受过的教育和钱财怎么帮他。"

那之后我母亲非常迅速地衰弱下去，就好像她才是那个被诅咒的人。她吃得越来越少，动得越来越少，直到接连几天既不能吃也不能做任何事，甚至穿的衣服也不换。她不去尼亚马里拉河梳洗，也不去菜园。在那些她终于起来的日子里，她起得很晚，什么都不做，只是坐在太阳下，在丹布德佐哭的时候喂他，但除此之外对什么事都没有反应。丹布德佐开始拉肚子，一种可怕的水样大便，不停地拉啊拉。母亲说他要死了，说婴儿腹泻的话会死掉。父亲真的害怕了，用他存下来买啤酒的几枚宝贵的硬币买了去传教所的车票。他回来的时候跟我们说，嬷嬷们认为我母亲在用奶瓶喂食，腹泻是不干净的奶嘴引起的。他觉得最好的办法是带我母亲见灵媒。他知道邻村有一个好灵媒，可我不同意。我无法告诉父亲，母亲希望给巴巴穆库鲁什么样的诅咒。这种事可不能随便说，我真的害怕如果她有机会让灵媒作法，她会制造什么可怕的不幸。此外，我知道让母亲担心的是什么。灵媒帮不了她，可我能，只要不去圣心修道院。但这对我来说要求太高了，所以我提醒父亲，巴巴穆库鲁不会同意请灵媒这种事，或是类似的事情。父亲并不在意，因为他说巴巴穆库鲁不会知道，所以我威胁说我会告诉伯父，于是父亲放弃了，派人找露西娅，她立刻就来了。

泰克索对事情走到这一步感到非常高兴，可露西娅甚至都没有去看他。她直接对我母亲采用了我只能称之为一种休克疗法的养生法。首先，露西娅让我母亲走到尼亚马里拉河，这很简单，她把丹布德佐绑在她的背上，搂着我母亲的腰，陪她走到那里。然后她让我母亲给她自己和婴儿洗澡。"姐姐，"她威胁着，蹚过没过小腿肚的河水，把丹布德佐放到一块巨石上，"看着我。我把他放在这块石头上，把他留在这儿，就在中间，在河中间。如果你不采取任何办法救他，让他滑落到水里，那你就真的疯了，因为这次你会有罪。"由于石头又温暖又光滑，由于河水在岩石边闪着美丽的光，丹布德佐以为这是一次好玩的游戏。他朝露西娅咯咯笑着，爬到岩石边去拍水。宝宝们很聪明，不会爬出界外，可是母亲们却总会着急的。

"露西娅，"我母亲说，"露西娅，你为什么这样做？为什么？你为什么来烦我？你为什么不就让我去死？"脱下衣服，她蹚水朝岩石走去，给自己和儿子洗了澡。母亲洗澡的时候，露西娅替我母亲洗了她的衣服，所以等我母亲和丹布德佐洗完澡，他们不得不坐在太阳下等衣服干。如今，与身体疾病的显而易见不同，这种性质的疾病是秘而不宣的，因此当其他女人来洗澡，或者来汲水的时候，她们只看到我母亲、露西娅和丹布德佐悠闲地等着衣服干，这在尼亚马里拉河边司空见惯。而且，她们都非常高兴看到露西娅，过来跟我母亲和露西娅打招呼时，都生气勃勃、兴高采烈，愉快地责备露西娅离开这么久，笑着说丹布德佐长得真快，会成为一个多么英俊的青年，四邻八舍的所有女人都如何会很快爱上他。这些都是疗愈病痛的良药。

他们回家后，露西娅烧好晚饭，用她带来的一些肉做了一锅浓汤。

"坦布扎伊，"她当着我父亲的面指示我，"不要让任何人碰这块肉。除了你母亲谁都不行，她病了，需要恢复体力。"

那天晚上我母亲和露西娅一起睡在厨房，这让泰克索很恼火，他曾邀请露西娅到霍兹睡。她们谈了大半夜的话。我母亲凌晨时分才睡着，十点钟醒来时，发现露西娅在给她做麦片粥，是用牛奶做的，好让粥营养丰富，滋补身体。露西娅又待了两天，为了在回传教所前看到我母亲的身体日益康复。她不可能像她希望的那样，也像我们大家都希望的那样，再多待几天，因为尽管是在假期，她的职务需要上班，也因为一年级的班级在月底有写作考试，她学得很努力。露西娅离开后一个星期，我母亲觉得身体足够强壮，可以去她的菜园了。生活又回到常轨，锄地、浇水、拿着水鼓去尼亚马里拉河，还有洗衣服。

一月的第三个星期一开始，巴巴穆库鲁就带话来说他忙着招生，没法像往常一样来接我。我将在那个星期独自动身去传教所，好准备我去女修道院的行程。父亲给了我三十分钱作车费，抱怨着这笔花销。母亲很伤心，但我看到她在康复，因此可以心无愧疚地期待即将迈入的新生活。当我给自己买车票、选座位时，那次行程让我觉得自己非常重要，长大成人、肩负责任。我坐在一个跟我母亲年龄相仿的女人边上，这样男青年就不会打扰我。我按捺不住自己的心情，骄傲地告诉她我是去我伯父家，他是传教所的校长，会送我去圣心修道院。

在去圣心修道院青年女子学院前，我只能在传教所住一晚。一晚并不长，却有很多话要说。我几乎等不及要见堂姐了，那个假期她极少来老宅。我渴望再一次详细地跟她讨论我预期在女修道院发现的丰富的人群和丰富的自我。

我到家的时候她还没有下课回家，这真是一个打击，尽管过不了多久就会放学了，我还是迫不及待。中学的放学时间是下午四点，这意味着要等四十分钟，然后可能还要二十分钟，让尼娅莎收拾好课本、跟同学说句话，以及走到家里。可是时间已经过了四点半，尼娅莎还没回来，然后五点半过去了。梅古鲁回来了，但说不出她女儿在哪里。"或许在打无板篮球。"她猜测说。于是我走向无板篮球场，看到一群女孩在放学和晚餐的间隙用投篮打发时间。

老远地我就认出了乔斯琳和梅黛，但没有看到尼娅莎的身影。这让人失望，但能看到我的朋友们还是很不错的，尤其是梅黛，我没想到会再看到她。乔斯琳毫无疑问会回来读中学一年级，因为她在小学七年级学得很好，总是在前十几名，而梅黛在考试中的得分几乎从未超过百分之五十。所以看到她在那里，在把球投进篮圈，我很吃惊，是惊喜。在假期的六个星期后看到她们，我尤其开心，因为那是很长的一段时间，其间你看不到任何朋友，或者熟悉的地方，或者在熟悉的地方的任何朋友。几乎同样糟糕的是，六个星期里没有无板篮球玩，六个星期没有毫无风险的友好比赛给我带来友情和亲密。手痒难耐地要拿到球，我跑向球场。她们全都看到我来了。直到今天我都可以发誓梅黛第一个看到了我，我看到她手里拿着球停了下来，把我指给其他人看，可是当我跑到球场，她们都冷冰冰的，沉默不语。她们不理睬我。我的朋友们举止如此冷酷，真是太伤人了，我太天真了，不明白她们为什么如此对我，无论如何我还是加入了游戏，在球落下时跳进篮圈去抓住球，打出一个干净利落的进球。真走运——我不是一个特别优秀的投球手——球甚至没有擦到篮圈。这打破了沉默。

"她一直在练习。"既然看起来没有其他人想拿球，我再次拿到球时，乔斯琳取笑道。我把球拿稳，仔细瞄准。这使得梅黛大为恼火，她把球从我手里打了出去。

"别浪费我们的时间。"她气冲冲地说。"我们在练习团队作战。

你要去的地方不打无板篮球，不是吗？所以你在这儿做什么？篮球，"她吟诵着，一边用专业手法把球拍来拍去，"还有曲棍球、网球、游泳，那些才是你将要做的。跟你的白人们一起。我们了解你，下一次我们会听说你去参加奥林匹克。"她大声笑着，迎接她的是难堪的沉默，然后她莫名其妙地对自己的声音感到生气。"你们今天玩够了无板篮球了吗？到晚饭时间了。谁要走？"她问，然后不等有人回答就自己先走了。乔斯琳停留了一会儿，跟我道别。

"等你到了那儿给我们写信，"她说，"你的信我们都会回的。"

"是的，"其他人说着，也离开了，"千万别忘记我们。"

我悲伤地、心事重重地看着她们离去。别忘记，别忘记，别忘记。尼娅莎、我的母亲、我的朋友们。总是同样的话。但是为什么？如果我忘记他们，我堂姐、我母亲、我的朋友们，我可能也就忘了自己。而那当然不可能发生。那么，为什么每个人都特意叮嘱我要记住？当我走向中学四年级 A 班找我堂姐时，这些问题在我的脑海里翻来倒去；问题，问题，问题，但一个答案也没有。

尼娅莎正在座位上学习，专心地做着作业，都没有注意到我，直到我站到她身边跟她打招呼。她生硬地回答了我，几乎没有从课本上抬起头，甚至不费心问候我的家人。这就是那天我从尼娅莎那里得到的伤人的招呼，我想起那个穿着粉色迷你裙从英格兰来的自闭的女孩，而不是几年以后那个温和的堂姐和朋友。看起来，她并不希望我在那儿，但我已经有整整三个星期没有见到她了，那几个星期里我是那么盼望着见到她，离我去圣心修道院没有多少时间了。我不能离开。我坐下等她，扭着头发，清理我的指甲，在膝盖上找到一块污迹，挤压着它来打发时间。等我弄掉了污迹抬起头来，我发现尼娅莎在非常伤心地盯着我。她慌乱地低下头，重新埋头读书。她没有停止书写，但开始说话。

"我会想你的，坦布。"她说，皱着眉头，努力把注意力放到笔记上，从而避免说多余的话。最后她放弃了，直接看着我。"你在身边真好，"她说，"而且……"还有很多话要说，我们可以感到它正悬在空中，是我们两人中间一条想抓但又抓不住的线。"……我会想你。"她努力说出的只有这么多。

"我也会想你的。"我告诉她。

"该吃晚饭了。我们最好走。"她说，把书收拾到书桌里。我们默默地一路走回家。分手的悲哀重重地压在我们心上不散，甚至连对圣心修道院的设想，我期望在那里发现的新鲜感、兴奋感、魅力，都看起来不值一提。

我们到家的时候，巴巴和梅古鲁已经坐在桌边了。巴巴穆库鲁心情不好。

"呃，尼娅莎，"他问，打断了她的问候，甚至没有看我，"能不能告诉我你为什么这个时候才回来？已经六点三刻了。"

"我在教室里做作业。"她回答说，坐了下来。

"做到这个时候？我告诉过你在六点前回家。这是正派女孩回家的合适时间。"

"那里没有男孩，如果你担心的是这个。"尼娅莎鲁莽地主动说。

"尼娅莎，别说了。"梅古鲁劝她。

"你说什么？"巴巴穆库鲁问他的女儿，他的声音因为生气提高了。

"没什么，"尼娅莎说，"我可以离开吗？"

"你哪儿都不能去，"她的父亲告诉她，"你打算去哪里？"

"我不饿。"尼娅莎解释说。

"你把饭吃了，"那个男人下令说，"你妈妈和我拼死拼活地工作，不是只让你浪费时间跟男孩们玩儿，然后回来对我们拿出的东西嗤之以鼻。坐下吃饭。我告诉你。吃饭！"

尼娅莎吃了几口。

"她吃饱了，巴巴。"梅古鲁说，但巴巴穆库鲁毫不让步。他非常生气。

"她必须吃饭，全吃完。她总是这样做，违抗我。我是她父亲。如果她不想照我说的做，我就不再养她——学费、衣服、食物，一切。"

"尼娅莎，吃饭。"她母亲劝她。

"天哪！"尼娅莎吸了口气，耸了一下肩，拿起叉子，开始吃饭，一开始慢慢地，然后一下不停地把食物吞下去。她每吃一口，气氛就轻松一些。

"你现在可以走了。"她把盘里食物吃完后，她父亲说。

她径直走向盥洗间，在那里待了很久。我也从餐桌告退，在卧室里等她。我能听到她又是呕吐，又是噎气。

"你病了？"她进来时我问。

她重重地坐到床上，摇摇头。"没有，"她最后回答说，"是我自己弄的。用我的牙刷。别问我为什么。我不知道。"她沉默了一分钟，没有看我，当她再次转向我的时候，眼神很忧伤。

"你知道，坦布，"她又痛苦地开始说，"我猜他是对的，应该不喜欢我。不是他的错，错的是我。可我忍不住。真的，我忍不住。他让我那么生气。他拿出他那上帝做派的时候，我就是闭不了嘴。我就不是那种人。为什么不能？为什么我就不能像其他所有人一样接受？我应该接受，但真的，我不能。"

我说不出任何能帮上忙的真话来，所以我什么也没说，只是坐在她身边，用胳膊搂着她。

"你在这里的时候好很多，"她继续说，"因为我们可以对它讥笑一番，这样它看起来就又蠢又滑稽，我们就能坚持下去。可是现在你要走了，就没有人来一起笑了。它就不再滑稽了。我们都会对这些事情过于严肃。可这些事很蠢，你知道，真的很蠢。想象一下，对一盘食物大惊小怪。可事情没那么简单，不只是食物的事。这些都是表象，实际上所有事情都关于男孩、男人、体面、不体面、好的、坏的。他一次又一次地指责、威胁，我只是应对得不太好。有时我从他的角度来看问题，你知道我的意思，传统啊，期望啊，权威啊，那类事情，我能明白他想说什么，我试着去体谅、耐心、听话，我的确是这样做的。可我又开始想，他应该从我的角度看问题，体谅我，对我耐心，所以我开始回击，我们就又重蹈覆辙。我猜想这真的没什么，"她说，试图笑一下，"我只是必须更加努力地做得更好，仅此而已。我很抱歉你来教室的时候我很凶。只是因为……只是因为……嗯，就像我说的，我会想你的。"

然后我们聊了其他的事情，主要是圣心修道院的事，以及我在那里会做什么，直到熄灯睡觉。

十

兴奋。期待。兴高采烈,得意扬扬。全都和我第一次去传教所的那天毫无二致,我开始我的新生活的那一天。是的,它在两年前我去传教所的那个一月下午轰然开启,而且还在继续。诸事纷至沓来。我想要的一切都整整齐齐地把自己打进一个包裹,大张旗鼓地送给我。应该有锣鼓,真的,应该有。因为我难道不是——我,坦布扎伊,最近属于传教所,以前属于老宅——我难道不是,坦布扎伊,不久前还是一个农民,我难道不是进入了一个世界,就像我向自己保证的,在这个世界里,重担随着每一步而减轻并很快将一起消失吗?当我走过学校的一道道大门时,我的想法是新的生活会到来,那些大门将宣布我成为一名年轻淑女,成为圣心修道院青年女子学院的一员。我迫不及待地驶向那些大门。车道太长了。汽车不得不加速,好让我准时到校。

我们全都坐在车里,我们四个一起,巴巴穆库鲁、梅古鲁、尼娅莎和我。巴巴穆库鲁对这个安排并不高兴,认为尼娅莎不该只为了送我上学而缺课,不过她那天下午没有课,她的年级主任允许她不参加这个时候通常要做的预习。梅古鲁肯定也劝过巴巴穆库鲁,因为尼娅莎爬上车坐到我边上时,他尽管看起来很恼火,却没有赶她下车。

梅古鲁很长一段时间没有婆婆妈妈了,这次却无法抵抗住诱惑。一顿美妙的鸡肉午餐以我的名义准备好了，之后是巧克力蛋糕，美味无比，粘着糖霜，甚至尼娅莎都在相当长的时间里忘记了保持身材，吃下了两块蛋糕。不知怎么，梅古鲁妈妈不再监管零食问题，尽管我坚持告诉她，我不需要巧克力饼干、薯片和橙汁，她坚持认为我需要，所以我们在市里停下来买了这些东西，在我计划的路程所需时间上又加了没完没了的二十分钟。梅古鲁买的零食足够在一个小殖民地吃几个月了。尼娅莎警告我，如果我把它们都吃了，即便花一个学期吃完，我最终会无法越过肚子来欣赏我优雅的新校鞋。我们对这句话狂笑了一通，尽管它并不非常好笑。可我们需要用笑来忘记这是我们的亲密无间的结束，甚至是我们友情的结束。所以当我们把包裹和瓶瓶罐罐堆进车里时，我们咯咯傻笑着。除了饼干、果汁和薯片，还有果酱、番茄酱和其他各式各样的东西。然后，正当巴巴穆库鲁启动引擎的时候，梅古鲁想起我需要一只杯子来喝橙汁，又回去买。最后我们终于到了圣心修道院。

除了巴巴穆库鲁，我们之前谁都没到过那儿。他数次来跟以马内利修女商量我入学的事——她既是修道院院长，又是学校校长——付给她唯一需要的缴费，我校服的钱，他闷闷不乐地告诉我，这笔钱够我支付在他的传教所一年的住宿费和学费。我以前没有看过这个地方，当我们转进学校大门时，我感到神魂颠倒。广场宽敞气派。我从来没有弄明白那些修女到底拥有多少公顷的土地，不过目测有几百公顷。因为有几个土堆，我们慢慢地开着，一直开过曲棍球球场，四个球场整齐地依次排列着，经过网球场和无板篮球场，是的，无板篮球场，来到一片针叶树丛前，它似乎标志着在这个富裕的王国里，我们已经离开了肉体的局限，进入了精神活动的领域，因为在树木后面是一个环形路口，在它的顶端矗立着教学楼。学生宿舍在环形路口的一侧伸向我们，在透明的夏日阳光里白得清澈明亮、闪闪发光，教室在另一侧延伸开去。在它们之间是一道拱廊，由华美的石膏柱撑起，人们告诉我，那是希腊风格，不是罗马风格，在这道长长的拱廊上方，现出餐厅和小礼拜堂。这个环形路口本身是宁静的绿色，伴有奢华铺展的永远湿润的草坪，后者用花丛在精心挑选的地方加以调剂，这样绿色不会过于单调。娇嫩的含羞草抖动着黄色和银白色的绒毛，粗壮的一品红在绿色的背景上泼洒出一片片深红色和桃红色。两只天鹅优雅地在草坪中央的池塘里游弋，后来我在那里发现了几群金鱼，不是拙劣的仿制品，而是绝对金色的金鱼。它们那浓郁、红润的金光在水草中轻快地进进出出，与更奇异的水草为伴，透过金色射出红色、蓝色和银色的粼光。我被迷住了，这么明显，以致尼娅莎觉得她应该提醒我，我是来上学的，不是来度假的。我不情愿地记了起来。

我们的车并不是带有路标的宽阔柏油车道上的唯一一辆。成打的汽车沿着环形路口的一侧蜿蜒而上，在顶端停下，不管停多久，总之可以让女儿安顿好，然后再从另一侧蜿蜒离开。环形路口顶端的停车场停着比我至今曾在同一个地方看到过的都多的车。我想象着每个女孩，圣心修道院三百个学生中的每一个女孩，肯定都带来了属于她们自己的车。它们都是些什么样的车啊，长的、窄的、闪闪发光的。我送上小小的感恩祈祷，感谢巴巴穆库鲁认为开那辆绿色的福特很合适，但我注意到，那之后他总是开罗孚车来。尼娅莎正确地感受到，所有这些富足让我眼花缭乱。她优雅地清了清嗓子。"打扰了，"她用文雅的语气嘟囔着，"可是你确定就是这个地方吗？"

"你什么意思？"我伯父怒喝道，"当然是这个地方！"他的脚踩下去，当然是下意识地，踩在油门上，我们摇晃着穿过一个土堆，这让我们胃里翻江倒海，梅古鲁和我突然屏住呼吸，尼娅莎则发出一声尖叫。可能巴巴穆库鲁在担心我校服的花费。或许这就是为什么那天下午他的神经紧张得一触即发，弄得无论对这个男人还是他的女儿来说都是糟糕的一天。"尼娅莎，"他厉声说，"别闹了。你怎么回事？你为什么不能像坦布扎伊那样安静地待在那儿？"

我们找到一个停车的地方，尽管这并不容易，我们下了车，走着，跟着前面那股家长和学生的人流，踩着用不规则的几何形状的石头铺成的小路，穿过乳白色玫瑰长廊，走向看上去是主要入口的大门。充满期待。感到失望。我看了又看，在人群中仔细地找着，可除了我们这一群人，我找不到一张黑面孔，当然除了搬运工们。搬运工们提着行李，但没有一个人主动来拿我的。

在门口，一个修女慈祥地笑着，跟我们握手表示欢迎，问我们"是哪一个学生"，然后带我们走上台阶，走过一条条长廊，一路来到一个长廊末端的房间。

"所有一年级的学生都住在这个长廊。"她一边带路一边解释道。"非洲人住在这里。"她宣布，扬扬得意地将通向我的新生活的大门完全推开。房间是空的。看来，我是第一个报到的一年级黑人。这不是一个小房间，但是也不大。当然对于它里面摆着的六张床来说不够大，三张沿着一面墙，三张沿着另一面，所有必需品都紧紧挨着，几乎没有空间让人在其间行走。

"这是你的房间。"修女说着，首先朝尼娅莎笑笑，然后朝我笑笑，之后承认了她的困惑。"呃——咳——好吧，先生，"她笑了，"你只有一个孩子被录取。是哪个？"尽管我们在门口就介绍过了，她已经忘记了。我真希望我像看到的其他女孩那样穿着校服。那么她就会知道我是谁了。不过我买的校服是二手的，修女稍后才会给我。

"我一直在纳闷，嬷嬷，"巴巴穆库鲁客气地开口道，"在我的印象里是四个女孩睡一间，可我看到这里有六张床。"

"啊，是的，"嬷嬷表示赞同，对这一点非常骄傲，"今年我们比往常有更多的非洲学生，所以我们不得不把她们全都安置到这里。"

"只有四只衣柜。"我伯父反驳说。

"不太方便，是不？"嬷嬷表示理解，"最小的学生只能共用。我们这里还有一个六年级的和一个四年级的。她们必须有自己的衣柜。"

巴巴穆库鲁转向我。"过来，坦布扎伊，我们帮你把东西放好。"

巴巴和梅占鲁替我铺好床，尼娅莎想帮忙，可是没有什么事情可做，只拉了一两下被单。他们铺床的时候，我把行李打开。由于我的制服还没有给我，除了床上用品，我只随身带了洗漱用品、内衣和校服目录上规定的两件便装，所以我很快就收拾完了。等我们弄好了，我们相互道别。这些道别话在我伯父这里是严厉的告诫，在梅古鲁那里是轻快的鼓励，尼娅莎的则是坚定的亲昵。我们向汽车走去。尼娅莎在院子里拥抱了我。"过得开心，你这个非洲人。"她咧嘴一笑。我们笑着分手，要求着、保证着，会写信、回信和探望。

学期开始了，时间推移，但尼娅莎没有来看我。我几乎没有注意这一疏漏。你又会说我冷酷无情，但我不是，只是无暇以顾。一切都让我这么目眩神迷、应接不暇，一切都如此新奇，我确信我走在进步的路上。我不想被落在后面，所以我全身心地投入到所有事情里：奇异的语言，比如拉丁语、法语和葡萄牙语，用陌生的句子结构讲着勇敢的军队摧毁敌人的故事，还有那些学生用笔写下的关于她们姑姑的事情。这些语言的奇怪的句子结构起初让我迷失，然后我记起自己不再是用英语写作了，更仔细地审视后，发现这些结构跟我们自己的语言中的非常相似。我揣度，那些外国人的脑子里装着些奇怪的东西：你似乎不大可能用那些语言进行正常的交谈。新的游戏等着我去体验，篮球、网球、曲棍球，去学习有趣的规则和复杂的得分方法。我需要观察这里的修女，根据是否有人情味儿将她们加以分类；必须掌握在俗教师的个人喜好，这样你才不会成为她们的猎物；需要仔细研究那些白人学生，判断她们与我不同还是相似，她们是否讨人喜欢，她们的习惯是什么。最重要的是，最奇妙的是，这里有图书馆，又大又明亮，一面是玻璃墙，配有私人小隔间，你可以在那里做作业，或者干脆沉迷在成百上千本引人入胜的书中的任何一本，它们光滑的封皮似乎从未被弄脏或损坏。那座图书馆里的书籍的巨大数量让我对自己的无知深感羞愧。我下定决心把那些令人大开眼界的书卷中的每一本都从第一页读到最后一页。

由于所有那些新书，阅读占掉了我太多的时间，我没有留下其中的一点儿来思念尼娅莎，或者伯父伯母；如果我曾经真的思念过我的家乡的话，我很久以前住在巴巴穆库鲁家的时候就不再如此了。此外，尽管尼娅莎没来看我，她常写信来。她写的信很长，滔滔不绝，让人愉快，充满思路清晰、毫无敬意的细节：我父亲从巴巴穆库鲁那里榨钱的最新手段；从女生宿舍搜集的最近的流言蜚语（乔斯琳和梅黛不再说话了）；梅古鲁在她的解放方面取得的进步，巴巴穆库鲁对待他那越发坚定的妻子的方式；露西娅的一年级考试考得非常好，他们让她升入了三年级；我母亲的消息——她很好。这是她信中消息的主要内容。她没有写很多自己的事情，直到有一天我收到她写来的一封严肃的信。

"我太想你了，"她写道，"就像我知道并且告诉你的那样，可是我不想让你为此担心，因为我了解你的内疚感，我不想让你对自己的幸运感到内疚，从而阻挠你去享受。可实际情况是我想你，太想你了。你在很多方面对我都至关重要，填补了我生命中的一些空白，现在你离开了，我又感受到了这些空白。我发现自己越来越难以跟学校里的女生们说话了。我试过，坦布，可我跟她们没有很多可说的。她们怨恨我没有读她们读的浪漫故事，如果我没有读，那我当然没法谈这些故事。要是她们知道在我十岁的时候，妈妈因为我把这些书从书架上偷偷拿下来而经常狠狠地骂过我就好了。可离我十岁已经六年了，这是很长一段时间，已经让我改掉这种习惯了。我认为，我反而应该培养更有用的习惯。我应该学会放松、快乐，可这很难，你知道。此外，我深信她们不喜欢我还有其他原因。她们不喜欢我说的语言，我的英语，因为它是正宗的，还有我的修纳语，因为它不正宗！她们认为我自命不凡，认为我觉得自己高她们一等，因为我不觉得我比男人低贱（如果你能把我们班上的男孩称为男人的话）。一切都因为我在数学上打败了男孩子！我知道我不该抱怨，可我非常想要融入她们，坦布，但我发现我做不到。由于你不在这里，我们不再相互打扰了，我花很多时间读书和学习，不过我必须承认我渴望着那些打扰——让我这么忙的不是美德！然而，我觉得，你伯父对环境更加安静而感到很满意，我发现让他满意能带来平静，所以这些天我尽最大努力不跟他敌对。你可以想象这有多难。看上去不可能。我忍不住觉得，让我们敌对的是我是我这件事——我承认自己很难称得上是一位神圣的校长、一位可敬的族长的理想女儿。我问过他好几次，我们可否来看你（当然，是通过我妈妈——在他面前保持安静总是最好的），可他相信这样会宠坏你。"

这封信确实引起一阵内疚。我认定自己不负责任。我把信折好放到桌子里，那里我能经常看到，会想起来写信，我决心一有空就回信。可这阵内疚不过是一阵，很快在新鲜感的洪流中和我投身的发现中烟消云散了。在我收到堂姐的另一封信前，没有空闲时间在我的生活中出现，我也没有挤出时间。这封信和往常的一样，唠唠叨叨、跳脱活泼，尼娅莎告诉了我最新的传教所谣言，宣布她开始了节食，"训练我的身体，塞满我的头脑。等你回来，你会发现一个苗条、性感的我"。

这是我从她那里收到的最后的信之一。在这个学期的后半段，她的来信变得不那么规律了，最终完全停止了。我必须再次坦白，我并没真的在意。当我还在猜测她下次什么时候写信时，这个学期的十三周就这么飞驰而过了，巴巴穆库鲁来接我了。心事重重、紧张不安地，他一个人来了，告诉我尼娅莎一心读书。开车回家的路上我们没有交谈，我伯父没有询问上课、宿舍、我的朋友，或者食物的事，而当我问起梅古鲁和传教所时，他心烦意乱地嘟嘟囔囔，我放弃了尝试。我很失望，因为尼娅莎的信让我相信他的性情变好了，但我没有沉浸在失望之中。如果巴巴穆库鲁不行，还有尼娅莎会专心聆听圣心修道院发生的无尽的新鲜事，这些新闻显然要喷涌而出了。

当尼娅莎奔出来拥抱我，几乎不等我踏出汽车，就用胳膊抱住我时，她看上去确实苗条了。事实上太苗条了。依据我的标准，她绝对瘦了，可我知道她更喜欢骨感，而不是富有弹性，所以我什么都没说。

那个假期我没有在传教所待很长时间。巴巴穆库鲁在第二天就开车送我回家了。我在第二个学期开学回圣心修道院的路上也没有经过传教所，所以一直到八月假期，都没有再看到我的堂姐。三个月过去了。在那三个月里她变得骨瘦如柴。她看上去很可怜，但是她拥抱着我问候时，胳膊的力量让我大吃一惊，它们看起来那么脆弱，仿佛甚至捡起一支铅笔都会折断。她匆匆拥抱了我，希望我的第二个学期像第一个学期一样有趣，然后当我把其余行李拿下来时，她拎着一只手提箱消失进了屋子里，我跟着她进了我们的卧室。在那儿我发现她全神贯注于一本历史书。我进去的时候她没有说话——短促地一笑向我表明她很忙。她一直忙到晚餐时刻。安娜来叫的时候，她把书放下，来到餐桌。她非常安静地坐下来，这是一场怪异得可怕的、不祥的大戏的开始。巴巴穆库鲁一边给他女儿盛了一大份食物到盘子里，放到她的面前，偷偷地看着她，一边心不在焉地盛好他自己那份，来让我们相信他很平静。尼娅莎恨恨地看着她的盘子，痛苦地扫视了一眼她的父亲，喝光了两杯水，然后拿起叉子，把食物铲到嘴里，嚼都不嚼、片刻不停地吞了下去，除了在满嘴的食物之间抿进去第三杯水。梅古鲁镇定地吃着，对我婆婆妈妈，把另外一大块肉、另外一勺蔬菜放到我的盘子里，愉快地询问着我在圣心修道院里的学习、朋友和食物。等尼娅莎的盘子空了，他们两人都松了口气，气氛几乎恢复了正常。尼娅莎立刻就告辞了。我以为她去卧室读书了，但等我在她之后到了那里，房间里没有人。我能听到盥洗室里的干呕和呕吐声。

她默默地回来学习，这次是数学练习，等我十一点翻过身去睡觉时，她还在学。第二天一大早，什么东西把我戳醒了。是尼娅莎。

"你能不能帮我一下？"她怯怯地问，"我得不出正确的答案。我应该可以的，可我一直做错。"这不是一道很难的题。她犯了一个粗心的错误。"我真笨,"我找到她的错误时她说,"我不够专心。"

巴巴穆库鲁想第二天送我回家,我到达后的第二天。他让梅古鲁在早餐时告诉我,确保在午餐前做好准备。我不想走。我觉得我不能走。我不能在那种情况下离开我的堂姐。你知道当某个一直是你的安全基石的东西开始崩裂时,是怎么样的。你开始担心自己。仅仅是这个原因,即使其他人不那么自私,我还是知道我不能离开。所以必须有人跟我伯父说说。我必须告诉他我不会走,但怎样做才行?我可能会成为一位年轻淑女,在女修道院接受教育,但受过教育的年轻淑女在老宅有什么用?或者在传教所?我曾经是,将来也依然是坦布扎伊,一个女儿。巴巴穆库鲁依然曾经是,而且将永远是人类能够得到的最接近上帝的存在。所以尽管我知道自己必须跟他谈谈,我完全不知道怎样才能做到。

我觉得我可以打他办公室的电话,甚至已经拨了号码,等着接听,可是他不在那儿。电话响了又响。铃声每响一下,我就感到更加轻松一分:我终于不用不得不跟他谈了。我想也可以写一封信,然后转念一想,决定既然他会回来吃中饭,我就在那时鼓起胸中勇气,充耳不闻我作为女儿的良心,直接面对他。我做出这些计划的时候,自始至终都知道我做不到。

所以当我几乎放弃时,我并不感到奇怪。巴巴穆库鲁在午餐时很生气,因为尼娅莎拒绝离开卧室。他迫不及待地耍自己去那里,把她拉到餐桌上来,可梅古鲁想办法劝退了他。他的女儿那么脆弱,她说,这种冲击可能给她造成严重的伤害。"饿死她自己,"他喊道,"你是说饿死她自己不会伤害到她?"最终他让自己平静下来。"或许你是对的,"他向梅古鲁让步了,"我有时间严格监督她的时候,她确实把晚饭吃了的。是的,我觉得你是对的,梅。情况没有这么严重。她需要的是休息一下。"

然而情况很严重。尼娅莎的体重稳定地、不断地、迅速地减轻。她几乎每时每刻都在消瘦下去,在她把生命汁液冲下马桶后,她留下来的是一种怪异的不健康。他不知道吗?他没看到吗?我不能问他这些问题。我能做的最多是胆怯地小声请求被允许留下来,跟尼娅莎在一起,我特别说明,想多待几天。没有人比我对自己的大胆更吃惊了。巴巴穆库鲁没有回答,但我没有被送回家。尽管如此,我并不视之为一次胜利。我将之视为巴巴穆库鲁是个好人的证明。

尼娅莎一天比一天虚弱。她走路时摇摇晃晃,每夜都如此。尽管我们在放假,她每天学习十四个小时,来确保自己能考过"普通"级课程[1]。她一直学到深夜,经常准时在三点钟用一个问题叫醒我——一个需要配平的化学方程式、需要计算的电路中的安培数,或者需要搭配的不规则拉丁文动词,尽管我不过才上中学一年级,常常无法帮她。"我必须做对。"她带着抱歉的微笑小声说。这真让人不安,可没有人置评,没有人行动;我们都非常害怕。一天晚上,吃晚饭的时候,她晕倒在她的盘子上。时间不太长,只一两

---

[1] O Level 为英联邦国家要求十六岁的学生所学科目必须通过的普通级考试,以取得普通教育证书。尼娅莎读的是 A Level 课程,是英国学生的大学入学考试课程,因此这里的 O Level 为戏仿,即尼娅莎此时为了课程及格就已经不得不花费大量时间。

分钟，可足以压垮她父亲那摇摇欲坠的耐心。巴巴穆库鲁觉得她在制造事端，命令她回卧室去，她在那儿睁着双眼安安静静地躺了一整夜。她在三点叫醒了我。"我能不能到你的床上来，坦布？"她小声说，可当我翻身给她让出地方爬进来，她又摇摇头笑了。"行了，"她说，"我只是想看看你会不会同意。"然后她坐在她的床上，用她那凹陷的眼睛看着我，她那骨瘦如柴的膝盖并拢在一起，睡衣滑落到大腿上，她焦虑、紧张，抠着她的皮肤。"我不想这样做，坦布，真的我不想，但已经开始了，我感到它开始了。"她的眼睛睁大了。"他们已经对我下手了。"她谴责道，声音依然低低的。"真的，已经开始了。"然后她严肃起来。"不是他们的错。他们也对他们这样做。你知道他们的。"她小声说。"对他们俩，但尤其对他。他们让他经历了所有这一切。但这不是他的错，他是好人。"她的声音里有了罗得西亚口音。"他是个好男孩，一个好非洲人。一个他妈的好黑人。"她用轻蔑的挖苦语气告诉我。然后她又小声说起来。"他们为什么这样做，坦布，"她痛苦地嘶声道，脸因为愤怒而扭曲了，"对我，对你，对他？你有没有看到他们做了什么？他们把我们拿走了。露西娅。泰克索。我们所有人。他们让你不再是你，他不再是他，我们不再是我们。我们卑躬屈膝。露西娅为了工作，杰里迈亚为了钱。爹爹向他们卑躬屈膝。我们对他卑躬屈膝。"她开始摇晃，她的身体紧张地颤抖着。"我不会卑躬屈膝。啊，不，我不会。我不是一个好姑娘。我是坏人。我不是一个好姑娘。"我碰碰她想安慰她，这成了导火索。"我不会卑躬屈膝，我不会死。"她大怒，像一只准备跳起的猫一样蜷起身。

声音招得巴巴穆库鲁和梅古鲁跑过来。他们什么都不能做，只能看着。尼娅莎气得发狂。她暴跳如雷，把她的历史书用牙齿撕碎（"他们的历史。去他的鬼话。他们的他妈的鬼话。"），打碎了镜子、她做的土罐，任何她能抓到的东西，把碎片狠狠地戳进自己的肉里，掀掉床褥，撕扯她衣柜里的衣服，用脚踩着它们。"他们诱捕我们。他们诱捕我们。可我不会被抓住的。我不是一个好姑娘。我不会被抓住的。"然后就像突然的出现一样，怒气突然消失了。"我不恨你，爹爹，"她温柔地说，"他们也想要我这么做，可我不会。"她在她的床上躺下。"我太累了，"她用一种可以听出是她的声音说，"可我睡不着。妈咪，你能搂着我吗？"她蜷缩在梅古鲁的大腿上，看起来不过五岁。"看看他们对我们做了什么，"她柔声说，"我不属于他们，可我也不属于你们。"她睡着了。

第二天早晨她平静下来，不过她向我保证这是假象，就像看似平静的风暴之眼。"还有更多。"她说。"我努力压制住它，可它力量很大。应该如此。它已经持续了将近一个世纪。"她加了一句，带着一抹她那种揶揄的嬉笑。"可我害怕，"她抱歉地告诉我，"它让人心烦意乱。所以我需要去某个安全的地方。你明白我的意思吗？某个人们不会苦恼的地方。"

尼娅莎的神风特攻队之举让我伯父伯母震惊得采取了行动。甚至就在她在卧室里跟我谈话的时候，巴巴穆库鲁打电话给了梅古鲁在索尔兹伯里的哥哥。到了十点，我们动身去市里，在十二点前到了那里，因为巴巴穆库鲁驾驶得迅急如八月暴风。梅古鲁和我一路上不停地跟尼娅莎说话，好让她跟我们在一起，防止她的思绪飘得太远。到城里，梅古鲁的哥哥立刻约好了一位心理医生。我们觉得好了一些——援助唾手可得。可心理医生说尼娅莎不可能病了，说非洲人不会生我们描述的那种病。她在制造事端。我们应该带她回家，对她要严厉。在我伯父面前这样说，不是一件明智的事，伯父觉得这些话大大消除了疑虑，打算立刻回乌姆塔利，当尼娅莎请求见非洲的心理医生时，他充耳不闻。然而尼娅莎的舅舅，凭借七年学习的经验，在看到病痛的时候识别了出来，能够劝动我的伯父再等等。

那里没有黑人心理医生，可她被说服见了一位白人心理医生。这个男人很有人情味。他说，她需要休息。所以尼娅莎住进一个诊所，她在那里待了几周。慢慢地，凭借服用一些氯丙嗪，以及她那住在城里的舅妈们的有效照料，我堂姐的情况得到了改善，可我没有留下来看到她的改善。巴巴穆库鲁需要维持学校的秩序，急于回到乌姆塔利，还有三个星期我就必须回学校了，所以我不得不跟他一起回去。我很难过。我感到尼娅莎需要我，可确实：我必须回学校。

我们开车回乌姆塔利的路上没有说话，巴巴穆库鲁和我，这是自然而然的。光是巴巴穆库鲁的年纪就值得人们用沉默表达敬意。他受过的教育使他几乎就是一位元老。你就是无法说话。如果那是我第一次坐车走过那条路，这不会对我有影响，可人很快就会变得复杂。鲁萨佩[1]和马兰德拉斯之间大片起伏的玉米地和烟草地不再打动我,格默姆汉达那遍布石头的荒凉景致也如此,在我离开老宅时,它曾那么迷人。没什么来引开我的思绪。尽管我们是早晨九点出门的,我强迫自己睡觉;除了想尼娅莎,没什么来让我保持清醒,而这些思绪我宁愿不去想。如果什么都不缺的尼娅莎尚且无法做到,我又能指望如何呢?我无法忍受去想这些,因为那时我们并不肯定她是否会康复。我所知道的就是医生不肯做出保证。尼娅莎的发展依然未卜,因此,我也前途未卜。

由于这一想法让我不安,当巴巴穆库鲁直接把我送回老宅时,我并无不快。我不想待在传教所,那里有太多的东西让我想起尼娅莎,而且她属于那里。我很难接受这件事已经发生了,由于我无法做出解释,便尤其难以接受。如果你在这一切开始之前问我,我会说这不可能。我会说那些什么都不缺的人,不可能遭受如此巨大的折磨。

我可能没法做出解释,但我母亲能。她非常肯定。

"都是英国做派弄的,"她说,"如果他们不小心,这会把他们都杀死。"她哼了一声。"看看他们。那个男孩基多几乎不会说他自己的母语,你会看到,他的孩子们会更糟。他跟那个白人到处跑,是不是,跟那个传教士的女儿?他的孩子们会给我们丢脸的。你会看到的。至于他自己,看看他,他可能看起来不错,可谁知道他正在付出什么样的代价。"对于尼娅莎她没有多说什么。"至于那个

---

[1] 津巴布韦东北部城市马隆德拉(Marondera)的旧称。

人，我们甚至不用说。事实摆在那里。他们两个，就是英国做派。真奇怪竟然没有也影响他们的爸妈。"

她这个样子说了好一会儿，唠唠叨叨地说着你不可能指望祖先们会忍受这么多的英国做派。她没有提纳莫，可我开始明白了她的思路。我知道她在想他，我能看到她认为我也是一个受害者："都是英国做派的问题，所以你一定要小心！"

这是一个警告，一个威胁，如果我置之不理，就会有灾难性的后果。当你害怕什么的时候，即便那些比你知道更多的人真的站出来，告诉你完全应该害怕，也没有什么帮助。母亲知道很多事情，我一直尊重她的知识。她曾经说，要小心，我想到了尼娅莎、基多和纳莫，他们全都倒下了，还想到了我自己那令人毛骨悚然的厄运感。我够小心吗？我揣测着。因为我开始心生疑虑，还只是疑虑的种子，怀疑我过于热切地要离开老宅，拥抱传教所的"英国做派"了；还有之后圣心修道院的更浓缩的"英国做派"。疑虑持续了几天，这段时间里疑虑自己转化为了罪恶感，然后我连续两个晚上都在噩梦中见到纳莫、基多和尼娅莎。这应该让你明白了我母亲的话让我多么不安：自从我第一次去到传教所，我就没做过噩梦。可是新学期迅速临近，想到要回到圣心修道院，我满心欢喜。图书、游戏、电影、讨论——所有这些都是我想要的东西。我跟自己说，我是一个比尼娅莎明智得多的人，因为我知道什么能做，什么不能做。这样，我赶走了疑虑，把它深深埋入我的潜意识里，快乐地回了圣心修道院。

那时我还年轻，能够把一些东西赶走，可是种子在长大。尽管那时我并不知道这一点，但是我再也不能把圣心修道院和它所代表的东西视为在我的地平线上升起的太阳了。我头脑中的某个东西悄无声息地、不引人注意地、极其断断续续地，开始坚持自己的主张，让我质疑事情，拒绝被洗脑，把我带到了此刻，让我能够写下这个故事。对我来说这是一个漫长和痛苦的过程，一个向外扩展的过程。这个过程里的事件跨越了许多年，足够写成另一本书，可我这里所讲的故事，是我自己的故事，是四个我爱着的女人的故事，也是我们的男人的故事，故事讲的是一切是如何开始的。

图书在版编目（CIP）数据

不安的处境 /（津巴）齐西·丹加伦芭著；戴从容译. -- 北京：九州出版社，2025.4. -- ISBN 978-7-5225-3256-1

Ⅰ. I475.45

中国国家版本馆CIP数据核字第2024A4F240号

Nervous Conditions by Tsitsi Dangarembga
Copyright © 1988, Tsitsi Dangarembga
This edition arranged with FABER AND FABER LTD.
Through BIG APPLE AGENCY, INC., LABUAN, MALAYSIA
All rights reserved.

著作权合同登记号：图字01-2024-5693

不安的处境

作　　者	[津巴布韦]齐西·丹加伦芭 著　戴从容 译
责任编辑	陈丹青
出版发行	九州出版社
地　　址	北京市西城区阜外大街甲35号(100037)
发行电话	（010）68992190/3/5/6
网　　址	www.jiuzhoupress.com
印　　刷	河北中科印刷科技发展有限公司
开　　本	889毫米×1194毫米 32开
印　　张	8.375
字　　数	172千字
版　　次	2025年4月第1版
印　　次	2025年4月第1次印刷
书　　号	ISBN 978-7-5225-3256-1
定　　价	68.00元

★ 版权所有　侵权必究 ★

WoMen 我们

经由我们，看见世界。

齐西·丹加伦芭作品系列

《不安的处境》
······

NERVOUS CONDITIONS

责任编辑｜陈丹青　　特约编辑｜毛菊丹　袁艺舒
装帧设计｜Yichen